光文社文庫

神のダイスを見上げて

知念実希人

KOBUNSHA

目次

プロローグ　7
第一章　十月十五日　『裁きの刻』まであと五日　14
第二章　十月十六日　『裁きの刻』まであと四日　67
第三章　十月十七日　『裁きの刻』まであと三日　118
第四章　十月十八日　『裁きの刻』まであと二日　180
第五章　十月十九日　『裁きの刻』まであと一日　237
第六章　十月二十日　『裁きの刻』　304
エピローグ　342

神のダイスを見上げて

プロローグ

神はダイスを振らない。

かつて量子力学《りょうしりきがく》とかいう耳慣れない学問の、不確定性原理《ふかくていせいげんり》とかいう、たぶん僕の脳みそではどうやっても理解できない理論が発表されたとき、アルバート・アインシュタインはそう否定したらしい。その理論が示す現象は、アインシュタインにとっても不可解なものだったということだ。

中学時代の物理教師によると、結局間違っていたのはアインシュタインだった。

つまり『神はダイスを振る』のだ。

物理教師はその後、不確定性原理とやらについて延々と、まるで自分が思いついたものであるかのように自慢げに説明し続けた。

教師の自己満足でしかないそんな授業から四年、高校三年生になったいま、僕は実感していた。

たしかに神はダイスを振るということを。

べつにこの三年間で高等物理学を理解できるようになったわけじゃない。僕なんて、一束いくらで叩き売りされているバナナのような、平凡きわまりない高校生だ。そんな僕がなんで『神はダイスを振る』なんて哲学的なことを確信しているか。答えは単純、『神のダイス』が見えるからだ。

僕は首を反《そ》らして空を見上げる。雲一つ見えない朝の秋空。その中心辺りに白い点が浮かんでいた。まばたきをすれば見失ってしまいそうな小さくかすかな点。しかし、あと数時間も経てば、蒼《あお》く澄《す》み渡った空をその天体が覆《おお》いつくすかもしれない。

『小惑星《しょうわくせい》ダイス』。人類の滅亡を占《うらな》う神のサイコロ。

三年前、アメリカ・アリゾナ州に住むエドワード・ダイスという名のアマチュア天文家によって発見された直径約四百キロのその巨大小惑星は、発見者によって『ダイス』と名付けられた。すぐに専門機関によって軌道《きどう》が計算され、二〇二三年の秋に地球から数千万キロにまで接近するが、衝突《しょうとつ》の危険はないと発表された。

その時点では、わずかな天文学者と天体ファンのみが『ダイス』を知り、訪れるであろう壮大な天体ショーに胸を躍《おど》らせていた。大学で天文学同好会に所属していた姉さんもその頃、時々ダイスのことを話してくれていたっけ。

状況が劇的に変化したのは一年ほど前のことだった。地球に向かっていたダイスの軌道が突然変化したのだ。専門家の見解では、ダイスに他の天体が衝突し、その衝撃で軌道が逸《そ》れたのではないかということだった。そしてこの時点で世界中の誰もが小惑星ダイスについて知ることになった。地球に衝突し、全人類を跡形もなく消し去る可能性がある危険な隕石《いんせき》として。

当初、公式発表では、『ダイスは地球にさらに接近する軌道になったものの、依然衝突の危険はない』と発表された。しかし、数日後には『衝突の可能性がゼロではないが、現時点では無視できる程度の危険性である』と訂正され、そしてさらに数日後、『ごくわずかではあるが、衝突の可能性が否定できず、注視していく必要性がある』と変化していった。

その曖昧《あいまい》な発表に世間が疑心暗鬼に囚《とら》われはじめた頃、衝撃的な事実をCNNがすっぱ抜いた。

アメリカで全国放送されているニュース番組に出演したのは、NASAの上級職員の男だった。不精《ぶしょう》髭《ひげ》を生やした壮年《そうねん》の男は、ダイス衝突の可能性について訊《たず》ねるキャスターに、落ち着かない態度で答えた。

ダイスは他の天体との衝突によりもろくなっていて、表面をはぎ落としながら地球に近づいている。そのため、常にその質量は変化していて軌道の正確な計算ができない、と。

「それはダイスが地球に衝突するかどうか、誰も分からないということですか？　衝突の可能性はどれくらいあるのですか？」

キャスターが（もちろん英語で）震え声で発した問いに、男は陰鬱《いんうつ》な声で答えた。

「どれくらいの可能性で衝突するかは誰にも分かりません。強《し》いて言うなら……衝突するかしないか、二つに一つです」

そのニュースはまたたくまに全世界に配信され、そしてすぐに世界各国の政府が会見を開き、男の言葉を必死に否定しはじめた。「衝突の可能性は依然として極めて低く、不安を感じる必要はない」と。しかし、人々の心には、すでに疑念の種が植え付けられてしまった。そして、その日を境に世界中で玉石混淆《ぎょくせきこんこう》の情報が入り乱れるようになった。

公式会見のとおり、ほとんど衝突することはない。いや、もう衝突することは分かっているのに、パニックを避けるために発表していないだけだ。政府高官は宇宙船で宇宙へ避難しようとしている。小惑星の衝突を回避するための作戦がもうすぐ実行される、等々。インターネットを中心に溢れ返った怪情報は、ただでさえ混乱している人々の心を蝕《むしば》んでいった。

しかし、それらの情報の中でただ一つだけ共通する点があった。もしダイスが地球に衝突すれば、おそらく人類は一人残らず死に絶えるということ。

日本時間、二〇二三年十月二十日午前十時十三分。それが運命の時間。その時刻に『ダイス』は地球に最接近……または激突する。

誰ともなくその時刻のことを、あの伝説的映画の中でAIが人類に宣戦布告した日を示す『ジャッジメント・デイ』にちなんで、『ジャッジメント・タイム』と呼びはじめた。

ジャッジメント・タイム、つまりは『裁《さば》きの刻《とき》』。

誰からの裁き？　そんなことは決まっている。人智の及ばない概念。『神』と呼ばれる存在。

ＮＡＳＡ職員の衝撃的な告発から約一年、少なくともどこかの国が小惑星の破壊や軌道の変更に成功したという話は聞こえてこない。スペースシャトルで小惑星に行き、核爆弾で爆破してくれる髪の薄い石油掘削《くっさく》技師は、現実にはいなかった。

僕は左手首に視線を落とす。十六歳の誕生日に姉さんがプレゼントしてくれたスイス製の腕時計の針は、午前七時二十分を指していた。

『裁きの刻』まであと三時間。長針が三周する頃には、人類は滅亡するのか否か、神のサイコロの目が出ている。

けれどそれは、僕にはどうでもいいことだった。

僕はブランコの座面から尻を上げる。三時間もあれば十分だろう。その前にすべてが終わる。

たとえどんな結果になろうとも……。

さて、やるべきことをしよう。

大きく息を吸う。すでに冬の気配を漂《ただよ》わせる朝の、冷たい空気が肺の隅々《すみずみ》にいきわたった。

「行くの？」

大きく伸びをする僕に、下方から声がかけられる。

「うん、行ってくる」

「……そう」

隣のブランコに腰掛けた四元美咲《よつもとみさき》は、普段通りの醒《さ》めた眼差《まなざ》しを投げかけてくるが、すぐにその視線を天空に浮かぶダイスへと移動させた。

「なんというか……、色々ありがとうな」

感謝を伝えると、四元は遠い目でダイスを眺めたまま、物憂《ものう》げに口を開いた。

「べつに気にしなくていいよ。私が好きでやったことだから。暇潰しにはなったしね。『裁きの刻』までのさ」

「それでも助かったよ」

相変わらずの素っ気《そけ》ない態度に、僕は苦笑しながら手を差し伸べる。しかし、四元は一瞬横目で僕の手を見ただけで、その手を取ろうとしなかった。

「なに、その手？」

「いや、多分これでお別れだからさ」

「ダイスが落ちてくるってこと？」

「落ちてくるかどうかは分からないけど、少なくともその前に僕はあいつを殺す。地球が終わらなかったら僕は逮捕されて刑務所……いや、少年院ってとこに入れられるのかな。なんにしろ、四元とはもう会えないよ」

「そう……」

四元はかすかに頷《うなず》いただけだった。

「じゃあ行ってくるよ」

どことなくバツの悪い思いをしながら手を引っ込め、足を踏み出す。僕から姉さんを奪ったあいつのもとへ向かうために。

「これ、あげる」

唐突《とうとつ》に四元が手を差し出してくる。振り返って見ると、そこには、紅《あか》いお守りが握られていた。

「お守り？」

「そう、これから犯人に会うんでしょ。無事でいられるように、これ持っていって」

「えっと、……それじゃあ遠慮なく」

断るのもなんとなく悪い気がして、僕はお守りを受け取る。

「結構御利益《ごりやく》のあるお守りだから、ちゃんと身につけておいてよ。ちなみにお守りの裏技として、ピンチのときに中を覗き込むと幸運がやってくるらしいよ」

「そうなんだ。はじめて聞いたよ。とりあえずありがとう。……それじゃあ」

僕はためらいがちに踵《きびす》を返し、四元から離れていく。

「漆原《うるしばら》君……またね」

背中から、四元の抑揚《よくよう》のない、それでいて涼やかな声が追いかけてきた。

第一章　十月十五日　『裁きの刻』まであと五日

1

冷たい風が首元から熱を奪っていく。風呂敷で包まれた桐箱《きりばこ》を両腕で抱えた僕は、しわの寄ったブラックスーツに包んだ体を小さく震わせた。

「……大丈夫か？」

隣を歩く鳥谷正人《とりたにまさと》が心配そうに声をかけてくる。僕とは対照的に、正人の着ている喪服はおろしたてのように糊《のり》がきいていた。

「ああ……、大丈夫だよ」

笑おうとしたが、顔の筋肉が引きつりうまく表情が作れなかった。

「無理するなよ」

正人は軽く背中を叩いてくる。僕は唇《くちびる》を噛《か》んで頷いた。鼻の奥がつーんと痛む。

クラスメートからの信頼厚い学級委員長、そして中学時代からの腐《くさ》れ縁。普段はそばにいるのが当たり前のように思っている親友が、今日はとてもありがたかった。

「少し落ち着いたよ、ありがとな」

高まった感情を息に溶かして吐き出すと、僕は再び歩きはじめる。早く家に帰らないと、姉さんが寒い思いをしてしまう。抱えた桐箱の中にいる姉さんが。

無言のまま十数分、僕たちは足を動かし続ける。ふと前を見ると、いつの間にか自宅のマンションのそばまで来ていた。

「ありがとうな、手伝ってくれて。ここでいいよ」

「部屋まで行ってもいいんだぞ。一人だとなんて言うか……変に悩んだりするだろ」

正人は持ってくれていた僕のリュックサックを差し出してくる。それを受け取りながら、僕は首を横に振った。

ちゃんとした葬式があるわけでもないのに喪服を着込んで、火葬が終わるまで待っていてくれた。あと数日で人類が滅びるかもしれないこんなときに。これ以上迷惑をかけるのは、親友相手でも気が引けた。

「いや、一人ってわけじゃないんだ。もうすぐ人が来る予定だから……雪乃《ゆきの》が」

僕は八ヶ月前から付き合っている交際相手の名を口にする。実際は恋人である日下部《くさかべ》雪乃が部屋に来る予定はなかったが、そう言えば正人もきがねなく帰路につくことができるだろう。

「ああ、日下部さんが来るのか。それじゃあ俺がいたらお邪魔だな」

雪乃は同じクラスの副委員長、つまりは正人の補佐役でもあった。

「じゃあ、あとは副委員長にまかせて退散しようかな。日下部さんによろしく言っておいてくれ。それじゃあ亮《りょう》……また」

少し口ごもった正人に「ああ、また」と手を挙げると、僕は眼球だけ動かして秋晴れの空を見る。正人が口ごもった理由は分かっていた。「また」の機会があるかどうか、一瞬不安になったのだろう。

五日後の午前、ダイスが地球に最接近、または衝突する。政府は壊れたスピーカーのように『ダイスが衝突する可能性はほぼゼロ』とくり返しているが、それを信じていいものかどうか、大多数の人々は迷っていた。

名残惜《なごりお》しそうに去っていく正人の背中を見送った僕は、マンションのエントランスに入り、エレベーターで七階まで上がる。外廊下を進んで自分の部屋の前まで来ると、塞《ふさ》がっている手で苦労しながら鍵を開けて中に入った。

「ただいま」

玄関で放った言葉が廊下に寒々と反響した。慣れ親しんだ、「お帰り、亮」という温かい声は返ってこない。

紫色の風呂敷で丁寧に包まれた桐箱を抱えた僕は、ゆっくりと室内へと入っていく。五年以上も住んだ我が家だというのに、他人の家に入ってしまったかのような違和感があった。

「姉さん、家だよ。……帰ってきたよ、僕たちの家に」

僕は桐箱の中の姉さんに向かって声をかける。

軽く、そして冷たい。それが姉さんの骨壺《こつつぼ》が入ったこの桐箱を受け取ったときの感想だった。火葬場の職員がもったいつけるかのようにゆっくりと手渡してきたその箱を両手で受け取った瞬間、あまりの軽さに思わずバランスを崩しかけた。

あんなに温かく、柔らかかった姉さん。それがいまは、こんなに冷たく固い箱の中に入っている。僕は廊下の右側にある扉のノブを回した。わずかに開いた隙間《すきま》を足で大きく開ける。八畳ほどの空間に、シングルベッド、本棚、勉強机、化粧簞笥《だんす》などが置かれたシンプルな洋間が広がっていた。姉さんの部屋。僕はリュックサックを床に放ると、桐箱を慎重に机に置く。

机の上に置かれたウサギのぬいぐるみが目に入る。片目から涙を流し、もう片方の目を長い耳で拭っているぬいぐるみ。去年辺りから流行しているこの『泣きウサギ』というキャラクターを至極《しごく》気に入っていた姉さんは、この部屋にいくつものぬいぐるみを置いていた。いや、この部屋だけではなく、リビングやキッチンにも泣きウサギは侵攻を果たしている。

ふと鼻腔《びくう》を甘い香りがかすめた。姉さんの香り。

思い出が頭ではじけ、僕は両手で胸を押さえる。一週間前、コスモスの咲き乱れる花壇に横たわる姉さんの遺体を発見した瞬間、胸の中心が抉《えぐ》り取られた気がした。その傷がいま、姉さんとの甘い思い出で満たされていく。

僕は再び唇に歯を立てる。けれど、胸に湧き上がる熱い想いを抑え込むことはできなかった。食いしばった歯の隙間から嗚咽《おえつ》が小さく漏れる。限界だった。僕はふらふらとベッドに近づくと、顔から倒れ込んだ。布団が僕の顔を包み込み、むせ返るような姉さんの香りが鼻腔を満たしていく。

甘い香りに包まれながら、僕はあごの力を抜く。堰《せき》を切ったかのように、喉《のど》の奥から絶叫がせり上がってきた。

深い慟哭《どうこく》が、柔らかい布団に吸い込まれていった。

胸の中に吹き荒れていた嵐が、ゆっくりと凪《な》いでいく。僕は布団に押し付けていた顔を、緩《かん》慢《まん》に上げた。いまだにこれだけ泣けることが驚きだった。遺体を見つけてからの二十四時間で、体中の水分を吐き出すように泣き続け、その後、なにも感じなくなった。自分が自分でないような、すべての出来事がテレビ画面の向こう側で起こっているような心地になっていた。

姉さん、漆原圭子《けいこ》は僕にとって姉であると同時に、母であり、親友であり、同志であり、そして恋人だった。姉さんは僕の唯一の家族、いや、世界そのものだった。

だから姉さんが死んだとき、無残に殺されたことを知ったとき、僕にとって世界は終わってしまった。

あの瞬間、学校も、自慢の恋人も、そして宇宙の深淵《しんえん》からいまも地球に向かってきている巨大な隕石もどうでもよくなった。

僕は部屋の隅に置かれた姿見に視線を移す。鏡の中には、瞼《まぶた》が腫《は》れ、肩を落とした貧相《ひんそう》な男子高校生がいた。その目は焦点《しょうてん》が合っておらず、虚《うつ》ろに揺れている。

姉さんはいなくなったのに、世界は終わってしまったのに、なんで僕の心臓はまだ動いているのだろう？　なんのために僕はまだこの世界に存在しているのだろう？

息を整えながら自問する。鏡の中の男の、硝子玉《ガラスだま》のように空虚だった目に、ゆっくりと意思の光が灯《とも》りはじめた。奥歯がぎりりと軋《きし》みを上げる。

そんなこと決まっている。復讐《ふくしゅう》するためだ。僕から姉さんを奪った奴の息の根を、この手で止めてやるためだ。

空洞になっていた胸郭《きょうかく》が、凶暴な感情によって満たされていく。僕は涙と鼻水で濡れた顔を喪服の袖で力任せに拭うと、平手で自分の頬を力いっぱい張った。ばちーんという音が鼓膜《こまく》を揺らし、焼けつくような痛みが頬に走る。

細く息を吐いた僕はフローリングの上に放られているリュックサックを手に取り、そのチャックを乱暴に開いて逆《さか》さまにする。中からどさどさと塊《かたまり》が吐き出された。手を伸ばし、その一つを取る。想像していたよりも遥《はる》かに軽く感じた。

一万円札の束。親父を信じるなら一つが百万円分、合計して一千万円。

ありがたいことに、もうすぐ人類が滅亡するかもしれないというのに、この日本ではまだ紙幣がしっかりと価値を持っていた。

この一千万円は武器だ。姉さんの仇《かたき》を討つための武器。

火葬場でこの武器をくれた男を思い出す。数年ぶりに顔を合わせた父親を。

貧相な体を喪服で包んだ中年の男。こんなに小さく、情けない男だったのか。その姿に、唇の端が吊り上がってしまった。

あの男はカツアゲにでもあったかのように首をすくめ、上目づかいに僕を見てきた。きっと僕に殴られるとでも思っていたのだろう。

まあ、それも当然だ。小さい頃から姉さんと僕は、親父から『しつけ』という名の虐待《ぎゃくたい》を受けてきた。僕たちの行動にちょっとでも気に入らない点があれば、あいつは容赦なく罵声《ばせい》を浴びせ、時には平手で殴ってきた。

そんな僕たちを庇《かば》おうとしてくれた母さんにも、あの男は同じ行動に出た。そのうちに、母さんは「お父さんを怒らせないようにしなさい」と哀《かな》しそうな顔で僕たちを諭《さと》すようになっていった。

幼い頃、姉さんと僕にとって、親父のいる家は安らげる場所ではなかった。僕たちは息を潜《ひそ》め、親父から隠れるように二人で寄り添って生きていた。

あのとき、誰からも守ってもらえなかった僕たちにとって、お互いが唯一、この世界で絶対的に信頼できる存在だった。だからこそ、姉さんと僕には、決して切れることのない絆が生まれたのだ。

五年前、母さんが乳癌《にゅうがん》で亡くなってすぐに、家に寄り付かなくなった親父。姉さんの話によると、経営している会計事務所の若い女性事務員と、二人で生活を始めていたらしい。ただ、きっと愛人がいなかったとしても親父は家を出ていただろう。ちょうどその頃、バスケットボール部に所属していた僕の身長が親父を抜いた。体格的に自分を凌駕《りょうが》しはじめていた僕に親父は恐怖を孕《はら》んだ眼差しを向けるようになり、そしていつしか虐待は止んでいた。

子供を虐《しいた》げ、妻が死んですぐ家族を捨てた男。普通に考えれば、殴られて当然だ。けれど、僕はこれっぽっちも親父のことを恨《うら》んでなどいなかった。いやそれどころか、ひそかに感謝すらしていた。

親父がいなくなったからこそ、まだ高校生の姉さんと中学生の僕、二人だけでこの厳しい世間の中を生きていかなくてはならなかったからこそ、僕たちの絆はより強固なものへと変化していった。それに、罪悪感からか、それとも単なる世間体の問題なのか、親父は姉弟《きょうだい》二人で過ごすには十分な経済援助をしてくれていた。

『裁きの刻』が近づき、社会が少なからず混乱している。僕一人では火葬も行えなかったはずだった。けれど、僕からの連絡で姉さんの死を知った親父は、ひとしきり絶句したあと、知り合いの葬儀社に頼んですぐに火葬の手続きをとることを約束した。そして、電話越しにおそるおそる「他にできることはあるか？」と訊ねてきたあの男に、僕は一千万円を要求した。

大きな会計事務所を経営する親父にとって、一千万円という金額は決して大きな価値を持つものではなかったのだろう。特に、あと数日で世界が終わるかもしれないというときには。火葬が終わり、骨壺を持つ僕に向かって札束の入ったリュックサックを差し出したとき、親父の顔に浮かんでいたのは露骨な安堵《あんど》だった。きっとその金を渡すことで、償《つぐな》いをした気にでもなっていたのだろう。

火葬場の出口で別れる寸前、僕は親父に「これからどうすんの？」と訊ねた。べつに興味があったわけではなかったが、軍資金を出してくれたスポンサーへのサービスのつもりだった。

親父は目を伏せると、「……ブラジルに行く」と、ぼそりとつぶやいた。

それを聞いて吹き出しそうになった。ダイスが地球に衝突した場合、それは太平洋、日本とハワイの中間辺りに落ちる。衝突してすぐに、日本は地殻《ちかく》ごと吹き飛ばされ跡形もなく消滅するらしい。ブラジルはダイスが衝突する太平洋の裏側にある。南米ならダイスが衝突しても生き残れるなどという馬鹿げた噂が広がって、それに踊らされた世界中の金持ちたちが我先にと南米各国に押し寄せているということだ。しかし、まさか身内にそんな馬鹿げた行動に出る者がいるとは。

たしかに南米は日本のように衝突後すぐに消滅することはない。しかし、衝突により融《と》けた数千度の岩石蒸気が地球の表面を這っていき、二十四時間後には南米を呑み込む。それが大多数の専門家の見解だった。超高熱で昇華した岩石に蒸し焼きにされるよりは、衝突の衝撃で消し飛ばされる方がたぶん楽だ。

まあきっと、愛人に頼まれでもしたんだろう。愛人と手を取り合っての逃避行、なかなかロマンチックかもしれない。日本より遥かに暴動が多発しているであろうブラジルで、頼りない父親が『裁きの刻』まで無事でいられるのか、そもそもそこまでたどり着けるのか疑わしかったが、僕にはどうでもいいことだった。

床に散乱した札束をリュックサックの中に戻しはじめると、ズボンのポケットから明るいロックミュージックが流れ出す。僕は素早くズボンのポケットからスマートフォンを取り出すと、相手をたしかめることもせず『通話』のアイコンに触れた。

「もしもし！」

『あの、亮君……』電話の奥からか細い声が聞こえてきた。

「ああ……雪乃か」失望が声に溶け込んでしまう。

『もう……お葬式終わったんだよね？』

「葬式っていうか、火葬しただけだけどね。こんな時期だから、坊さんが大忙しでブッキングできないんだってよ」

現在、いくつかの国は、国民の暴動を制御できなくなり無政府状態に陥《おちい》っていた。そうでなくても、多くの国で暴動が頻発《ひんぱつ》し、軍を動かしてなんとか治安を保っている状態だ。そんな外国に比べたら、日本は比較的落ち着いている。けれど、それはあくまで『比較的』でしかなかった。街中のいたるところに警棒を手にした警察官が立っているし、物騒な事件も多くなっている。そして、それ以上にこの国で問題になっているのが自殺だった。ダイスが降ってくるかもしれないという恐怖に国民が晒《さら》され続けた結果、うつ病患者が激増した。最近聞いたニュースでは、自殺者数が例年の数十倍にまで増加しているということだ。

うつ病だけではなく、強いストレスにより精神のバランスを崩す者が続発しているらしい。それらは『ダイス精神病』と呼ばれ、大きな社会問題になっていた。

『亮君、大丈夫？　私、家に行こうか？』

「大丈夫だよ。心配しないでいいって」僕は感情を押し殺してつぶやく。

『けれど、こういう時は誰かと一緒にいた方がいいよ。ご飯食べていないでしょ？　私なにか作っていくから……』

「来なくていいって言ってるだろ！」

今度は声量を抑えることができなかった。電話の奥から息を呑む音が聞こえた。

『でも、一人で家にいたら……』

健気《けなげ》にも雪乃はまだ僕のことを心配してくれていた。ただ、いまはそれに感謝する余裕さえなかった。

「一人じゃない。……姉さんがいるよ」

雪乃が言葉を失った隙に、僕は「じゃあ」と通話を終える。すぐに、耐え難いほどの自己嫌悪が襲いかかってきた。

せっかく心配して連絡をくれたのに、八つ当たりをするなんて……。

僕はスマートフォンを放り投げた。フローリングの上に転がったそれは、抗議をするかのように再び音楽を奏《かな》ではじめる。

また雪乃からか？　僕は緩慢《かんまん》な動作でスマートフォンを拾うと、液晶画面を見る。そこに表示されていた『四元美咲』の文字に、心臓が大きく跳ねた。

かすかに震える指先で『通話』のアイコンに触れる。

『……漆原君？』

抑揚のない声が聞こえてくる。僕は唾《つば》を飲み込むと、おずおずと口を開いた。

「四元、この前の話は……？」

『うん、大丈夫。……三十分後に校門の前で』

彼女はそう言うと、返事を待たずに電話を切った。

どうやら最初の関門をクリアすることができたらしい。これで一歩、目的に近づけた。体温がじわじわと上昇していく。

机の上に置かれた桐箱に視線を送った僕は、低く押し殺した声でつぶやいた。

「あと、五日……」

2

交通量の少ない車道をマウンテンバイクで駆けていく。冷えた空気が、火照《ほて》った体から熱を奪いながら左右に流れていった。僕はサドルから尻を持ち上げると、体重をかけてペダルを踏み込む。車体はさらに加速する。

風圧に細めた僕の目に、見慣れた建物が入り込んできた。僕の通う高校。昼下がりのこの時間は、普段なら授業が行われているが、『裁きの刻』が近づいて治安が悪化していることにより、数日前から休校になっていた。

校門の前に、細身の体をブレザーで包んだ少女が佇《たたず》んでいる。スピードを緩《ゆる》めることなく近づいていくと、彼女はこちらを向いた。華奢《きやしや》な肩に触れるくらいの黒髪。短めの後ろ髪に比べ、前髪は長く、目にかかっている。すだれのような前髪の奥から、その小さな顔のわりに大きな目がこちらを見つめていた。

四元美咲。僕のクラスメート。

四元の前でマウンテンバイクを停《と》めると、僕はぎこちなく片手を上げる。

「えっと……、やあ」

どうにも間の抜けた僕の挨拶に、四元は「……ん」と、かすかにあごを引く。

「なんか悪かったな。面倒なこと頼んで」

僕はマウンテンバイクから降りながら、つとめて明るい声を出す。

「いいの……、暇だったから」

四元の声は大根役者が台本を棒読みしているように抑揚がなかった。ぎくしゃくした雰囲気が漂いはじめる。しかし、それもしかたがない。クラスメートといっても、僕はこれまで彼女とほとんど話したことがないのだから。

興味深そうにマウンテンバイクを見る四元を、横目で観察する。どこか眠そうな切れ長な目、少し低めだが形のよい鼻、唇の薄い小さな口。どちらかと言えば整っているのかもしれないが、あまり個性のない顔立ちだった。

こいつ、こんな顔をしていたのか。

これまで、四元の顔をしっかりと見たことがなかった。僕だけではないだろう。おそらくクラスメートの大部分は、四元の顔をまじまじと見たことなどないはずだ。なぜなら、四元美咲は『禁忌《きんき》』だから。

高校に入ってすぐ、体育の授業で四元が転倒して、捻挫《ねんざ》をしたことがあった。そして、その翌日の授業中、事件は起こった。

着物を着た三十代の女性が、明らかに堅気《かたぎ》ではない数人の男たちを連れて、黒塗りの高級車で学校に乗り込んできたのだ。その集団は呆然《ぼうぜん》とする生徒たちをよそに、廊下で「校長を出せ！」と大声を上げ続け、最終的に校長室へと消えていった。

それが四元の母親で、抗議のために乗り込んできたのだと、僕たちは後日知った。噂では、校長室に乗り込んだ四元の母親たちは、校長に土下座を強要した上で、「誠意を見せろ！」と迫ったらしい。学校がその後どのような対応をとったかは、一生徒である僕は知らないが、クラス全員がその事件で一つのことを悟った。『四元には決して近づいてはならない』と。

もともと自分からはほとんど喋《しゃべ》ることのなかった四元は、事件のあと完全にクラスから孤立し、教師もつとめて四元に関わらないようになった。

一番後ろの窓際、そこが彼女の指定席。その席で授業中ずっとすだれのような前髪の奥から外を眺めて過ごし、授業が終わるといつの間にか姿を消す。それが四元美咲という存在だった。

二日前、四元の連絡先を知るために、僕はクラス中の友人に電話をかけまくった。女子の一人が、入学してすぐの頃、連絡先を交換していたらしく、電話番号を教えてくれた。僕はその番号を聞くと、躊躇《ちゅうちょ》することなく四元に連絡を取った。

僕には、その禁忌が必要だったから。

「……それじゃあ行こう」四元はてくてくと歩きはじめる。

「え、行くってどこへ？」

「漆原君が会いたい人のところ」

素っ気ないセリフに緊張が走る。

「その人は……、どこに？」

「ついてくれば分かる。急いで歩けば二十分ぐらいだから」

四元は早足で進んでいく。自転車を押しながらでは、そのスピードについていくのは骨が折れそうだった。マウンテンバイクをチェーンで電柱に固定し、小走りに四元を追う。僕と彼女は並んで歩きはじめた。

数分もすると僕たちの間に、なんとも居心地の悪い空気が漂ってきた。いや、居心地が悪く感じているのは僕だけなのだろうか。無表情で歩く四元がなにを考えているのか、よく分からなかった。

話題を振ろうとするのだが、これまでほとんど接触を持ったことのない彼女となにを喋ればいいのか思いつかなかった。

四元が独《ひと》り言のように「ねえ……」と、つぶやく。話しかけられると思っていなかった僕は「え？　なに？」と声をうわずらせた。

「漆原君のお姉さん。……殺されたんだよね？」

全身の産毛《うぶげ》が逆立《さかだ》つ。頭の中にあのときの光景がはじけた。

鮮《あざ》やかな色彩の中に横たわる白い裸体。そして、乳房の間に深々と突き立てられたサバイバルナイフ。激しい嘔気《おうき》が胸に広がっていく。

「なんで……、そのことを？」

「けっこう噂になってるよ。最近、ダイスのせいで物騒な事件は多いとはいっても、若い女性の全裸の遺体が花壇に放置されていたなんて、やっぱり衝撃的だから」

四元は足を止めると、体ごとこちらを向いて、前髪の奥から僕の目を覗き込んでくる。

「どんな気分？　お姉さんが殺されたって知ったとき、お姉さんともう会えないと分かったとき、どんな気分だった？」

相変わらず無表情の四元。しかし、僕を見つめる目には好奇の光が灯っていた。

「なんで、そんなこと……知りたがるんだよ？」

「べつに意味はないの。強いて言えば後学《こうがく》のためかな」

四元はコケティッシュに小首をかしげる。その態度に、頭に血液がのぼった。

「……言いたくない」胸の中で荒れ狂う怒りを、僕は必死に抑え込む。

「そう……。ならいいや」

四元は再び歩きはじめた。しかし、僕は動けなかった。数メートル先に行ったところで四元は立ち止まり、振り返る。

「行かないの？　行かないなら、私、帰るけど」

「行くよ……」

鉛《なまり》の枷《かせ》でも付けられたかのように重くなった足を、僕は引きずりはじめた。

3

「もうすぐ着くから」

隣を歩く四元がぼそりと言う。僕は彼女を見ることなく小さく頷いた。

姉さんのことに触れられてからの約二十分、僕と四元は一言も言葉を交わすことなく、無言で歩き続け、住宅地から大きく外れた、ターミナル駅近くの歓楽街までやってきていた。周囲には飲み屋や風俗店の看板が並んでいる。

昼間だけあって辺りは閑散《かんさん》としていた。いや、時間は関係ないのかもしれない。『裁きの刻』まで一週間を切っているいま、歓楽街で遊ぼうとする者も、店に出ようとする従業員もいないのではないだろうか。

「早く行こ。夜になると人が溢れるから」

「……人が溢れる?」

反射的に聞き返す。この二十分で怒りは、会話ができるぐらいには和《やわ》らいでいた。

「もうすぐ世界が消滅するかもしれないなら、その前に手持ちのお金を使いきって遊ぼうって人が結構いるの」

「でも、お店が開いてないんじゃ……」

「そんなことないよ。ダイスが衝突するわけないと思っている人はいっぱいいる。だから、逆にいまこそ稼ぎ時だって値段吊り上げて営業しているお店も多い。風俗店とか大繁盛《だいはんじょう》らしいよ。女の子が足りなくて困っているみたい。もし漆原君が興味あるなら、いいお店紹介してあげようか」

眉根《まゆね》が寄ってしまう。

「こういう話は嫌い？」

僕の表情を読んだのか、四元は体を傾けると、下から僕の顔を覗き込んできた。

「好きも嫌いもないよ。興味がないだけ」

「興味がない？　女の子に興味がないってこと？」

「そういうわけじゃ……。ただ、お金を払ってそういうことするのは……」

「愛がないセックスに意味はないってこと？」

あまりにもあけすけな言葉に、僕は絶句する。

「セックスに意味なんて求めなくていいじゃない。子供を作ろうってわけじゃあるまいし。ただ気持ちよくなればいいんでしょ。お店の女の子は客の男を気持ちよくさせて、その分の代金をもらう。ちゃんとしたビジネスじゃ……」

「そんなこと、どうでもいいだろ。それより早く連れていってくれよ！」

僕は吐き捨てるように言うと、四元から視線を外して先に進む。

「……日下部雪乃さん」

体が震えた。僕が振り返ると、四元は挑発するような笑みを浮かべていた。

「雪乃が……どうしたんだよ?」

「なんとなく言ってみただけ。日下部さんと漆原君、付き合っているんでしょ?」

四元は黙り込む僕を凝視《ぎょうし》し続ける。心の底まで見透かすようなその眼差しに、心臓の鼓動が加速していく。耐え切れなくなった僕が口を開きかけたとき、四元は再び歩きはじめた。

「こっち。もうすぐだから」

手招《てまね》きしながら四元は狭い路地に入っていく。まだ心臓の鼓動は速い。なぜここまで動揺しているのか、自分でもよく分からないままに、僕も路地に入った。

「日下部さんって可愛《かわい》いよね。スタイルもいいし、目もくりくりで羨《うらや》ましい」

前を歩く四元が、独白なのか、話しかけているのか分からない口調でつぶやく。

「そういえばさ、『可愛い』と『可哀《かわい》そう』ってなんか響きが似てるよね」

四元は首だけ回して振り向くと、僕に向かって再び挑発的な笑みを浮かべた。

「さっきから何が言いたいんだよ!」

声が大きくなる。掴みどころのない言動に我慢するのも、限界だった。

「……べつに。それより着いたよ」

薄暗い路地で止まった四元は、古い雑居ビルの、地下へと降りる階段を指さした。

「地下の突き当たりにあるバーに入って。話は通してあるから」

四元は「話は終わり」とばかりに、ひらひらと手を振った。

「ありがとう。助かったよ」

　心のこもっていない礼を口にして、僕は階段を降りはじめた。ここまで案内してもらえば、もう彼女に用はない。

「じゃあ……頑張ってね」

　背中から四元の声が追いかけてきた。


　階段を降りると、非常灯だけが灯っている薄暗い廊下が延びていた。左右には飲食店らしき店舗の入り口が並んでいるが、すでに潰《つぶ》れているのか、それともダイスの接近に伴《ともな》い休んでいるのか、中から明かりは漏れていなかった。

　本当にこんなところで『あれ』が手に入れられるのだろうか？　不安をおぼえつつ、廊下を突き当たりまで進むと、豪奢《ごうしゃ》な造りの革張りの扉が現れた。僕は唾を飲み込み、ゆっくりと手を伸ばした。

　軋《きし》む扉を開け、室内を眺める。十席ほどのカウンター席と、ソファー席が二つだけの、クラシックな雰囲気のバーが、間接照明の薄い明かりに浮かび上がっていた。カウンター奥の棚が取り付けられた壁一面に、洋酒のビンが並べられている。

　突然、「よう！」と陽気な声をかけられ、僕は硬直する。目を凝《こ》らすと、店内の一番奥、間接照明の光も十分には届かないカウンター席に男が腰掛けていた。年齢は四十前後といったところだろうか。黒いシャツの胸元を大きく開き、ジーンズを穿《は》いた足を組みながらグラスを揺らしている。

「美咲が言っていたガキか。そんなとこに突っ立ってねえで入んなよ」

グラスの液体を口に放り込んだ男に、僕は警戒しながら近づいていった。

「あの、はじめまして、漆原りょ……」

名乗ろうとした瞬間、男は目の前に手をかざしてきた。

「お前さ、俺とダチになりたくて、美咲に俺を紹介してもらったのか？」

「え……？　いえ、そういうわけでは……」

「なあ、わざわざコンビニの店員に頭下げて名乗ったりしねえだろ。俺は店員で、お前は客、ビジネスライクな関係だ。特に俺のビジネスは特殊だからな。お互いの名前を知らねえ方が後々問題になりにくいんだよ」

男は持っていたグラスにウイスキーを注ぐと、「飲みな」と差し出してくる。

「……まだ高校生なんですけど」

以前、友人たちと隠れて飲んだビールの苦みを思い出し、顔をしかめてしまう。

「こんな場所で未成年もくそもあるかよ。いいか、俺は勧められた酒も飲めねえような奴を信用できねえ。俺とビジネスしたきゃ飲め。じゃなきゃ、すぐに帰れ」

男は押し付けるようにグラスを渡してくる。覚悟を決めた僕は、琥珀色《こはくいろ》の液体を口に放り込む。次の瞬間、喉が燃え、鼻から頭に濃厚な土の匂いが突き抜けた。僕は激しくむせ返りながら、口から液体を吐き出す。

「はは。面白いガキだな、お前」

男は僕の手からグラスを奪い取り、残っていた中身を一気に呷《あお》った。

「もう一杯いくか？　ここにある酒ならいくらでも飲んでいいぞ」

「……ここってあなたの店なんですか？」

ようやく呼吸が落ち着いてきた僕は、喉元を押さえながら訊ねる。

「俺の店？　ああ、ちげえよ。時々飲みに来る店だ。ここのマスターが、店を閉めて母親に会いに故郷に帰ったからな。その間、俺が管理してやってるんだよ」

「頼まれたんですか？」

「頼まれなくてもやるのが本当の優しさってやつだろ。さて、そろそろビジネスの話に移るか」男はずいっと顔を近づけてくる。「お前はなにが欲しいんだ？」

アルコールのせいか、それとも緊張のせいなのか、口がやけに乾いた。

「どんなものが用意できるんですか？」

「なんでもだ。値段に見合う金を払えるなら、なんでも調達してきてやる」

立ち上がって身軽にカウンターを飛び越えた男は、しゃがみ込むと次々と、小さなビニール袋に入った粉末や錠剤《じょうざい》を取り出していく。

「ほれ、葉っぱにスピードもあるぞ。それとももっと強いのがお好みか。シャブにコーク、ヘロインもあるにゃあるが、ウイスキーも飲めねえようなお子様にゃ、ちょっときつすぎる。まずは入門編として、葉っぱ、大麻ぐらいがお勧めだな」

カウンターに次々と現れる違法薬物を前に、口が半開きになる。

「こんなもの、いつも持っているんですか？」

「そんなわけねえだろ。普段なら手元に置かねえよ。けれど最近は隠す必要もない。おまわりたちは街で騒ぐ馬鹿どもの相手で大忙しだからな。それに……」

すべての『商品』をカウンターに並べた男は、立ち上がると唇の端を持ち上げた。

「隠す余裕もないぐらい、最近は大繁盛なんだよ」

「大繁盛……」

「ああ、ダイスが地球に落ちるかもしれないって言われはじめた辺りから、じわじわと売り上げが伸びていってな。いまじゃ入れ食い状態だ。みんなクスリで恐怖を誤魔化《ごまか》そうとしているんだろうな。まったくダイス様々だよ」

「ダイス様々って……、怖くないんですか？」

人類が滅亡するかもしれないというのに、商売繁盛を無邪気に喜んでいる男の気持ちが理解できなかった。

「怖がっても意味ねえだろ。俺が怖がれば、ダイスが落ちてこなくなるのか？　違うだろ。なら、落ちてこなかった場合のことを考えて、精一杯稼ぐのが正解だ」

あくまでも陽気な口調から、その言葉が決して強がりではないことが感じられた。

「こんな仕事してるから、普通の奴らと違って『死』ってやつが身近なんだよ。だから平気で

いられる。けれど、お前みたいなガキが怖がるのは当たり前だ。べつに恥ずかしいことじゃね
え。安心しろって。俺の扱ってるブツは上玉《じょうだま》だ。こいつをやれば、お前さんを悩ましている
その恐怖もぶっ飛んじまうからよ。で、どれを買う？」

僕が黙り込んだのを違う意味でとった男は、カウンター越しに肩を叩いてくる。僕はからか
らに乾燥した口の中を舐《な》めると、男の目をまっすぐに見た。

「銃……、拳銃はありますか？」

「……いまなんて言った？」

男の声が低くなる。辺りの空気が張り詰めていった。僕は拳を握り込んで、背中にのしかか
ってくる圧力に耐える。

「だから、拳銃が欲しいって言ってるんですよ。手に入らないんですか？」

「俺に手に入らねえものなんてない。けどな、なんでも売るってわけじゃねえ」

「僕をビジネスの相手って認めたんでしょ。なら売ってください。金なら用意してあります」

「水鉄砲じゃねえんだぞ。ガキの小遣いで買えるとでも思って……」

「いくらですか？」僕は男のセリフを遮《さえぎ》る。

「……なんだと？」

「だから、いくら払ったら拳銃を売ってくれるんですか？」

男は黙り込んだ。重苦しい沈黙のあと、血色の悪い唇が動く。

「……二百だな。もちろん現ナマでだ」

男が言い終わるや否や、僕はジャケットの内ポケットから札束を三つ取り出し、叩きつけるようにカウンターに置いた。男の表情に驚きが浮かぶ。

「三百万円あります。これで売ってください」

ふっかけられていることは分かっていたが、べつにかまわなかった。いつ価値がなくなるかも分からない紙切れなど、惜しくない。

「……お前さ、なんでハジキなんて欲しいんだよ」

「そんなこと訊《き》く必要があるんですか？　金が手に入ればいいんでしょ」

「言っただろ、俺はこの世界が続いたときのことを考えて行動しているんだよ。いまはダイスのせいで世の中混乱してる。けれどな、一週間後は違う。ダイスが落ちてこなきゃ、また普段通りの生ぬるい日常が戻ってくるんだよ。うざいおまわりどもが、俺みたいな善良な市民の商売にも目を光らせる日常がな」

男は苛立《いらだ》たしげに整髪料で固められた髪を掻いた。

「そうなったとき、お前が俺の売ったハジキで変なことをしたら、こっちにまでとばっちりがくる。ヤクザ者同士のいざこざぐらいなら警察だって大騒ぎにゃしねえ。いくらでも誤魔化しようがある。けれどな、もし堅気の奴がハジキで殺されたとなりゃ、シャレにならない。分かるだろ？」

「大丈夫です。絶対に『裁きの刻』までに決着をつけますから」

「……『決着』っていうのはなんのことだ？　お前は何をするつもりなんだ？」

「殺したい奴がいるんですよ」

「殺したい？　誰だよ。学校でお前をいじめていた奴か？」

「……姉さんを殺した奴ですよ」

声を絞り出すと、男の細い目が大きく見開かれた。

「……なんだって？」

「僕の姉さんは一週間前に殺されたんですよ。心臓を一突きにされ、裸で公園の花壇の中に放置されたけど、警察はダイスのせいでまともに捜査もしてくれない」

僕は食いしばった歯の隙間から、言葉を絞り出していく。

「警察が頼りにならないなら、自分でやるしかないんだ」

「あの事件かよ。まあ、なんだ……。そりゃ不幸だったけどな、ダイスさえ通過したら警察だって本腰入れて捜査してくれるだろ」

諭すように言う男を見つめながら、僕は「通過しなかったら？」と低い声で言う。

「え？」

「だから、もしダイスが地球に衝突したらどうなるんですか」

「そりゃ、お前……」

「犯人が他の八十億人と一緒に消えていく？　なんの罰も受けないいまま？　そんなの赦《ゆる》せるわけない！　『裁きの刻』までに絶対に犯人を見つけて、僕の手でそいつに『裁き』をくらわしてやるんだ！　そのために、どうしても拳銃がいるんです！」

抑えきれなくなった激情を吐き出した僕は、呼吸を整えながら男を見つめる。数秒、無言で俯《うつむ》いたあと、男は深くため息をついた。

「……もし、お前が『裁きの刻』までに犯人を見つけられなかったら、そしてダイスが衝突しなかったら、あとは警察に任せるんだな？」

すぐには答えられなかった。できれば、姉さんの仇をこの手で討ちたかった。しかし、そう答えれば、目の前の男は決して拳銃を渡さないだろう。

「……はい。そのときは警察に任せますよ」

しぶしぶ答えると、男はジャケットの懐《ふところ》に手を忍ばせた。

「ほれ」

懐から出した手には、黒い塊が握られていた。全身に鳥肌が立つ。それはこれまで映画やドラマの中でしか見たことのない物体だった。小ぶりな回転式拳銃。

「これは売りもんじゃねえ。俺が護身用に持っているもんだ。モデルガンを改造して実弾が出るようにした改造銃で、正直言って売りもんにするほどのクオリティーはねえ。何十発か撃ったらぶっ壊れるぐらいの耐久性しかないし、威力だっていまいちだ。利点は小さくて隠しやすいことぐらいだな」

男は拳銃を差し出す。

「こんな不良品売ってたら、この商売で一番大切な『信用』ってやつがなくなっちまう。三日もあれば、こんなの目じゃねえほど質のいい、ロシア製のマカロフを調達してやることもできるんだが……それじゃ遅いんだよな」

「はい、そんな時間ないです」

「だと思ったよ。分かった、これを売ってやる」

「クオリティーが低いって、ちゃんと使えるんですか？」

「ああ、気になるよな。それじゃあ実演販売といこうか」

男は酒ビンが並んでいる奥の棚に、銃口を向けた。

「使い方は簡単、撃鉄《げきてつ》を起こして引き金を引くだけだ。威力はそれほどじゃない。遠くからじゃ致命傷は難しい。確実に殺《や》るなら近距離、数メートル以内から全弾ぶち込め」

男が引き金を引く。その瞬間、棚に置かれていたビンが粉々に砕け散った。鼓膜に痛みを感じるほどの爆発音がこだまし、アルコールの匂いが鼻先をかすめる。

銃口にふっと息を吹きかけると、男はカウンターに銃を置いた。

「弾は残り五発。タイムリミットは『裁きの刻』だ。それを過ぎたら、お前はこの拳銃を、弾と別々に山にでも埋める。約束できるな」

今度は迷うことなく頷くと、僕は銃を手にとった。男はカウンターの上に置かれた三つの札束のうち二つを、「持って帰りな」と僕に押し付けてくる。

「え？　でも、二百万円って」

「そんなおもちゃに毛の生えたような銃じゃ、どんなにふっかけても百万がいいところだ。非合法の商売だけどな、これでも商売人のプライドがあるんだよ」

肩をすくめた男は、ふっと笑みを浮かべると、「このたびはお買い上げありがとうございました」と芝居じみた口調で言う。

「こちらこそ助かりました」

銃をジャケットの内ポケットにしまう。ずしりとした重みが伝わってきた。

「まったく、結構な時間とっちまったな。ほれ、用事終わったならさっさと帰れよ。これから他にも商談あるっていうのに。普通ならお前みたいな堅気の一見様《いちげん》なんて、取引どころか会うこともしねえんだぞ」

「じゃあ、なんで会ってくれたんですか？」

「美咲に頼み込まれたからに決まってるだろ」

「四元に？」

「そうだよ。あいつのおふくろ知ってるか？　気が強いけれどいい女なんだ。特に若い頃はマジですごかった」

曖昧に「はあ……」と頷くと、男は顔の筋肉を緩ませた。

「つまりな、美咲は俺の娘かもしれねえんだよ」

4

「終わった？」

雑居ビルを後にし路地を出ると、横から声をかけられた。見ると、四元が閉まったシャッターに背中をもたせかけながら、長い前髪の奥からこちらを見ていた。

「四元⁉」

「なに驚いているの？」

「いや、てっきりもう帰ったのかと思って」

「待ってちゃ悪かった？」

「そんなことないけど。この辺、危なくなかったか？」

「大丈夫。この辺り、警官がいっぱいだから。どっちかというと、警察官に声かけられる方がウザったくて、誤魔化すの面倒だった」

「どうやって誤魔化したんだよ？」

「『ダイス精神病で親友が自殺したから、誰とも話したくない。ほっといて』って言ったら、みんなどこかに行ってくれた。それじゃあ、行こうか」

四元が体勢を戻す。寄りかかっていた鉄製のシャッターが音を立てた。

「行くってどこに？」

「漆原君はこれからどうするの？」

「いや、とりあえず学校に置いてあるマウンテンバイクを回収して、そのあと家に帰るつもりだけど……」

「そう、それじゃあまずは学校まで」

四元はすたすたと歩きはじめた。僕は慌《あわ》ててその隣に並ぶ。

「なんで四元まで学校に行かないといけないんだよ？　家、あの辺なのか？」

「ううん、ちょっと離れてる。けれど、ここまで案内したの私なんだから、ちゃんと送らないといけないでしょ」

「いや、そんな送ってもらわなくても……」

「家に着くまでが遠足です」四元はぼそりと言う。

僕は首を捻《ひね》って四元の横顔を眺めた。いまのは冗談だったのだろうか？　ほとんど動かないその表情からは判断がつかなかった。

せっかちな秋の太陽は、すでに西に傾きはじめている。紅く色づきはじめた街を僕と四元は、言葉を交わすこともなく並んで歩いた。

やはり十分ほどで沈黙に耐えきれなくなってくる。僕はしかたなく口を開いた。

「あのさ、さっきの人って、四元の親父なの？」

「あの人がそう言ったの？」四元は横目で視線を送ってくる。

「いや、なんかそうかもしれないみたいな、変な言い方していたけど……」

「……分かんない」四元は足を止めると、夕日に染まる空を仰《あお》いだ。

「分からないって……」

「そのままの意味。ママ本人も、誰が私の父親か分からないみたい。私を妊娠したとき、セックスしていた相手がいっぱいいたらしいから」

言葉を失う僕を尻目に、四元は淡々と話し続ける。

「父親が誰だか分からない。だから、私には父親なんていないの。私の家族はママだけ……。漆原君と同じ」

「僕と……同じ？」

「漆原君も家族が一人しかいなかったんでしょ。お母さんが亡くなって、お父さんは家を出た。残った家族は漆原君とお姉さんだけ」

「なんで……そのことを……？」

「多分、クラス全員が知っているよ。漆原君が美人のお姉さんと二人暮らしで、しかもものすごいシスコンだって」

口が半開きになる。姉さんと二人暮らしをしていることを親しい友人には言っていたが、そんな噂まで広がっていたとは。

「それで、漆原君はあの人からなにを買ったの？」

追い打ちをかけるように四元は訊ねてきた。僕は「いや、べつに……」と言葉を濁《にご》しつつ、内ポケットに入っている拳銃を、ジャケットの上から触ってしまう。

四元は細いあごに右手の人差し指を沿わせると、ぶつぶつとつぶやき出した。

「ナイフ？　毒？　……ううん、違うな」

背中を冷たい汗が伝う。四元ははっとした表情になると、柏手《かしわで》を打つようにブレザーに包まれた胸の前で両手を合わせた。

「銃ね。あの人から拳銃を買った。そうでしょ？」

「なにを言って……。銃なんて、なんでそんなこと……」

「だって、たった一人の家族を殺された人が、まだお葬式も終わってないのに、まともに話したこともない私に声をかけてきた。しかも話の内容は、非合法のものを手に入れられるような人を紹介して欲しいなんていう、ふざけた依頼。そんなの、犯人に復讐したいからに決まってるじゃない。ナイフなら普通に手に入るし、毒は使い勝手も悪くて殺した実感もいまいち。それなら拳銃かなって」

これまでほとんど喋らなかったのが嘘のように、四元は立て板に水で話し続ける。その内容は、僕の思考を正確にトレースしていた。

「それで、拳銃で合ってるの？」長い前髪の奥から、大きな瞳が僕を見つめる。

「……もし、銃を買ったって言ったら、警察にでも通報するのか？」

「私が通報するって言ったらどうするつもり？　その拳銃で私を撃つの？」

楽しげに四元は質問を返してきた。僕は言葉に詰まる。

クラスメートを撃つ？　そんなことできるわけない。けれど、いま逮捕されるわけにはいかない。姉さんの仇を討つために残された時間はわずかなのだから。

僕は細かく震える右手を、ゆっくりとジャケットの内側へと移動させていく。どうするべきか心が決まらないままに、指先が内ポケットの中の硬い物体に触れた。視界から遠近感が消えていく。

突然、四元は僕の唇に「しっ!」と人差し指を押し付けてきた。同時に、背後から「お二人さん」と声をかけられる。おそるおそる振り返ると、自転車に跨《また》った中年の制服警官がそこにいた。僕は反射的にジャケットの内側から右手を引き抜く。

「もう日が暮れるよ。最近は物騒だから、そろそろ家に帰りなさい」

柔らかい口調で言いながらも、その目は不審そうに僕に向けられている。

もし身体検査をされたら、拳銃が見つかってしまう。逮捕され、『裁きの刻』まで留置場で過ごす羽目になる。全身の汗腺《かんせん》から、冷たい汗が滲《し》み出してきた。

「すみません、いま帰るところです」四元が無邪気な笑みを浮かべた。

「……こんな時間まで、なにをしていたのかな?」

「デートしていたんです。そうしたら、いつの間にかこんな時間になっちゃって」

警官は無言で僕たちに視線を注ぎ続ける。痛いほどに心臓の鼓動が加速していく。険《けわ》しかった警官の顔が、ふっと緩んだ。

「ああ、デートだったのか。いいねえ」

「はい、この前付き合いはじめたばっかりで。だから、『裁きの刻』までできるだけ一緒にいたくて……。すみませんでした」

四元は勢いよく頭を下げた。慌てて僕もそれに倣《なら》う。

「そうか、そうだよな。一緒にいたいよな。邪魔してごめんな」

警官は片手を挙げて走り去っていった。安堵で全身から力が抜けていく。気を抜けば、その場にへたり込んでしまいそうだった。

「……言わないよ」

警官の姿が小さくなっていくと、元の無表情に戻った四元はぽつりとつぶやいた。

「漆原君が拳銃を持っていることも、お姉さんを殺した犯人をそれで殺そうとしていることも、誰にも言わない」

「なんで……？」

もはや拳銃を買ったことを否定しなかった。どんな嘘をついても、四元には見抜かれてしまう。そんな気がしていた。

「だって……私もきっとそうするから。ママが誰かに殺されたら、絶対その人を赦せない。私の手で始末をつける」

四元の双眸《そうぼう》に妖《あや》しい光が宿る。寒気をおぼえ、僕は軽く身を震わせた。しかし次の瞬間にはその光は消え失せ、直前までのどこか気怠《けだる》そうな目つきに戻っていた。

「それじゃあ、行こっか」

四元に促《うなが》され、僕たちは再び並んで歩き出す。さっきと同じように言葉を交わすことなく。しかしなぜか、いまは居心地の悪さを感じなかった。

僕は少し歩くスピードを落とすと、口を開いた。

「……空《から》っぽになったよ」

四元は足を止めることなく、首だけ回して「なに？」と僕を見る。

「訊いただろ。『お姉さんが死んだとき、どんなふうに思ったか』って。空っぽ、自分が空っぽになったんだよ」

四元は足を止め、「ふーん」と興味なさげにつぶやくと、体ごと振り返った。

「ねえ、漆原君さ、少し時間ある？」

四元はあごをしゃくるようにして、数百メートル先にある小高い丘を指した。

なんで僕はこんなことをしているのだろう？　年季が入った木製の手摺《てす》りを摑みながら、自問する。数段上では四元が軽やかな足取りで石段をのぼっていた。辺りは鬱蒼《うっそう》とした林に囲まれ、まだ太陽が照っているにもかかわらず薄暗かった。

「少し時間ある？」と訊いてきた四元は、僕が答える前に、「ついてきて」と街外れにあるこの丘に僕を連れてきた。ふもとにある、樹木の枝で入り口が隠されたような石段をのぼりはじめた四元のあとを、僕はなぜかついていってしまった。

摑んでいる手摺りの表面が、日焼けした皮膚が剝《む》けるようにぼろりと崩れる。長年風雨に晒され腐っていたのだろう。石段の隙間からは背の高い雑草が生えていた。少なくとも数年間は、人の手が入ってなさそうだ。

「疲れたの？」

上方から声が降ってくる。いつの間にか四元が足を止め、僕を見下ろしていた。

「いや、そういうわけじゃ……」

「それじゃあ、私を先に行かせれば、スカートの中が見えるとでも思った？」

僕は顔をしかめる。冗談めかして言われるならともかく、にこりともせず真顔でそんなことを言われては、どう反応していいか分からなかった。

「そんなわけないだろ」

「冗談よ。疲れてないなら早く来て」

相変わらずの抑揚のない口調で言うと、四元は再び石段をのぼりはじめる。短めのスカートの裾《すそ》が翻《ひるがえ》った。僕は慌てて視線を落とす。顔を伏せたまま数十秒足を動かし、ふと顔を上げると、四元の姿が見えなくなっていた。

二十段ほど早足で石段を駆け上がる。左右に被《かぶ》さってくるように生い茂っていた樹木が途切れ、急に視界が開けた。

「遅かったね」

古びたブランコに腰掛けた四元が言う。そこは小さな広場になっていた。直径二十メートルほどの空間には、公園もかねていたのか、ブランコやジャングルジム、コンクリート製の中が空洞になった巨大な亀のオブジェなどの遊具が置かれていた。

「なにをしているんだよ？」

「見たら分かるでしょ。ブランコに乗ってるの。漆原君もどう？」

「どうって……」

四元はブランコを前後に軽く揺らしながら手招きしてくる。しかたなく脛《すね》ぐらいまで伸びている雑草を踏みしめていくと、鉄製の支柱やチェーンが茶色い錆《さび》に覆われたブランコに、四元と並んで腰掛ける。クラスの禁忌と並んでブランコに乗る。数ヶ月前にはこんなことが起こるとは夢にも思わなかった。

僕はこの前まで、ただののんきな高校生だった。気の置けない同級生たちと馬鹿話をし、クラスでも人気の女子を恋人にして、楽しくも平凡な毎日を送っていた。ダイスが衝突するかもしれないということを知ってからも、そんな理不尽なことが人生に起こるはずがないと思い込んでいた。

けれど、間違っていた。この世界は理不尽だ。このうえなく理不尽で、残酷だ。

美しい花々の中に横たわる姉さんを見つけた瞬間、そのことを思い知らされた。

目を閉じると、姉さんの柔らかい笑顔が瞼の裏に浮かび上がってきた。

誰が姉さんを……。胸の中にはびこる黒い感情が、濃度を増していく。

「綺麗でしょ」

声をかけられた僕は「え?」と我に返り、目を開ける。

「だから、綺麗でしょ。ここからの景色」

言われて僕は気づく。ブランコの正面の林が開け、その奥に夕日で淡く色づいた街が見下ろせるということに。

「……ああ、綺麗だな」

僕は同意する。口先だけで。たしかに美しい光景なんだろう。けれど、いまの僕にはそれを美しいと受け取れるような『自分』がなかった。

「嘘。綺麗だって、思っていないでしょ」

「なんでそう思うんだよ？」

「そのやる気のない声聞けば、嫌でも分かる」

常にやる気のなさそうな声をしている奴に言われてもな……。僕は苦笑する。

「こんな場所、よく知ってたな」

「この展望台は私の場所だから」四元は紅く萌《も》える街をまぶしそうに眺める。

「私の場所？」

「そう、学校が終わったらいつもここに来て、暗くなるまでいるの」

「こんなところで、なにやっているんだよ？」

「本を読んだり、音楽を聴いたり、ぼーっと景色を眺めていたり」

「わざわざこんなところに来ないで、家にいればいいじゃないか」

「ここの方がいいの。誰もいない家になんかいたくない」

その口調は相変わらず平板《へいばん》だったが、なぜか寂しげに響いた。

会話が続かなくなる。夕日が地平線に吸い込まれていくのを眺めながら、僕たちはブランコを揺らし続ける。

「ねえ、『空っぽ』になったって、どんな感じなの」

「またその話か……。なんでそんなこと知りたいんだよ？」

もう怒りは感じなかった。けれど、積極的に話したいような話題でもない。

「私も『空っぽ』になるかもしれないから」

「……どういう意味だよ？」

ブランコを止めた四元は無言のまま、前髪の隙間から僕を見つめる。底が見えないほどに深く澄んだ瞳に吸い込まれてしまいそうな錯覚《さっかく》に襲われる。

「それで、どんな感じなの？」

同じ質問。あのときの記憶が蘇《よみがえ》ってくる。咲き乱れる花の中で横たわる姉さんの頬に触れたときの記憶。震える指先に伝わってきた冷たさを感じた瞬間……。

「世界から『色』が消えたんだ」

「色が消えた？」四元は首をかしげる。

「白黒映画とか見たことあるだろ。あんな感じだよ。画質の悪い白黒映画に迷い込んだみたいに現実感がなくなった。アスファルトを歩いても、布団の上を歩いているみたいにふわふわするし、なにを食べても味がよく分からなくなった。好きだった曲も雑音にしか聞こえない。なんか、自分が映画の登場人物になって、それを客席で本当の自分が見ているような、……そんな感じ」

「それは、いまも続いてる？」

「いや、かなり良くなったよ」

そう、いまは地に足がついている。いま、僕は現実の中に生きている。

四元は俯くと、上目づかいに目を覗き込んできた。

「復讐することを決めたから?」

地平線の奥に隠れかけている夕日が四元の顔を紅く染めている。

「……そうだよ」

正面の夕日を見ながら答える。なんとなく、誤魔化しても意味がないような、誤魔化す必要がないような気がした。

四元は「ふーん」とつぶやくと、再びブランコを前後に揺らしはじめる。ブランコが軋む音だけが、展望台に響く。夕日と地平線が融け合っていく。

「……漆原君は、ダイス、落ちてくると思う?」

「さあ、興味ないな。落ちてこようとこまいと、僕には関係ない」

僕にとって、世界は一週間前に終わっている。

「ただ、落ちてきてもいいように、『裁きの刻』までにけりはつけるさ」

「ダイスが落ちれば、お姉さんを殺した犯人も死んじゃうのに?」

「だからこそだ。僕の手でそいつにとどめを刺してやるんだ。そいつが他の八十億の人間と一緒に、一瞬で死ぬなんて絶対に赦さない」

僕は数十分前にバーで会った男に言ったのと同じことを口にしながら、胸ポケットに入っている拳銃の重みに意識を向けた。

「そう。仇……討てるといいね」

「四元はどう思っているんだよ？　ダイスが落ちてくるかどうか」

夕日を見てまぶしそうに目を細めた四元は、口元にかすかに笑みを浮かべた。どこか自虐《じぎゃく》的《てき》な笑みを。

「私も、いまのところどっちでもいい。私もいま『生きていない』から……」

「生きていない？」

聞き返すが、四元はそれ以上なにも語らなかった。

太陽が地平線の奥に隠れていく。闇がしっとりと辺りを侵食しはじめた。

「……そろそろ帰ろうぜ。日も暮れるし」僕はブランコから腰を浮かす。

「漆原君は先に帰って。私はもう少しここにいる。家まで送れなくてごめんね」

「ここにいるって、もうすぐここ、真っ暗になるだろ。一人じゃ危ないぞ」

「大丈夫。懐中電灯も持っているし、ここにやってくる人なんていない」

たしかにあれだけ分かりにくい入り口だ。こんな場所があると気づく者もほとんどいないのかもしれない。

「そっか、それじゃあ僕は……行こうかな」

身を翻しかけた僕のジャケットの裾を、四元は指でつまんだ。

「ねえ。もしお姉さんの仇を討ったら、漆原君はそのあとどうするの？　もう追う相手もいなくなって、そして……お姉さんもいない」

僕は答えようと口を開く。しかし、すぐには言葉が出なかった。

「そんなこと分からない。けれど……なにか変わるはずだ。きっとなにか……」

「そうだったらいいね」

四元は柔らかく微笑《ほほえ》む。どこか大人びた笑み。この数時間ではじめて四元の本当の笑顔を見た気がした。

「私、夕方は毎日ここにいる」

四元はチェーンを両手で摑むと、反り返るように空を見上げた。

「え？」

「だから、気が向いたらここに来ていいよ。話ぐらいなら聞いてあげるから。お姉さんの仇を殺そうとしているなんて、他の人には言えないでしょ」

「ああ、気が向いたらな。それじゃあ」

僕は適当に答える。銃の入手を手伝ってくれた礼と、その場の雰囲気で長話をしてしまったが、もう四元に話すことはない。

「それじゃあ漆原君……またね」

長い前髪の奥から僕を見つめながら、彼女は言った。

またね、か……。僕は軽く手を挙げると、無言のまま体を翻し四元に背を向けた。なぜか、少しだけ後ろ髪を引かれながら。

5

けたたましいサイレン音を上げながら、パトカーが猛スピードで走り抜けていく。内ポケットに拳銃をしまったままマウンテンバイクを漕《こ》ぐ僕は、身を硬くしながら赤色灯が遠くに消えていくのを見送った。

四元と別れ、マウンテンバイクを回収して家へと向かう間に、サイレンを鳴らすパトカーと三回もすれ違った。やはり治安は確実に悪くなっているようだ。

　空気は冷え切っていたが、全力でペダルを踏み込んでいる僕にはあまり気にならなかった。ようやくマンションが見えてきた。

　僕はマウンテンバイクを駐輪場へと滑り込ませる。体が火照り、背中に汗が滲《にじ》んでいた。冷たい空気をせわしなく肺に取り込んで体温を下げる。

「漆原亮君」

　突然に背後から名前を呼ばれる。振り向くと、パンツスタイルのスーツに身を包んだ長身の女性が立っていた。年齢は三十前後だろうか、ショートカットの黒髪が中性的な雰囲気を醸《かも》し出している。

　僕はまばたきをしながら、女性の化粧っ気の薄い顔を凝視する。どこかで会ったことがある気がするのだが、誰だか思い出せなかった。

「お忘れですか。立川《たちかわ》署刑事課の岩田千秋《いわたちあき》です」

女性は愛想よく自己紹介をする。思い出した。姉さんの事件を担当している刑事だ。茫然自失《ぼうぜんじしつ》の状態で話を訊かれただけだったので、はっきりとはおぼえていなかった。

「どうも……」僕は会釈《えしゃく》する。「あの、なにかご用でしょうか？」

「ちょっとお姉さんの事件について話を聞きたくて。でも、あまり外でするような話じゃ……。もしよかったら、お部屋で話せないですか？」

僕は内ポケットの拳銃に意識を向ける。

いま警察と接触するのは危険だ。けれど、目の前の女性刑事からは犯人に繋《つな》がる情報を得ることができるかもしれない。数秒の沈黙のあと、僕は口を開く。

「おかまいできませんけど、それでよければ」

岩田は「ありがとう」と、気の強そうな顔にどこか人工的な笑みを浮かべた。

自宅へ戻った僕は、岩田にリビングで待ってもらい、その間に自室へと行って内ポケットに入っている拳銃ごと、羽織っていたジャケットを簞笥に押し込んだ。

「きれいに片付いた部屋ですね」

リビングに戻ると、ソファーに腰掛けた岩田が部屋の中を見回した。

「姉がこまめに掃除をしていましたから」飲み物を出そうと、キッチンに向かう。

「このマンションには、姉弟二人だけで住んでいたんでしたっけ？」

「ええ、母は五年くらい前に亡くなりました。父は……単身赴任しています」

冷蔵庫の扉を開けながら僕は答える。親父は一人で愛人宅に住んでいるのだから、ある意味『単身赴任』と言えなくもないだろう。

「そうなんだ。二人だけでしっかり生活できるなんて偉いですね」

僕の言葉を信じているのか、それとも知っていて指摘しないだけなのか、岩田は微笑んだ。

冷蔵庫の中に飲み物はなかった。いつも姉さんは麦茶と牛乳をストックしていたのだが、それらは僕が飲みきってしまっていた。キッチン台の上には、僕が食べちらかしたコンビニ弁当の空《あ》き容器や、サンドイッチの包みが散乱している。この数日間、魂《たましい》が抜けたように部屋に引きこもっていたため、ゴミ出しもできていなかった。かすかに悪臭も漂いはじめている。たぶん、インスタントコーヒーや紅茶の葉ぐらいはあるのだろうが、その場所が分からない。面倒だ。僕はコップに水道水を注ぐと、リビングへと戻った。「おかまいできない」と前置きしたのだからいいだろう。

「お待たせしました」

テーブルの上に置かれたコップを見て目をしばたたいた岩田は、軽く咳払いをすると、対面の椅子に腰掛けた僕を見る。

「あらためて、このたびはご愁傷様《しゅうしょうさま》でした。必ず私たちが犯人を逮捕して、ご遺族の無念を少しでも晴らしますので、ご安心ください」

「はあ……。けれど、警察って捜査していたんですね。ダイスのことがあるから、てっきり姉さんの事件のことなんて放っておかれていると思っていましたよ」

皮肉半分、本音半分で言う。先週事情を聞かれたとき、ダイスによる犯罪多発を受けて、一時的に通常の捜査態勢はとれなくなっているという説明を受けていた。

「正直申し上げると、捜査をしていると胸を張って言えるような状態じゃありません。本当ならこういう大きな事件は、捜査本部を立ち上げ、警視庁の捜査一課が中心となって大規模な捜査を行います。けれど、現在はそのような態勢をとるのが難しいので、専属で調査に当たっているのは私だけなんです」

岩田は整えられた眉の間に、深いしわを刻んだ。

「刑事さんだけ？」

「ええ、うちの署の管轄だけで、この一ヶ月で十件以上の殺人や暴行致死などの重大事件が起こっているんです。けれどいまは治安維持が最優先なので、人員が割《さ》けない。だからとりあえずの初動捜査を行ったあとは、各事件の担当に一人か二人の刑事を割り当てて最低限の捜査だけを行い、ダイスが通過してから本格的な捜査をすることになっているんです」

岩田は悔《くや》しそうにかぶりを振りながら語り続ける。

「けれど、ダイスが通過するのを待っていたら遅いんです。人間の記憶は時間が経てば経つほど薄れていく。証言はできるだけ早く集めないといけない。だからどうか協力してください。お姉さんの仇を討つために！」

拳を握りしめる岩田を、僕は冷然と眺めた。岩田の顔に訝《いぶか》しげな表情が浮かぶ。

熱い言葉に感激した僕が、涙を浮かべて協力を約束するとでも思っていたのかもしれない。

そうだとしたら、とんだ勘違いだ。姉さんが死んで『空っぽ』になった僕に、そんな熱い感情なんて湧き上がるはずがない。それに……。

　岩田の言葉も僕に負けず劣らず『空っぽ』だった。

「刑事さん、そんな安っぽい芝居じゃ騙《だま》せませんよ」

　僕は小さく鼻を鳴らす。駐輪場で顔を合わせたときからずっと、この刑事の言動は作り物だった。僕のような人生経験の浅い子供ですらすぐに気づくほどに。

　岩田は大きく舌打ちをすると、ソファーの背もたれに体重を乗せた。

「なによ、高校生ぐらいなら、こういう熱い芝居に感動するもんじゃないの」

「いつの時代の話をしているんですか。それに刑事さん、自分じゃ気づいていないかもしれませんけどね、芝居の才能はゼロですよ」

「まったく、最近の子供は可愛くないわね」岩田はコップの水を呷る。

「それじゃあ、あらためて話を聞かせてください。あなたは、べつに遺族である僕の気持ちなんて気にしていない。けれど、必死で事件を調べているのは本当みたいだ。いったいなにが目的なんですか？」

「目的？　君のお姉さんを殺した奴を逮捕したいからに決まっている。ただご指摘通り、君のためでも、お姉さんの無念を晴らすためでもない。私自身のため」

「私自身？」

「いい？　ダイスの騒ぎに隠れちゃっているけど、君のお姉さんが殺された事件は大事件なの。

美人女子大生が、咲き乱れる花の中、全裸で胸を刺されて死んでいたんだからね。こんな猟《りよう》奇《き》殺人、この日本じゃあなかなかお目にかかれない。普段ならマスコミが飛びつく格好のネタよ」

姉さんの件を『ネタ』と言い放つ岩田を前にして、顔の筋肉が歪《ゆが》む。しかし岩田は、意に介せず話を続けていった。

「普通ならこういう事件は捜査本部が立って、本庁の捜査一課が美味《おい》しいところ全部持っていく。あの人たち、所轄の刑事なんて道案内ぐらいにしか思っていないから。とくに私みたいな女性刑事はね。警察の世界はいまだに時代遅れの男社会。だから女はどれだけ頑張ってもなかなか報《むく》われないのよ。けどいまは、ダイスで警視庁はてんてこ舞い、だからこの大事件を私一人で担当することになった。この事件を解決すれば、とんでもない大金星」

興奮していく岩田を、僕は醒めた目で見つめる。

「大金星になんの意味があるんです？　ボーナスでも出るんですか？」

「お金なんてどうでもいい。もしそうなれば、私が警視庁に呼ばれるかもしれないのよ。女の私が警視庁捜査一課の刑事になれるかもしれないの」

目を輝かせながら岩田はまくし立てる。僕には理解できないが、彼女にとって『警視庁捜査一課の刑事』という地位は、それだけ重要なもののようだ。

「……ダイスは気にならないんですか？」

「え？　ダイスがなに？」

「もしダイスが衝突したら、警視庁もくそもないでしょ」

岩田は僕の顔を見て二、三度まばたきをすると、薄い唇に嘲笑を浮かべた。

「目端《めはし》がきくと思ったけど、やっぱり子供ね。あんなデマ真《ま》に受けて」

「デマ？」

「あんな噂、何度も公式に否定されているじゃない。ノストラダムスの予言みたいなもので世界中が混乱して、馬鹿馬鹿しい。まあ、そのおかげでチャンスが転がり込んできたんだから、文句は言えないけどね」

ノストラダムスの予言などとは違い、ダイスという脅威は実際に存在している。それなのに、なぜこの人は政府の発表を疑いもせず信じることができるのだろう。

まじまじと岩田の顔を眺めていた僕は、我に返って頭を振る。

そんなことはどうでもいい。重要なことは、この刑事が『裁きの刻』までに姉さんを殺した犯人を見つけ出そうとしているということだ。

「正直に話したよ。だから、君が事件について知っていることがあったら教えて」

「……なんでですか？」

僕は必死に、この後とるべき言動を頭の中でシミュレートしていく。

「なんでって、君のお姉さんを殺した奴を逮捕するために決まっているじゃない」

「自分が手柄を立てるためにね」

「どんな目的だろうが、犯人が逮捕されることに変わりはないでしょ」

「……逮捕なんかしてもらっちゃ困るんですよ」

僕は声を押し殺す。岩田は不思議そうに「えっ？」とつぶやいた。

「僕は、自分で犯人をぶっ殺したいんですよ」

「ちょっと、気持ちは分かるけどさ、物騒なこと言わないでくれる」

「気持ちが分かる？ 僕の気持ちがどうやったら分かるって言うんです？」

「落ち着いてよ。君のお姉さんを殺した犯人は、最低でも十年は刑務所に入ることになる。一発で簡単に殺されるより、きっとそっちの方がつらい。もしそれでも納得いかなければ、十年後にそいつが出所してきたときに君が殺せばいいでしょ」

「……ダイスが衝突したらどうするんですか？」僕は岩田の目を覗き込んだ。「きっとダイスは衝突します。だから、『裁きの刻』の前に姉さんを殺した報いを受けさせないといけないんだ」

べつに、ダイスが降ってくると確信しているわけではなかった。しかし、そう思い込んでいるように見せかけた方が、交渉を有利に運べる気がした。

「……マジ？ 本当にそんな馬鹿なこと考えてるの？」

岩田は「話にならない」とでもいうように肩をすくめる。

「マジですよ。だから、刑事さんも僕に情報をください」

「はあ？ 君、自分がなに言ってるか分かってる？ 普通に考えて、捜査情報を一般人に流せるわけがないでしょ」

「いまは『普通』じゃありませんよ」

岩田は「うっ」と言葉に詰まる。

「刑事さん一人だけじゃ、マンパワーが全然足りないんでしょ。僕が協力しますよ。僕は姉さんのことをこの世の誰より知っているし、刑事さん以上に犯人を見つけたい。そりゃあ、まだ高校生ですけど、結構使えると思いますよ。刑事さんだって、『裁きの刻』までに犯人を捕まえないと困るでしょ。もしダイスが通過したら、あなたは単なる道案内の警官に逆戻りだ」

挑発に岩田の表情が険しくなっていく。

「ふざけないで！　犯人を殺そうとしている奴に、情報を流せるわけない」

「殺しませんよ」

「……なに？」

「僕だって馬鹿じゃない。もしそいつを殺して、ダイスが降ってこなかったら、刑務所に行くことになるじゃないですか。だから、すぐには殺したりしません。殺すのは、ダイスが確実に落ちてくるのが分かってからです」

岩田は腕を組むと、僕を睨《にら》みつける。

「無事にダイスが通過したら、刑事さんが犯人を逮捕してください。けど、もしダイスが落ちてくることが分かったら、……そいつを僕の自由にさせてください」

僕は口角《こうかく》を上げると、「いい取引だと思いませんか？」と、芝居じみたセリフを吐く。岩田の大根ぶりに比べれば、遥《はる》かにましなはずだ。

「……いま言ったこと、本当だろうね」

喉から唸《うな》るような声を上げていた岩田が、ためらいがちに訊ねる。

かかった。緩みそうになる顔の筋肉に力を込めた。もちろんダイスが落ちてくるまで待つつもりなどなかった。犯人が見つかれば、すぐさまそいつの体に銃弾を撃ち込んでやる。

難しい表情の岩田を見つめる。彼女も僕を完全に信じたわけじゃないだろう。きっと、重要な情報を流さず、僕から一方的に情報を得ようとしてくるはずだ。

それでもかまわない。騙そうとしているのはお互い様だ。うまく利用できれば、この刑事は犯人を捜すための重要な『駒』になってくれるはずだ。

「もちろん本当ですよ。それじゃあ、契約成立ですね」

僕が差し出した手を、岩田は女性とは思えないほど強い力で握ってきた。

第二章　十月十六日　『裁きの刻』まであと四日

1

　ジンジャーエールの強い炭酸が、痛みに似た刺激を残しながら喉を滑り落ちていく。僕はかすかに甘みの残る唇を舐めると、腕時計に視線を落とした。時計の針は午前十時五十三分を指している。

　三十分ほど前にこの寂《さび》れた喫茶店の窓際の席に座ってから、故障したのではないかと思うほど時計の針が進まなかった。

　僕は木製のテーブルを指先でこつこつと叩く。その音が気に障《さわ》ったのか、店の奥に座っていたスーツ姿の中年男が睨んできた。仕事をサボっているサラリーマンといったところだろうか。あと数日で人類が滅亡するかもしれないというのに、まだ出社しないといけないとはご苦労なことだ。

　僕はしとしとと雨が降る窓の外に視線を向ける。学生らしきカップルや、子供連れの母親、そして会社員などが傘をさしながら歩道を歩いていた。一見したところ、彼らからあと数日で世界が終わるという悲愴感《ひそうかん》は伝わってこなかった。

僕はスマートフォンを操作し、ニュースサイトを開く。そのサイトには、数週間前から特別ページが作られており、ダイス関連の記事がまとめられていた。その多くが、各国政府や専門機関が「ダイスが衝突する可能性はごく低いので、噂に惑《まど》わされず冷静になって欲しい」と訴えているものだった。

多くの国で暴動が多発している中、日本はいまだに、異常なほど秩序を保っていた。たしかに犯罪は増え、ダイス精神病による自殺者は右肩上がり、デモなども多く行われている。しかし、大量に動員されている警察官たちの努力により、社会的に大きな混乱を招くまでにはなっていない。世間ではそれが日本人の民度によるものだと言われているが、僕にはどうもそうだとは思えなかった。

入り口の扉が開き、桜色のセーターにオレンジのキュロットスカート姿の小柄な女性が、店内に入ってくる。待っていた相手だった。

店内を見回した彼女は僕を見つけ、大きく手を振って近づいてきた。

「久しぶり、亮君」

「お久しぶりです、小百合《さゆり》さん」

僕は対面の席に腰掛けた宮本《みやもと》小百合に会釈をする。

小百合はどこか寂しげに微笑むと、店員にホットコーヒーを頼んだ。

「圭子のお葬式、もう終わったんだよね。ごめんね、行けなくて」

「いえ、こちらこそ身内だけですましてしまってすみません。葬式って言っても、火葬しただけで、お墓に入れたりはしていないんです」

「そうなんだ。けど、その方がいいかも。圭子、暗いところ苦手だったから。二人でお化け屋敷に行ったときとか、途中で腰抜かして動けなくなっちゃって……」

小百合は言葉に詰まって俯くと、ポシェットの中からハンカチを出して目元に当てた。姉さんの思い出話を聞かされて、僕も唇を噛む。

高まった感情を吐き出すように大きく息をつくと、小百合は顔を上げた。

「それで、私になにか用なんだよね？」

目を充血させたまま、小百合はリスを彷彿《ほうふつ》させる童顔に、一見して無理をしていると分かる笑みを浮かべる。

「はい、ちょっと姉さんのことを聞きたくて」

姉さんの大学での知り合いの中で、僕が唯一連絡先を知っていたのが彼女だった。中学、高校、そして大学と同じ学校に通っていた姉さんの親友。月に二、三回はマンションにも遊びに来ていた。

「圭子のこと？　けれど、圭子のことなら亮君の方が詳しいんじゃ……」

「でも、姉さんは大学のこととかはあまり話してくれなかったんです。小百合さんは姉さんと同じ学校に通っていたし、部活も一緒だったんですよね」

「大学の天文学同好会の方は、ほとんど幽霊部員だったけどね。圭子がどうしてもって誘ってくるから、時々顔を出していただけなんだ。私は大学でもラクロスを続けていて、そっちがメインだったから」

姉さんは高校まではラクロス部に所属していて毎日のように練習をしていたが、大学に入ったのを機にすっぱりとやめ、天文学同好会へと入部していた。

「大学でも圭子と一緒にラクロスやりたかったんだけど、きつい練習はこりごりって断られちゃってね。けど、圭子の方が正解だったかな。見てよ、この腕」

小百合はセーターの袖をまくる。日焼けして引き締まった腕が露《あら》わになった。

「こんなに日焼けして筋肉質だと、なかなか彼氏もできないのよね。それに比べて大学入ってからの圭子は細くなって、肌も透き通るぐらい白くなってさ」

たしかにラクロスをやめてほとんど運動をしなくなったせいか、いかにも体育会系少女という感じだった高校時代とはうって変わって、大学に入ってからの姉さんは深窓《しんそう》の令嬢という雰囲気を醸し出していた。

「最近なんて、運動不足なのか、階段をのぼるだけで息切れしていましたよ」

姉さんの記憶が蘇り、視界がかすむ。僕は慌ててジャケットの袖で目元を拭った。

「高校時代は何時間も走り回っていたくせに、情けないわね。でも、体力が落ちたせいか、大学に入ってからの圭子って弱々しいっていうか、儚《はかな》い雰囲気だったでしょ。だから、モテモテだったんだよ。高校時代も結構モテてたけど、大学に入ってからはもう格が違った。追っかけまでいて、なんかアイドルみたいだったよ」

「……小百合さん。そのことについて、詳しく聞かせてもらえませんか」

涙で潤《うる》んでいた小百合の目が、すっと細くなる。

「それって、もしかして圭子の男関係のこと聞きたいってこと？」

僕は一瞬の躊躇のあと、「はい、そうです」と頷いた。小百合は困ったような表情でこめかみを掻く。

「そりゃあさ、ある程度のことは分かるよ。けどさ……」

小百合は薄茶色の髪を掻き上げる。

「ああ、コーヒーまだこないの？　一息入れないと、こんなこと話せないよ」

「こんなときですからね。店員がいなくて大変なんじゃないですか」

「こんなとき？」小百合は不思議そうに小首をかしげた。

「いや、ダイスが……」

「いやだ、亮君。ダイスが衝突するかもしれないなんて、本気で信じてるの？」

小百合のこわばっていた顔がほころぶ。

「政府が落ちないって言っているのに、変な噂が流れて迷惑だよね。まあ、そのおかげで休講が多くなっているけどさ」

小百合は笑い声を上げる。どこか乾いた笑い声を。その姿を見て僕は気づいた。小百合もダイスに怯《おび》えていることに。きっと彼女も気づいてはいるのだ、ダイスが地球に衝突する可能性があることを。けれど必死にそれを否定し、自己暗示をかけることで恐怖を消そうと、いや恐怖から目を逸らそうとしているのだろう。

「そもそもさ、マスコミが悪いんだよね。視聴率が欲しいからって、テレビで衝突するかもしれないなんていうデマを……」

うわずった声でまくし立てる小百合を、僕は黙って眺める。外国に比べ日本で暴動が少ないのは、小百合のように考えている者が多いからかもしれない。

世界でも有数の治安の良さを誇るこの国。日常から『死』が消えているこの国。戦争が終わって七十年以上。いまのこの国で生まれ、この国で育った者たちにとって、もうすぐ巨大隕石が降ってきて、自分たちごと日本列島が消滅するかもしれないと言われても、小説や映画の中の話のように現実味がないのかもしれない。だからこそ、『裁きの刻』まであと一週間を切っているいまも、心の奥底で不安を抱えつつも、普段通りの日常を送ることができている。

「姉さんも、ダイスが衝突するわけないと思っていたのかな」

ひとりごつと、小百合の顔から潮が引くように笑みが消えていった。

「圭子は……多分衝突すると思っていた。よくおどけて、『裁きの刻』までにやりたいことやっておかなくちゃ、とか言っていたけど、あの態度は本気だったと思う」

「ええ、僕もそうだと思います」

そう、姉さんはダイスが降ってくると信じていた。なぜかは知らないが、そう確信していた。同じ屋根の下で過ごしていた僕には、それが分かる。

けれど姉さんは、他のダイスの衝突を信じる人たちと同じようにパニックになったり、恐怖でなにもできなくなったりはしなかった。ただ、『裁きの刻』に向けて、自分の人生の終わりに向けて、ゆっくりと準備をしているようだった。

半年ほど前、自宅で姉さんと交わした会話がフラッシュバックし、僕は顔をしかめてこめかみを押さえる。

「ねえ、亮。『裁きの刻』、お姉ちゃんと一緒にいてくれるよね？」

リビングで漫画を読んでいた僕に、姉さんは訊ねてきた。あくまで冗談めかして。

「当たり前だろ」

そう言うつもりだった。そう言わなければならなかった。けれど、僕は言葉に詰まってしまった。その二ヶ月前に付き合いはじめた恋人である、雪乃の姿が頭に浮かんだせいで。

硬直する僕に、姉さんは「冗談冗談」と笑顔を見せた。それまで見たことがないほど哀しげな笑顔を。

姉さんが死んでから、毎日あのときのことを思い出す。吐き気をもよおすほどの胸の痛みとともに。

あのとき即答できていれば、姉さんはいまも生きていたかもしれない。僕のそばにいてくれたかもしれない。そんな想いが僕の心を腐らせていた。

きっと、姉さんを殺した奴の心臓に鉛弾《なまりだま》を撃ち込むまで、この胸の苦しさが消えることはないのだろう。僕は軽く頭を振ると、細く息を吐く。

「小百合さん、心当たりありませんか？　姉さんにあんなことするような奴に」

「それ……どういう意味？」

「そのままの意味ですよ。姉さんの大学での知り合いの中で、姉さんを……殺そうとするような奴はいませんでしたか？」

「なに言ってるの。知ってるでしょ、圭子を恨む人なんているわけない」

小百合は少し語勢を強めた。そう、姉さんを恨む人なんているわけない。あんなに優しくて、朗《ほが》らかだった姉さんを。けれど……。

「けれど、実際に姉さんは殺された」

小百合の表情がこわばる。

「それは……圭子が狙われていたわけじゃなく、誰でもよかったんじゃ……」

「そんなことはないです。犯人は姉さんを狙っていました。絶対に」

「なんで、そう言い切れるの？」

僕は震えるほど強く拳を握りしめると、喉の奥から声を絞り出す。

「姉さんは殺される前夜に拉致《らち》されたんです。そして一晩監禁され、次の日の朝に植物公園の花壇まで連れていかれて、そこで刺し殺されたんです」

小百合は大きく息を呑む。

「しかも犯人は姉さんを殺したあと、姉さんのスマホで僕にメッセージを送ってきたんですよ。『立川市立植物公園　花壇　すぐに来い』ってね。僕はそれを見て、指示された場所に行きました。そして、姉さんの遺体の第一発見者になったんです。裸で……胸にナイフが……」

舌が上滑りしてうまく喋れなくなる。小百合が慌ててテーブル越しに身を乗り出し、「もういいから。分かったから」と僕の肩に手を置いた。

犯人は姉さんを狙っていた。そして入念に準備をして殺し、晒し者にしたのだ。

呼吸を整えて心を落ち着けると、僕は顔を上げ、小百合の目を見つめる。

「お願いです、小百合さん。姉さんの大学生活について、どんなことでもいいから教えてください。もしかしたら、姉さんにフラれた男とかが逆恨みしたって可能性だってあるじゃないですか」

前のめりに訊ねる僕を前にして、小百合は渋い表情で黙り込む。店員が「お待たせしました」とコーヒーをテーブルに置いた。しかし、小百合はそのことに気づかないかのように、微動《びどう》だにしなかった。

たっぷり一分以上黙り込んだあと、小百合はコーヒーをブラックのまま一口すすると、気怠そうに話しはじめた。

「そりゃたしかに、圭子と男の話もしたよ」

「姉さんがよく話題にしていた男とかいませんでしたか?」

僕は木製のテーブルに両手をついて身を乗り出す。

「……いたねえ」

小百合はスティックシュガーの袋を破り、コーヒーに砂糖を投入した。

「誰ですか、教えてください！」

「君だよ」

鼻先にスティックシュガーの袋が突きつけられた。「はぁ」と声が漏れる。

「だから、圭子の話に出てくる男はほとんど君なの」

「そりゃあ……家族だから」

「家族の話をしているときじゃなくて、『男』の話をしているときも、話題は君のことばっかり。休日、弟とどこに遊びに行った。弟がこの前、料理を美味しいって言ってくれた。弟の寝顔が可愛かった……。ラブラブの彼氏のことを語っているみたいだった。正直言って、ちょっと引いちゃうぐらい」

「それは……。母さんが死んでから、姉さんはずっと僕の面倒をみてくれていたから。たぶん、子供をみるような感じで……」

しどろもどろに言う僕に向かって、小百合は疑わしげな視線を浴びせかけながら、「まあ、そういうことにしておいてもいいけどね」と肩をすくめる。

「僕のことはどうでもいいです。それより、ほかの男のことを姉さんが話していたことはないんですか」

「それって、もしかして……圭子の彼氏のこと？」

小百合は雨の降り続く窓の外を眺めながら、独り言のようにつぶやく。心臓が握りしめられたような心地がした。

「はい……そうです」

「そっかー、やっぱり知っていたんだ、圭子に彼氏がいたこと」

小百合はコーヒーにミルクを注ぐと、気怠そうにスプーンでかき混ぜる。ミルクのしずくから生じた白いラインが、黒い液体の中でゆっくりと回転していった。

「姉さんから恋人の話を聞いていたんですか？」

「ううん、なにも聞いていないよ。ただ、半年ぐらい前から、圭子、ちょっと付き合い悪くなっていたから、怪しいと思っていたんだ。自分が誘ったくせに、天文学同好会にもほとんど顔出さなくなっていたらしいしさ。女がそんな感じになるっていったら、恋人ができたときっていうのが定石《じょうせき》でしょ。そうしたら、圭子に彼氏ができたって噂が流れてきたの。周りのみんなも知っていたし、色々具体的な噂も流れてきたから、たぶん本当だったんだろうね。逆に聞くけど、亮君はどうして知っていたの？　圭子に彼氏ができたって」

「それは……」

三ヶ月前の記憶が蘇る。いつも通りマンションに帰ると、リビングのソファーに姉さんのバッグが置かれていた。そこからはみ出していた物。それがなんなのか知ったときの衝撃は、いまも昨日のことのように思い出すことができる。

吐き気をおぼえた僕は、反射的に片手で口元を押さえた。

「あ、話したくないなら、無理に言わなくていいよ」

小百合は胸の前で両手を振る。僕はジンジャーエールを一口飲んだ。強い炭酸が、吐き気をわずかに癒《いや》してくれる。口を拭った僕は、再び小百合と視線を合わせた。

「その恋人が誰だか分かりませんか？　誰が僕から……」

姉さんを奪ったのか。興奮のあまり、僕はそう口走りかける。

その男は、姉さんが死んだあとも僕の前に現れていない。いくら交際を隠していたとしても、恋人が死んだら名乗り出るものじゃないか。それをしないのは、その交際相手が今回の事件と何らかの関係があったからかもしれない。痴情《ちじょう》のもつれが、姉さんの命を奪ったのかもしれない。僕はそう疑っていた。

軽く咳払いして心を落ち着かせると、僕は再び質問を口にする。

「小百合さん、誰が姉さんの恋人だったのか、心当たりはありませんか？　姉さんを狙っていた男とか」

「そりゃあ心当たりはあるわよ。というか、ありすぎるのよね」

小百合はコーヒーカップを片手に肩をすくめた。

「どういう意味ですか？」

「さっき言ったでしょ、あの子、めちゃくちゃモテたって。同学年、先輩、それこそ大学の教員にまでアプローチされてたよ。もう引く手あまた。羨ましいったらありゃしない。まあ、熱心に圭子を口説《くど》いていた男に、脅迫状みたいなものまで送られたりしてたから、圭子にとっては迷惑だったかもね。あの子、自分の魅力をいまいち理解していなかったみたいだから」

唖然《あぜん》とする僕の顔を、小百合が凝視してくる。

「あの、どうかしましたか？」

「あ、ああ、なんでもないの」

小百合は慌てて胸の前で両手を振ると、誤魔化すように続ける。

「ただ私の知る限りは、どんなに男に口説かれても全然なびかなかったけどね。だから、圭子に恋人ができたって知ったとき、かなり驚いた」

「その男たちの中で、姉さんと付き合うとしたら誰だと思いますか」

「そりゃ、たぶんあの人じゃないかって思う相手はいるよ。それっぽい噂も聞いたことがあるし……」

「それは誰ですか!?」僕は椅子から腰を浮かす。

「天文学同好会の一年先輩で、魚住健二《うおずみけんじ》っていう人。背も高いし、顔も悪くないから結構女子に人気があったな」

「そいつが姉さんの恋人なんですか！」

「そんなに興奮しないでよ。そんな感じの話を小耳にはさんだっていうだけ」

「その人の連絡先とか住所、分かりますか」

「連絡先？　家に帰れば名簿があるけど……」

「お願いです。教えてください」僕は額《ひたい》がテーブルに触れるほどに頭を下げる。

「ちょ、ちょっと。頭上げてよ。そんなことしなくても教えてあげるから。あとでメールで送ってあげる。けど、魚住先輩に会うつもりなの？　なんのために？」

「……話を聞きたいだけです。話を聞いて、手がかりがないか知りたいんです」

「もしかして亮君、圭子を殺した犯人を見つけようとしてる？」

僕は言葉に詰まる。興奮で口が滑ってしまった。数秒迷ったあと、僕はあごを引いた。ここで誤魔化してもしかたがない。

「そういうのは、警察にまかせておいた方がいいと思うんだけど……」

「警察はなにもしてくれませんよ」

吐き捨てるように言うと、小百合は「え？」と眉をひそめた。

「ダイスが衝突するって思っている人もたくさんいるんです。そのせいで治安が悪くなって、警察はそっちにかかりっきり。まともな捜査ができないんですって。それなら、僕が調べるしかないじゃないですか」

「そんな……。ねえ、もし、もしもだよ。亮君が犯人を見つけたら、警察に連絡して逮捕してもらうんだよね？」

「ええ、もちろんですよ」

僕の声は、自分でも笑いそうになるほど白々《しらじら》しかった。

「それならいいけど……。でも、くれぐれも早まったことしちゃだめだよ。そんなことをしたら、亮君の人生がめちゃくちゃに……」

「どうでもいいじゃないですか。姉さんのいない人生に意味なんてないんです」

僕は作り笑いを浮かべると、唖然とする小百合に向かって「連絡先、お願いしますね」と言い残して席を立った。

2

喫茶店をあとにした僕は、何度もスマートフォンを確認しつつ自宅マンションへと向かった。さすがにまだ小百合から情報は来ていない。さっきの口ぶりから、少し時間がかかりそうだとは分かっていたが、どうしても気が急《せ》いてしまう。

十数メートル先に、警棒を手にした警官が立っていた。落ち着いた住宅地だというのに、その全身からは張り詰めた緊張感が漂っている。

ここ数日、明らかに街中に立つ警官の数が増えていた。思った以上に、治安は不安定になってきているのかもしれない。

警官の前を通過すると、小さく息を吐く。拳銃は自宅に置いてきているが、どうしても緊張してしまう。

まだ小雨がぱらついている空を見上げた。あと四日でこの空から神の鉄槌《てっつい》が降ってくるかもしれない。残された時間は百時間ほど。その間に姉さんを殺した犯人を見つけ、その体に銃弾を撃ち込むことができるのだろうか？

いや、できるかじゃない。やるんだ。絶対にやり遂げないといけないんだ。

弱気になりかけた気持ちを鼓舞《こぶ》しながら、大股に足を進めていく。自宅のマンションが近づいてきた。

そういえば、あの刑事はどうしているかな？　マンションのエレベーターに乗った僕は、昨夜協力関係を結んだ岩田とかいう刑事のことを思い出す。

岩田は姉さんの部屋を調べたがっていたが、姉さんの思い出が詰まった空間を荒らされるなど冗談じゃなかった。僕が姉さんの私物を調べて、事件に関係ありそうなものを見つけたら連絡すると約束して、不満げな表情の岩田を追い出した。

あとでとりあえず連絡を入れてみるか。手の中でスマートフォンを回す。もちろん、岩田にすべての情報を教える気などさらさらなかった。今日、姉さんの親友に会い、話を聞くということも伝えてはいない。

岩田は犯人を逮捕したいが、僕は殺したい。どちらが先に犯人を見つけるかの勝負だ。重要な情報を隠しつつ、岩田を利用しないといけない。

エレベーターを降り、外廊下へと出た僕は、玄関扉の前に誰かが立っていることに気づいた。それが誰なのかに気づき、頰が引きつってしまう。そこにいた人物はいま、最も顔を合わせづらい人物だった。

「亮君！」

僕を見るや否や、彼女は小走りに駆けよってきた。日下部雪乃。クラスメートにして、僕の恋人。

言葉が見つからず、僕は「……やあ」と間の抜けた挨拶をする。

「ごめん、電話で話したときつらそうだったから、来ちゃった。迷惑だった？」

身長百七十五センチの僕より少しだけ背の低い雪乃は、上目づかいに少し潤んだ目で僕を見つめてくる。

「そんなことないよ」

さすがにこの状況で「迷惑だ」などと言えるはずもなかった。

「あの、お弁当作ってきたんだけど、もうお昼ご飯食べちゃったよね？」

一瞬、腕時計に視線を落とす。時刻は二時半を回っていた。昼食用の弁当を持ってきたということは、昼から二時間以上ここで待っていたということなのだろうか？　罪悪感で表情がこわばる。

「いや、朝食が遅かったからまだ食べていないよ。えっと……上がっていく？」

ためらいがちに提案すると、雪乃の顔に花が咲くように笑みが広がっていった。


「美味しい？」

「うん、美味《うま》い」

隣で訊ねてくる雪乃に、僕はハンバーグを咀嚼《そしゃく》しながら頷く。たしかに雪乃が作ってきてくれた弁当は美味かった。けれど、その味を楽しむほど僕には余裕がなかった。箸でつけ合わせのニンジンをつまみながら、ソファーに並んで座る雪乃の横顔を眺める。

姉さんが殺されてから、雪乃とは一度も会っていなかった。電話で何度も会いたいと言われていたが、そのたびに「忙しいから」とむげに断っていた。

二重《ふたえ》の大きな瞳、形のよい高い鼻、ピンク色の薄い唇、そしてモデルのような細身の長身。雪乃から告白され、付き合うようになったときは、多くの男子から嫉妬《しっと》と羨望《せんぼう》の眼差しを浴びた。

自慢の恋人。けれど、いまはその恋人を煩《わずら》わしいと思ってしまっている。

「ごちそうさま」

弁当箱の中身を胃袋へと押し込んだ僕は、両手を合わせる。雪乃は「お粗末様でした」と微笑むと、空になった弁当箱を自分のバッグの中にしまった。

「亮君の家に来るの久しぶりだね」雪乃は話題を探すように、部屋を見渡す。

付き合い出した頃、何度か雪乃を家に連れてきて、姉さんを含めて三人でお茶をしたことがあった。けれど、最近は会うのは決まって雪乃の自宅か外だった。

「相変わらず、きれいなお部屋だよね」

「ああ、姉さんが毎日掃除していたから……」

「そう。お姉さんが……」雪乃は暗い表情で俯いた。部屋に重い沈黙が下りる。

なにか話した方がいいのだろうが、話題が思い浮かばなかった。この前まではずっと話をしていられたというのに、どんな話をしていたかさえ思い出せなかった。

「……テレビでも点《つ》けようか」

僕はリモコンを手に取りテレビの電源を入れる。

『……では「ダイス」衝突の噂により政情が悪化し、市民と軍との衝突が続いております。軍がデモ隊に向けて発砲をくり返しているという情報もあり、多くの死傷者が出ている模様です。この状況を受けて国連安保理では……』

画面には大きな建物に向かって何十万人もの人々が押し寄せている様子が映し出された。よく知るアジアの国で起こっている惨状。やはり『裁きの刻』が近づくにつれて、どこの国も治安が悪化してきている。日本も大きな混乱に包み込まれるのは、時間の問題なのかもしれない。

「……消して」

消え入りそうな声で雪乃がつぶやく。見ると、雪乃は両肩を自分で抱くようにしながら、体を震わせていた。僕は慌ててテレビの電源を切る。

「……ダイス、落ちてこないよね？」雪乃は消え入りそうな声で言う。

「大丈夫だよ。政府も落ちてくるわけないって言っているだろ」

白々しいセリフを吐くと、雪乃が勢いよく抱きついてきた。首筋に回された細い腕を通して、震えが伝わってきた。

「本当？　本当に落ちてこない？」吐息《といき》が耳朶《じだ》にかかる。

「大丈夫だよ。だから安心しろって。きっと大丈夫だから」

僕は雪乃の背中を撫でる。震えが次第におさまっていった。雪乃は僕の胸に埋《うず》めていた顔を上げ、見つめてくる。

「亮君。『裁きの刻』、私ここにいてもいい？　亮君、私と一緒にいてくれる？」

捨てられた子猫のような視線に射抜かれる。すぐに答えなければならない質問、しかし即答はできなかった。雪乃の顔に、あの日の姉さんの姿が重なる。

「……当然だろ」

喉の奥から絞り出すように答えた。電話では突き放すことができても、こうして目の前で涙を見せられると、どうすることもできなかった。雪乃は満面に笑みを浮かべ、再び僕の首筋にしがみついてくる。

姉さんを殺した犯人を見つけ、そいつを殺し、そして逮捕されることなく雪乃とこの部屋で『裁きの刻』を待つ。そんなことできるわけがないと分かっていた。けれど、いまはそう言うしかなかった。首筋に妖しい感触が走り、僕は体を硬くする。軽く身を引くと、紅い舌を出した雪乃が小悪魔的な表情を浮かべる。

「びっくりした？」

雪乃は鼻先を、僕の頬にこすりつけてくる。揺れる黒髪から薔薇《ばら》のような香りが漂ってきた。

「ちょっと待って」と言おうとした瞬間、僕の口は柔らかい唇に塞がれ、口腔内に温かい舌が侵入してきた。雪乃の右手が、僕の足の間を撫でる。触れられた部分が熱くなっていく。

「ちょっと待ってくれって！」僕は雪乃の両肩を摑むと、強引に引きはがした。

「どうしたの？　久しぶりに会ったんだから……」

なまめかしい表情の雪乃は手を伸ばし、僕の頬に触れる。

半年前、はじめて経験してから、機会があるたびに体を重ねてきた。最初は恥ずかしがっていた雪乃が、次第に積極的になってきたことを喜んでいた。けれど……。

耳元に姉さんの声が蘇る。弱々しく、儚い声。この数日間、くり返し耳に蘇り、僕をさいなんでいる声。助けを求めるか細い声。

反射的に手を振り払うと、雪乃は「いたっ」と小さな悲鳴を上げた。

「亮……君？」雪乃はわずかに身を引いて僕を見る。怯えを孕んだ目つきで。

「ご、ごめん。ただ、ちょっとそういう気分になれなくて……」

「なんで？　そんなこと、一度もなかったじゃない！」

拒絶されたことでプライドが傷つけられたのか、その口調は刺々《とげとげ》しかった。

「だから、ごめんって。ただ……姉さんが……いなくなったばっかりで」

雪乃の剣幕《けんまく》に押され、僕は口ごもる。彼女の視線がさらに鋭くなった。

「姉さん姉さんって、亮君いつもそればっかり！　もうお姉さん死んじゃったんでしょ。いまさらどうしようもないじゃない」

その言葉は銃弾のように胸を撃ち抜いた。顔から表情が消えていく。

失言に気づいたのか、雪乃は両手で口を押さえた。

「……帰ってくれよ」僕は静かに言う。「早く帰ってくれ」

「……亮君」

「帰ってくれって」

すがりつくように伸ばされた雪乃の手を振り払いながら、僕は三度同じ言葉をくり返す。雪乃は唇に歯を立てると、ゆっくりと立ち上がった。

「……ひどすぎるよ」

雪乃が玄関に向けて駆けていく。自分の態度が『ひどすぎる』ことはよく分かっていた。けれど、遠ざかっていく彼女を追いかける気にはなれなかった。

玄関の扉が閉まる音が、やけに寒々しくリビングに響きわたった。

3

濡れた土の匂いが鼻腔をくすぐる。いつの間にか雨が上がった街を、僕はふらふらと歩いていた。べつに用事があるわけじゃない。ただ、一人で部屋にこもり、鬱々《うつうつ》としていることに耐えられなかった。

「……ひどすぎるよ」

一時間ほど前、雪乃から投げかけられた言葉が耳から離れない。

たしかに僕の態度はひどかったかもしれない。けれど、雪乃だってひどいことを口走った。なぜ一方的に責められないといけないんだ。

足元に落ちていた石ころを思いきり蹴飛ばした。アスファルトの上を乾いた音を立てながら、石が転がっていく。

胸に溜まるこの鬱憤《うっぷん》を吐き出したかった。誰かに愚痴を聞いて欲しかった。

ジーンズのポケットからスマートフォンを取り出すと、親友である鳥谷正人の電話番号を表示する。『発信』のアイコンに触れようとした直前、僕は人差し指の動きを止めた。

たしかに付き合いの長い親友だが、学級委員長である正人は副委員長の雪乃とかなり親しい。雪乃に対する愚痴を言うわけにはいかなかった。

スマートフォンをポケットに戻す。クラスメートには話せない。それなりに横の繋がりが強いクラスだ。下手をすれば、一瞬で噂が広まりかねない。

世界が終わるかもしれないときに噂などを気にしている自分が滑稽《こっけい》で、思わず乾いた笑い声が漏れてしまう。話を聞いてくれて、それでいて噂を流さないような人物、そんな都合のいい奴が……。

「話ぐらいなら聞いてあげるから」

唐突に昨日かけられた言葉が耳に蘇り、僕は顔を上げる。視界に、小高い丘が飛び込んできた。

「行ってみるかな……」

僕は首筋を掻くと、重い足を引きずりはじめた。

雨に濡れた枝を掻き分けて石段をのぼっていく。ジャケットの袖が湿《しめ》って不快だ。

四元に会っても、何の解決にもならないことは分かっていた。けれど、このもやもやとした気持ちを吐き出してしまわないと、心が腐ってしまいそうだった。

ようやく長い石段が途切れる。視界が広がった。

展望台に到着した僕は周囲を見回す。しかし、そこに人の姿はなかった。

亀のオブジェに近づき、空洞になっている中を覗き込むが、あの浮世離れしたクラスメートはいない。わざわざこんなところまで来たっていうのに。胸の中で燻《くすぶ》っている苛立ちがさらに強くなる。衝動のままに、僕はオブジェを思いきり蹴った。鈍《にぶ》い音が辺りに響き、爪先に痛みが走る。顔をしかめていると、背後から雑草を踏みしめる音が聞こえてきた。

「なにしてるの？」

反射的に振り返る。階段の前でブレザー姿の四元が小首をかしげていた。

「あ、ああ。ちょっと……」

情けない姿を目撃された僕は、笑って誤魔化そうとする。

「なにがあったか知らないけど、物に当たるのは格好悪いよ」

そばを横切ってブランコに近づいた四元は、濡れた座面をハンカチで拭き、そこに腰かけた。

バツの悪い思いをしながら、僕もブランコへ近づいていく。

「来るかもなとは思っていたけど、まさか先に来ているとは思わなかった」

四元は口角を上げると、「座らないの？」と、隣のブランコの席を指さした。

「いいよ、濡れているし」

「そう。それで、なにがあったの？」

「え？」

「なにかあったから、そんな情けない顔してここに来たんでしょ。とりあえず聞いてあげるから、話したら？」

　舌先までせり上がってきた言葉を必死に呑み込む。恋人の愚痴をクラスメートの女子に漏らすなんて、あまりにも情けなさすぎるのではないだろうか。

　口を半開きにしたまま固まっている僕を、すだれのような前髪の奥から四元が見つめてくる。どこまでも澄んでいて、底が見えないほどの深さを感じる瞳。

　僕と同じく十七年しか生きていない人間が、なんでこんな目をすることができるのだろう？底なし沼のようなその瞳に吸い込まれていく錯覚をおぼえながら、僕はいつの間にか口を開いていた。

「昨日。四元と別れてからマンションに帰ったら、刑事がいたんだ……」

なにかに憑《つ》かれたかのように、話しはじめる。一度動き出した舌は、もはや動きを止めることはできなかった。刑事と協力関係を結んだこと、小百合と会って話を聞いたこと、雪乃との間であったこと、僕はあらいざらいぶちまけていった。

　十数分後、すべてを語り終えると、僕は無言で話を聞き続けていた四元の反応を待つ。裁判官の判決を待つ、被告人のような気持ちで。

「……つまんない」

足を勢いよく振ってブランコを揺らした四元の言葉に、頬が引きつる。

「なんだよ、つまんないって。四元が話せって言ったんだろ」

「お姉さんの事件の話を聞けると思ったのに、高校生同士の青臭い恋愛の悩みばっかり聞かされたんだもん。『裁きの刻』が近いのに、そんな余裕あるの？」

「しかたないだろ。雪乃が押しかけてきたんだから」

「……最低」独り言のような四元の言葉が胸を抉る。

「……分かっているよ、雪乃にはひどいこと言ったって」

「違う。私が『最低』って言ったのは、日下部さんを部屋に入れたこと」

「はぁ？　それって女子を部屋に連れ込むのが悪いとかそういう……」

「馬鹿？　歓楽街で育った私が、そんな修道女みたいな倫理を振りかざすと思う？」

四元は容赦ない言葉を浴びせかけてくる。ここにいたって僕はようやく気がついた。四元が不機嫌になっているということに。あまり表情の変化がないため、感情が読みにくい。

「じゃあ、なにが『最低』だって言うんだよ？」

「いまだに彼女にいい顔しようとしているところ」

予想外の言葉をぶつけられ、呻《うめ》き声を漏らす。

「漆原君の頭の中はお姉さんのこと、お姉さんの仇を殺すことでいっぱい。もう、彼女のことなんてこれっぽっちも考えていない。けれど、漆原君はまだ日下部さんを大切にしているように装っている。本当に卑怯《ひきょう》」

反論が見つからなかった。そんな僕を尻目に、四元は糾弾《きゅうだん》を続ける。

「日下部さんはダイスが怖くて、誰かにそばにいて欲しい。そして彼女は、その相手をあなたに頼んだ。あなたはそんなことできないって自覚しているくせに、まだ彼氏面《づら》しようとしている。漆原君ははっきり言わないといけなかったんだよ、『姉さんのことで頭がいっぱいだから、君といちゃついている余裕はない』ってね」

錆びたブランコが奏でるキーキーという音が、鼓膜を不快にくすぐった。僕は濡れた地面を見つめながら、唇を固く結ぶ。

「そんなに落ち込まないでよね。私がいじめたみたいじゃない」

……お前がいじめたんだよ。

「あとで雪乃に謝るよ。そして、……ちゃんと別れる」

「漆原君がそうしたいなら、そうすれば」

「なんだよ、その言い方は。四元が言ったんだろ、僕の行動が『最低』だったって」

「私は漆原君だけが『最低』だなんて言っていない。日下部さんはもっと最低」

「雪乃が最低？」

「大好きなお姉さんが亡くなって、落ち込みまくっている漆原君の家に強引に上がり込んで、自分勝手なことしたんだから、『最低』でしょ」

「雪乃は僕をなぐさめるために来てくれたんだぞ。それに、無理に上がり込んだわけじゃない。何時間も部屋の前で待っていて、だから僕が家に上げたんだ」

「漆原君って本当におめでたいよね。何時間も待っていたから部屋に上げた？　日下部さんの思うつぼじゃない」

「なに……言っているんだよ？」

嘲笑するように唇を歪める四元に不吉なものを感じ、僕は一歩後ずさる。

「そもそも、部屋の前でずっと待っているっておかしいでしょ。恋人の部屋に行って留守だったら、普通はすぐにスマホに電話するはずじゃない」

「……あっ」呆《ほう》けた声が漏れる。

「日下部さんはわざと長時間、漆原君の部屋の前で待っていた。そうすれば、お人好《ひとよ》しの漆原君が罪悪感をおぼえて家に上げてくれるって分かっていたから」

「なんで……雪乃がそんなことを……」

「ねえ、そもそも日下部さんが、なんで漆原君と付き合ったか分かっている？」

「なんでって……？」

「もしかして、日下部さんが漆原君に惚《ほ》れて、告白してきたとでも？」

「違うって言うのかよ⁉」思わず声が大きくなる。

「違うとは言っていないよ。もしかしたら、日下部さん本人もそう思い込んでいるのかも。けれどね、少なくとも去年までは、日下部さんは漆原君には興味なかった。まあ、漆原君、顔は悪くないし運動もできるけど、日下部さんの好みは運動よりも勉強ができるタイプね。例えば、……委員長の鳥谷君みたいな」

四元は意味ありげな流し目をくれる。

「どうしてそんなこと分かるんだよ。クラスで一人も友達がいないくせに！」

興奮した僕は、思わずそう叫んでしまった。

すぐに自分がどれほどひどいことを口走ったか気づき、顔の筋肉がこわばる。

「わ、悪い……」

「謝らなくていいよ。本当のことだしさ。そう、私は友達がいない。けどね、だからこそ案外みんなが気づかないところまで見えるんだよ。例えば、なんで日下部さんが漆原君と付き合おうと思ったかとかね」

四元は皮肉っぽく、そして哀しげに微笑んだ。

「……なんでだと思うんだよ？」

「お姉さんがいたからよ」

「姉さんが？」予想外の答えに声が跳ね上がる。

「そう、漆原君には大人で、優しくて、とっても綺麗なお姉さんがいた。会ったことのあるクラスの男子が、興奮して話題にするくらいのね。そして、漆原君はそのお姉さんにべったり。ちょっと危ない関係なんじゃないかって噂されるレベル」

ブランコを小刻みに揺らしながら四元は話し続ける。

「日下部さんは、クラスのお姫様、というか女王様だったのよ。ルックスも成績もよくて、リーダーシップもある。だから、クラスの男子が漆原君のお姉さんのことを話すのが面白くなかった。そこで彼女は、お姉さんに勝つ方法を思いついた」

「それが……、僕と付き合うことだったっていうのか？」

「そう。一番近くでお姉さんを見ていて、一番お姉さんにぞっこんだったシスコンの漆原君。あなたに恋人として選ばれたら、それはお姉さんからあなたを奪った、つまりはお姉さんより魅力があることになる。日下部さんはそう考えたの。意識的にか無意識にかは分からないけどね」

僕は立ち尽くしたまま、いま告げられたことを頭の中で反芻《はんすう》する。たしかにいくつか思い当たる節もある。でも……。

「でもそんなの、なんの証拠もないだろ！」

「もちろん証拠なんてない。私が教室の隅から観察して、そんなふうに感じただけ。友達もいない寂しい女子の妄想《もうそう》かもしれない」

四元はおどけると、一際《ひときわ》大きくブランコを漕いだ。

「ただ、妄想ついでに言わせてもらえば、部屋に上がり込んだ日下部さん、漆原君といちゃいちゃしようとしてきたんじゃないかな？　それが日下部さんの目的だから。漆原君がお姉さんと一緒に住んでいた愛の巣で、漆原君とセックスをする。それは日下部さんにとって、これ以上ない完璧な勝利に……」

「もういい！」

怒声《どせい》で四元の話を遮った僕は、激しく頭を振る。これ以上は聞きたくなかった。できることなら、いま聞いた話を記憶から消し去りたかった。

「怒ったの？　私に対して？　それとも日下部さんに対して？　もし日下部さんに対してだったら、漆原君に怒る資格なんてないと思うけどな」

「……なんで僕に資格がないんだよ」

「私ね、漆原君のお姉さん見たことあるけど、なんとなく日下部さんと雰囲気似ているよね」

胸の中で心臓が大きく跳ねた。

「ねえ、漆原君ってさ、お姉さんの代わり、『代用品』として日下部さんと付き合っていたんじゃないの？」

四元は跳ねるようにブランコから降りると、僕の目の前に立つ。手を伸ばせば届く距離から僕の目を覗き込んでくる。あの、底なし沼のような目で。

この場から逃げ出したかった。けれど足が動かない。

次の瞬間、ポケットの中でスマートフォンがぶるぶると震えた。金縛りが解ける。

スマートフォンを取り出しメールを確認した僕は、目を見開く。それは小百合からのメールだった。身を翻した僕に、四元が「帰るの？」と声をかけてくる。

「用事ができたんだよ」

「さっき言っていた『お姉さんの恋人』が分かったの？　これからどうするの？」

「そんなこと、四元に言う必要ないだろ」

「うん、たしかに言う必要ないね。今日は楽しかったかも。私、クラスメートとこんなに話したのはじめて。もしよかったら、また話聞かせて」

「……もう二度と、ここには来ない」僕は低く唸るように言う。

「そう、残念。それじゃあね、漆原君」

四元の別れの挨拶を背中で聞きながら、僕は足早に展望台から逃げ出した。

4

夜風が頬をかすめていく。上下の歯がカチカチと音を立てる。僕は奥歯に力を込めて震えを嚙み殺した。寒くて震えているのか、それとも緊張のせいか、自分でもよく分からなかった。

ジャケットの胸の部分に手を置くと、厚手の生地を通して、掌《てのひら》に硬い感触が伝わってきた。その感触が足場を失いそうな心を落ち着かせてくれる。

車一台がなんとか通れるような細い路地の奥、十数メートル先に五階建てのマンションが建っていた。そこが、姉さんの恋人だったと思われる男の住所だった。

腕時計に視線を落とす。時刻は午後八時を少し回ったところだ。それほど遅い時間ではないが、大通りからかなり離れたこの辺りは人通りもまばらだった。

軽く頬を張って気合いを込めると、僕はゆっくりと足を動かす。

マンションに入り、エレベーターで五階まで上がり、大股に外廊下を進んでいった。目的の部屋の前にたどり着くと、震える手をインターフォンに伸ばす。

軽い電子音が廊下に響いた。十数秒の間があって足音が聞こえ、扉が開く。

「お疲れさん。早かった……あれ？」

顔を出した男は、不思議そうに何度もまばたきをする。どうやら他の誰かが来たと勘違いしたらしい。

細身で長身の男だった。天然なのか少々パーマのかかった髪は野暮《やぼ》ったかったが、意思の強そうな一重の目、そしてすっと通った鼻筋と、顔立ちはなかなか整っている。

この男が姉さんの……。僕は必死に暴れ出しそうな感情を抑え込む。

「魚住健二さんですね。漆原亮と言います。漆原圭子の弟です」

「漆原さんの弟さん？」魚住の表情が戸惑いから驚きに変わる。

「えっと……弟さんが僕になんの用かな？」

「姉のことでお訊ねしたいことがありまして。もしご迷惑じゃなければ、お邪魔させていただくわけにはいきませんか？」

魚住は振り返って躊躇するようなそぶりを見せる。僕はそっと右手をジャケットの中に忍ばせた。拒否するようだったら、拳銃で脅して押し入るつもりだった。

「それじゃあ、ちょっと散らかっているけど、どうぞ上がって」

「お邪魔します」僕はジャケットの内側に忍ばせていた手を抜いた。

魚住に案内され、小さなキッチンがそなえ付けられている短い廊下を抜けて十畳ほどのフローリングの部屋に入る。シングルベッド、本棚、机、テレビなどが置かれているその部屋の中心には炬燵《こたつ》が鎮座《ちんざ》していた。

「外、寒かったよね。よかったら炬燵にでも入っていて。お茶を淹《い》れてくるからさ」

魚住は廊下へと姿を消す。僕は言われたとおり炬燵に両足を入れると拳銃を取り出し、いつでも使えるようにあぐらをかいた足の間に置いた。

手に伝わってくる銃身の感触をたしかめながら、部屋を見回す。

机の上に置かれている化粧ポーチ、本棚に挟まっている女性ファッション誌、花柄があしらわれている炬燵カバー。男の一人暮らしには似合わないそれらの品々から、女性の気配が漂ってくる。ふと本棚にぬいぐるみが、あの『泣きウサギ』のぬいぐるみが置かれていることに気づき、拳銃を握る手に力がこもる。

「紅茶でよかったかな？」

キッチンから戻ってきた魚住は炬燵の上にカップを置き、僕の対面に腰掛けた。

おざなりに「どうも」と礼を言いながら紅茶をすする。緊張のためか、それとも純粋に薄いのか、ほとんど味はしなかった。

「お姉さんのことは聞いたよ。すごく驚いた。漆原さんがあんなことになるなんて。なんて言うか……ご愁傷様です」

僕は首をすくめるようにして頷く。

「お葬式とかの予定は？　本当は同好会のメンバーみんなで見送りたいと思ったんだけど、誰も情報を知らなくて……」

「葬式はしません。もう火葬にして、遺骨は家にあります」

「ああ、そうなんだ……」

魚住は居心地の悪さを誤魔化すように、しきりにカップに口をつけた。

「魚住さんは姉さんと親しかったんですよね？」

ほとんど空になったカップを炬燵の上に置いた魚住を見据える。

「まあ親しくと言うか……。大切な後輩だったよ。とっても大切な後輩だった」

魚住は懐かしそうに天井辺りに視線を彷徨《さまよ》わせた。その態度で僕の中で疑念が確信へと固まってくる。この男こそ姉さんの交際相手に違いない。

姉さんと付き合っていたなら、なんで名乗り出ない？　なんでうちを訪ねてこない？　お前は事件にかかわっているんじゃないか？　お前が姉さんの胸にナイフを突き刺したんじゃないか？　暗い感情が胸の中で荒れ狂う。いますぐ銃口を向けたいという衝動に、僕は必死に耐える。

「姉さんが死んだってことは、誰から聞いたんですか？」

「同好会のメンバーから聞いたよ。結構大きな騒ぎになっていたし、メンバーの中には警察に話を訊かれた奴もいたから」

「そうですか。ちなみにそのときどう思いました？」

まっすぐに魚住の目を見据える。どんな感情の揺らぎも見逃さないように。

「最初はただ、漆原さんが亡くなったって情報だけ流れてきたんだ。そのときは……漆原さんが自殺したんだと思った」

「自殺？」

「ああ、漆原さん最近、ちょっとふさぎ込みがちだったから。同好会にもほとんど顔を出さなくなっていたし」

たしかにこの数ヶ月、姉さんはどこかおかしかった。普段どおりふるまってみせようとしていたが、ふと暗い表情を見せることが増えていた。

それは、お前との交際に悩んでいたからじゃないか？　そして、別れを切り出した姉さんをお前は許さなかった……。頭の中でストーリーが組み上がっていく。

「なんで姉さんがふさぎ込んでいたか、心当たりはありませんか」

「たぶん……ダイスのせいだよ。漆原さんはダイスが衝突するって信じ込んでいた。彼女のダイスに対する入れ込みは、ちょっと見ていて心配なぐらいだった」

「具体的には？」

「ダイスの軌道を計算しようとしたり、世界各国のダイスについての発表を調べたりさ。一番よくなかったのは、ネットの掲示板を覗いていたことかな。ネットだともう絶対に衝突するみたいな情報が溢れているだろ。あんなのずっと見ていたら誰だって怖くなるよ。そのせいで絶望して、漆原さんは自殺したんだと思った」

「それだけですか？」

「え、なに？」

「たしかにここ最近、姉さんはどこかおかしかった。けど、その理由がダイスだけだって言い切れますか？」

「いや、言い切れるってわけじゃないけど……」

「姉さんには恋人がいました」

口ごもる魚住に向かって、僕は本題をぶつける。魚住の表情がこわばった。

「……その噂は、聞いているよ」

「噂なんかじゃありません。姉さんには恋人がいたんです！」

僕の剣幕に圧倒されたのか、魚住は口をつぐむ。

「あなたは姉さんに何度も言い寄っていたんですよね」

「いや……そんなことは」

「ないって言うのかよ！」

もはや感情がコントロールできなかった。声が裏返る。魚住の背筋が伸びた。

「あんた、姉さんがダイスのことでまいっているところにつけ込んで、口説き落としたんじゃないのか？」

「違うんだ。いや、たしかに漆原さんに好意は持っていたけど……」

「姉さんの態度がおかしくなったのは、半年ぐらい前からだ。ダイスが衝突する可能性が発表された一年前からじゃない。姉さんはダイスのことじゃなくて、あんたとの交際のことで悩んでいたんじゃないのか！」

興奮で声のボリュームが上がり続ける。

「姉さんはあんたと別れようとした。それに腹を立てたあんたが、あんたが姉さんを……殺し……」

僕は炬燵の中に手を入れて拳銃を握りしめる。グリップが軋みを上げるほど強く。

「違うんだ。俺は漆原さんと付き合ってない。お願いだから少し落ち着いて……」

魚住が炬燵越しに両手を伸ばしてくる。僕を落ち着かせるためか、それとも首に手をかけるためか。僕は反射的に炬燵の中から手を抜いた。

「動くな！」

「それは……!?」顔面に銃口を突きつけられた魚住は、空中で手の動きを止める。

「見たら分かるでしょ。ちなみに本物ですよ。試してみますか」

慌てて立ち上がろうとした魚住を、僕は再び「動くな！」と一喝《いっかつ》する。魚住は電気にでも打たれたかのように硬直した。

「もう少しお話ししましょうよ、魚住さん」

「いったいなんだって言うんだ！　何が目的なんだよ!?」

いまにも泣き出しそうな表情で魚住は叫ぶ。その姿に、沸騰《ふっとう》していたはらわたが急速に冷めていく。姉さんはこんな情けない男と付き合っていたのか。

「魚住さん、あなたが姉さんの恋人なんですよね？」

「だから違うって言って……」

「誤魔化すなよ！　この部屋、女ものだらけじゃないか！　この花柄の炬燵カバーも、化粧ポーチも、それに本棚の『泣きウサギ』も！」

引き金にかけた人差し指に力がこもっていく。そのとき、ピンポーンというこの緊迫した状況に似合わない、軽い音が部屋に響いた。僕と魚住は同時に玄関を見る。

「動くなよ。このまま無視しろ」

魚住に銃を突きつけたまま、僕は声を押し殺した。魚住は不安げに廊下に視線を送る。数秒後、再びピンポーンと音が響いた。

「留守なんだよ。さっさと帰れよ」

悪態をつくと、魚住が「……帰らないよ」とつぶやいた。

「帰らない？　誰なんだ、あれは？」

「……彼女だよ」

「彼女？　なに言ってるんだよ、姉さんは……」

「漆原さんじゃない。天文学同好会の同級生だよ。この炬燵カバーも、化粧ポーチも、ぬいぐるみも、全部彼女のものなんだ。漆原さんは関係ない」

「でも……、あんたは姉さんのこと……」

「ああ、そうだよ。漆原さんに惚れていた。うまくかわされていたけどね。それで、半年前に正式に告白したんだ。未練を残して『裁きの刻』を迎えたくはなかったから。けど、あっさりとフラれたよ。清々《すがすが》しいほどあっさりとね」

　チャイム音。

「そのあとすぐだったよ、漆原さんが誰かと付き合い出したって聞いたのは。ショックだったさ。本気で惚れていたから。そのとき励ましてくれたのが、いま玄関の外にいる彼女だ。たんなる友達だったんだけど、三ヶ月前から正式に付き合い出してね。最近は毎日泊まっていっているんだ」

　反応がないことに腹を立てたのか、チャイム音が連続して響きはじめた。

「なあ、出てもいいかな。あいつ怒りっぽくって、このまま放って置いたら玄関扉を蹴破りかねないからさ」

　苦笑する魚住を睨みながら僕は迷う。

「……もし、逃げ出したりしたら撃ちますよ」

「そんなことしないよ。あいつまで巻き込みたくないからね」

　さっきまで腰を抜かしていたとは思えない、堂々とした態度。僕は右腕にジャケットを掛けて銃を隠しながら、玄関へと向かう魚住の後ろについていく。

「はいはい、いま開けるよ」魚住が扉の鍵を開ける。扉が外側に勢いよく開いた。

「いるならさっさと出てよ！　外寒いんだからね！」

　茶色いコートを着込み、眼鏡をかけたボブカットの女性が、玄関に飛び込んでくる。僕に気付いた彼女は、眼鏡の奥の目をしばたたかせた。

「あれ？　お客さんだったの？」

「ああ……漆原さんの弟さんだよ」

魚住は僕を紹介する。女性は「え？　圭子ちゃんの……」と絶句した。

姉さんを知っているところを見ると、天文学同好会の同級生というのは本当らしい。僕は拳銃を構えていた右手を下ろす。

姉さんの恋人は魚住ではなかった。全部僕の勘違いだった。

「けれど、なんで圭子ちゃんの弟さんが？」

「えっと……漆原さんの遺品を渡すために来てくれたんだよ。どこかから、僕と漆原さんが交際していたって話を聞いたらしくて」

「健二が圭子ちゃんと？」女性はにやりと笑う。「ないない。だって健二、圭子ちゃんにこっぴどくフラれて私にすがりついて泣いたんだもん」

「泣いてなんかいない！」

顔を紅潮《こうちょう》させる魚住を「どうだか」といなすと、女性は僕に近づいてきた。

「初めまして、私、東雲香澄《しののめかすみ》。圭子ちゃんと同じ同好会で、一学年上だったんだ。君が圭子ちゃんの弟さんなんだ。お姉さん、本当に残念だったね。あんなにいい子だったのに……。私も悔しい」

哀しげに表情を緩めた香澄は、本当に姉さんの死を悼《いた》んでいるように見えた。

「少し時間ある？　ご飯もう食べたかな？　よかったら夕食ご一緒しない？」

「いや、ちょうど帰るところだったんだよ。だよね」

玄関扉に手をかけながら魚住が言う。僕は唇を噛んで頷いた。これ以上ここにいる意味はなかった。拳銃まで出したのだ。通報されないうちにここをあとにしよう。

「そう。よかったらまた来てね」

とぼとぼと外に出る僕に、香澄が声をかける。しかし返事をする余裕はなかった。そんな僕の肩を、魚住が軽く叩く。

「駅まで送るよ。最近なにかと物騒だからさ」

驚いた僕に目配せした魚住は、「行くぞ」というように軽くあごをしゃくった。


「今夜は冷えるね」

非常階段の踊り場で、魚住はコートのポケットから取り出したタバコを咥《くわ》え、ライターで火を点ける。眉間《みけん》に深いしわを寄せながら、彼は煙を吐き出した。

「タバコ、吸うんですね」

階段に腰掛けた僕は、魚住を見上げる。尻の下のコンクリートから、冷たさが這い上がってきた。

「君も吸う？」魚住がタバコの箱を差し出してくる。

「いりません。まだ未成年ですし」

「まじめだね。本当にお姉さんそっくりだよ。漆原さん、ちょっと融通がきかないのが玉に瑕《きず》だったからね。まあ、そこも魅力的だったけど」

「そんなに不味《まず》そうな顔されたら、吸う気にならないだけですよ」

「ああ、そうだね。たしかにこんな不味いもの吸うもんじゃない」

魚住は指にはさんだタバコをまじまじと眺める。灰がコンクリートの床に落ちた。

「ならやめればいいじゃないですか。不味いし高いし健康にも悪いなんて最悪だ」

「ああ、やめるよ」魚住は再びタバコを咥えると、大きく吸い込んだ。「ダイスが通過してくれたらね」

「……ダイスが衝突すると思っているんですか？」

「さあ、どうだろうねぇ」魚住は唇をすぼめ、煙を吐き出す。「とりあえず考えないようにしているよ」

「考えないように……」

「俺さ、部活で天文学同好会に入っているだけじゃなく、天文学科の学生でもあるんだ。だから、直径四百キロの小惑星がどんなものなのか、普通の人よりよく分かっている。……どれくらい絶望的なものなのかをね。直撃すれば、地球上のほとんどの生物が絶滅する。もちろん、人類もね」

「だから考えないんですか？」

「そうしないと怖くてやってられないんだ。タバコを吸い始めたのもそのせいだ。少しは気が紛《まぎ》れると思ってね。香澄には部屋で吸うなって文句言われるけど」

魚住は自虐的な笑みを浮かべた。

「……さっきはすみませんでした」

「気にしなくていいよ。俺が漆原さんに言い寄っていたのは本当だからさ。漆原さんは本当に綺麗で、まっすぐで、誰にでも優しくて。けれど、どこか危《あや》うい雰囲気もあって……。本当に男女問わず人を惹《ひ》きつける女性だったよ。あんまり熱心にアプローチしていたから、他に漆原さんを狙っている男に恨まれたのか、これ以上漆原さんに近づくなっていう脅迫状みたいなものを送りつけられたりしたけどね」

「魚住さんにも脅迫状が送られていたんですか？」

「大学内で何人か受け取った男を知っているよ。それだけ、漆原さんが人並み外れた魅力を持っていたってことさ。周りが魅了されて、ちょっとおかしくなっちゃうくらいのね。いま思えば、俺は漆原さんのことを好きだったというより、憧《あこが》れていただけなのかもしれないな。ファンがアイドルを追いかけるような感じでさ」

タバコを咥えたまま、魚住は階段の手摺りを両手で摑み、遠くを眺めた。

「……魚住さんは、姉さんの恋人が誰だったか知りませんか？」

「いやぁ、分からないな。漆原さんが恋人を作ったこと自体が信じられないんだ。たしかに漆原さんに言い寄っていた男は俺を含めてたくさんいたけど、彼女は全然その気はなさそうだったからね」

魚住は短くなったタバコを携帯灰皿の中に押し込むと、もう一本口に咥えた。

「もしかしたら、漆原さんの恋人は俺たちの知り合いじゃなく、サークルの方の関係者なのかもしれないな」

「サークル？　なんのことですか？」初めて聞く情報に、僕は前のめりになる。

「あれ、知らないの？　漆原さん、けっこう前からよく分からないサークルに入っていたんだよ。なんというか……ダイスに関するサークルにさ。そのせいで、天文学同好会にあまり顔を出さなくなっていたんだ」

「ダイスに関するサークル？」

「言葉通り、ダイスに関係したサークルさ。一年前から、大学内外でそういう団体が増えているんだよ。ダイスが衝突する可能性について必死に調べたり、ダイスを破壊する方法を考えたり、中にはダイスを崇拝《すうはい》する団体もあるね」

「崇拝……」

「そう、色々な宗教団体が主張しているだろ、『ダイスは穢《けが》れた人類を滅ぼすために神が送り込んだものだ』ってやつ。ダイスを人智を超えた何かからのメッセージだととらえているのさ」

「そんな馬鹿なこと、本気で言っている人たちがいるんですか？」

「馬鹿なことかな？　俺はけっこうその人たちの気持ちも分かるんだよね。人類が滅びるなら、『何か』の意思によるものだと思いたいじゃないか。単なる偶然よりもさ。それに、直径四百キロメートルの隕石なんて、『人智を超えた存在』そのものだからね。魅力を感じるのも分からなくはないんだよね」

「姉さんがそんなサークルに入っていたっていうんですか？」

「それは間違いない。俺は一回、彼女に勧誘《かんゆう》されているからね。告白する二週間ぐらい前だったかな。ただ、ちょっと怪しい気がしたんで曖昧に誤魔化したんだ。それ以来、勧誘されたことはなかったな」

「怪しいって、姉さんが参加していたサークルも、ダイスを崇拝するようなおかしな組織だったってことですか？」

「詳しい話は聞いていないから確信は持てないけれど、そんな気がしたな。漆原さん、ダイスが衝突すると思っていたみたいだけど、かといって怖がっている感じじゃなかった。すべて受け入れているような……。というか、漆原さんって新入生の頃から、そういう雰囲気があったよね。普段明るいのに、ふっと哀しそうな表情をするときがあって。儚いというか……」

「分かります……」

それは僕も感じていた。姉さんが消えてしまうような気がして、不安に駆られることが何度もあった。そして、それが現実になってしまった。

「だからさ、漆原さんがダイスに関係した団体に入るとしたら、科学的に調べるところより、なんというか……スピリチュアルなところだと思うんだよね。サークル名もそんな感じだったしさ。たしか『賽《さい》の目《め》』とか言ったかな」

「賽の目……」

サイコロの目、人類の運命を決めるダイスの目。姉さんの死に、その団体がかかわっているかは分からない。けれど、調べる価値はありそうだ。

「そのサークル以外になにか、姉さんの恋人について心当たりはありませんか？　姉さんとよく一緒にいた男とか」

「一緒にいた男か……」

新しいタバコに火を灯し、煙をくゆらせていた魚住は「あっ！」と声を上げる。

「一人だけいた。よく漆原さんと一緒に歩いていた人が」

「誰ですか⁉」

「小田桐《おだぎり》教授、うちの大学の哲学科の教授だよ。誰かが言っていたな、あの二人がよく一緒にいて怪しいって。ただ、教授は六十歳前後だし、奥さんと子供もいるはずだから、単なる軽口だと聞き流してた。それに漆原さんは小田桐教授のゼミに所属していたから、一緒にいても不思議じゃないし……」

六十歳前後……。頭の中で、三ヶ月前の光景が蘇る。姉さんのバッグから、『あれ』が零《こぼ》れていた光景が。吐き気をおぼえた僕は、片手で口を覆って俯く。魚住が「大丈夫かい？」と心配そうに声をかけてきた。

「大丈夫です。ありがとうございました。色々と参考になりました」

僕は大きく深呼吸をする。夜の澄んだ空気が、嘔気をいくらか希釈《きしやく》してくれた。

その教授こそ、姉さんの恋人だった可能性が高い。次に調べるべきは、その教授、そして姉さんが所属していたというサークルだ。目標ができたことで気持ちが昂《たかぶ》ってくる。胸の奥で、小さな炎が燃えているような気がした。

踊り場に並んで立つ僕と魚住は、無言のまま外を眺めつづけた。

「もし……」

手の中で百円ライターを回しながら、魚住がつぶやく。

「もし君が漆原さんを殺した犯人を見つけたら、……撃つつもりなのかい？」

僕は魚住を見上げる。本当なら「あれはモデルガンですよ」とでも誤魔化すべきだろう。けれど、自然に「ええ、そうですよ」という言葉が口から滑り出た。

「警察に通報しますか？」

「……いや、そんなことしないよ。君の気持ちが分かる、なんてことは口が裂けても言えないけど、たぶん同じ立場なら俺もそうしようとするから。君みたいに本当に行動できるかは分からないけどね。それに、いつも嬉しそうに話していた自慢の弟さんを警察なんかにつき出したら、漆原さんに怒られちゃうよ」

「ありがとうございます」

「警察にまかせるっていうわけには、いかないんだよね」

「ええ。『裁きの刻』が過ぎるまで警察はまともに捜査もしてくれません。もしダイスが衝突したら、犯人は苦しむこともなく、一瞬で消滅してしまう」

「そうだね。ただ、漆原さんは弟さんにそんなことして欲しくないんじゃないかと、ちょっと思ってね」

たしかにそうかもしれない。復讐より、僕の幸せを望んでくれるかもしれない。けれど、そんなわけにはいかなかった。

僕はジーンズのポケットからスマートフォンを取り出すと、保存されている音声メッセージのリストを画面に表示する。

「これを聞いてください」

僕はゆっくりと最新の音声データに指を伸ばす。なぜ魚住にこれを聞かせる気になったのか、自分でもよく分からなかった。これは誰にも聞かせていなかった。警察にも。人差し指がタッチパネルに触れる。

『亮！　亮！　お願いだから電話に出て……。お願い、助け……』

スマートフォンからはか細い声が響いた。心臓を握りつぶされたかのように胸を締めつけられる。

「これって……」

「姉さんが殺される前日の深夜。僕の留守電に入っていたメッセージですよ。僕がこれに気づいたのは、次の日の朝でした」

絶句する魚住に、僕は鬱々と説明していく。

「姉さんが必死に助けを求めているとき、僕がなにをしていたと思いますか？」

僕は笑おうとする。しかし、顔の筋肉がこわばり、うまく表情が作れなかった。きっとひどい顔になっているだろう。

「恋人の家に泊まっていました。彼女の両親がいないのをいいことに、一晩中二人でいちゃついて、眠っていたんですよ！」

僕を見る魚住の目に、深い憐憫《れんびん》の情が浮かぶ。

「分かったでしょ、僕がなんで犯人を捜そうとしているか。こうでもしないと、頭がおかしくなっちゃいそうなんですよ！　犯人を捜しているときだけ、助けを求める姉さんの声を忘れていられるんです！」

踊り場を冷たい風が駆け抜け、僕の絶叫をかき消していく。魚住はただ無言で僕を見つめ続けた。

「僕は『裁きの刻』まで犯人を捜し続けます。どんなことがあっても」

「それが君の、『裁きの刻』までの生き方なんだね」

「ええ、そうです。……魚住さんは『裁きの刻』までどうやって過ごすんですか？」

僕は訊ねる。魚住がそうして欲しがっている気がした。

「普段どおり過ごすよ、あいつと」

魚住は五階にある自分の部屋を指さす。

「ダイスのことなんて忘れて一生懸命生きる。そして、あいつとソファーで並んで映画でも見ながら『裁きの刻』を迎えるさ。香澄もそれでいいって言ってくれてる」

「いいですね、それ」

僕は微笑む。今度はうまく笑えた。

「……魚住さん」

「ん？」

「やっぱりタバコ、一本もらえませんか？」

魚住が差し出したタバコの箱から、一本を取り出して口に咥えてみる。

「ゆっくり吸ってみて」

魚住はライターでタバコの先に炎を灯してくれた。

言われた通りにゆっくりとストローを吸うように、タバコのフィルターを吸う。温かみのある独特の匂いがする煙が口から気管へと吸い込まれていく。

次の瞬間、思いきりむせ返った僕は、口からタバコを吐き出してしまった。

「最初はそんなものだよ」

魚住に背中をさすってもらいながら、僕は何度も咳をくり返す。涙で視界が滲んでいく。

この涙が咳によるものなのか、それとも姉さんのことを思い出したからなのか、僕自身にも分からなかった。

第三章　十月十七日　『裁きの刻』まであと三日

1

小さな唸り声のような音に、意識が闇の中から掬《すく》い上げられる。瞼を薄く開けると、真っ白な光が視界を染め上げた。

細めた目が明るさに慣れはじめるにつれ、天井が見えてきた。住み慣れた部屋の天井。僕は眼球だけ動かして、ナイトテーブルに置かれているデジタル時計を見る。時刻は午前四時過ぎだった。

数時間前、魚住のマンションから戻ると、あまりの疲労にベッドに倒れ込んだ。どうやらそのまま眠り込んでしまったらしい。おかしな体勢で寝ていたのか、体の節々が痛い。

ふと、枕元に放られているスマートフォンがチカチカとライトを点滅させていることに気づく。メールを受信している。おそらくバイブモードにしていたスマートフォンが震えて、目を覚ましてしまったのだろう。

こんな時間にメールなんて……。僕は重い頭を振ると、画面を指でなぞり新着メールを表示させる。時間が止まった気がした。

『姉さん』

発信者の欄にはそう表示されていた。世界から重力が消え去り、宙空《ちゅうくう》に漂っているかのような感覚。これが現実なのか、それとも夢の中の出来事なのか分からない。

僕は歯を食いしばると、勢いよく自分の頬を叩く。ばちーんという小気味よい音が部屋に響いた。頬に焼けるような痛みが走るとともに、重力が戻ってくる。僕は勢いよく上半身を起こした。

姉さんの所持品は、遺体発見現場からは見つかっていない。つまり、これは犯人からのメールだ。犯人が姉さんのスマートフォンを使って連絡を取ってきたんだ。

心臓が勢いよく血液を全身に送り出す。眠っていた細胞が覚醒しはじめる。僕は震える指でスマートフォンを操作して、メールの本文を表示する。

『啓陵《けいりょう》大学　学生会館　天文学同好会部室』

啓陵大学。ここからバスで二十分ぐらいの距離にある、姉さんが通っていた大学。

僕は通話履歴から、姉さんの電話番号を選ぶと、一瞬の躊躇のあと『発信』のアイコンに触れた。

『おかけになった電話は電源が入っていないか、電波の届かない……』

音声案内が流れ出す。メールを送ってすぐに電源を落としたらしい。

舌打ちをしながら立ち上がった僕は、部屋の隅にある勉強机に近づいていく。いますぐ岩田とかいう刑事に連絡を入れれば、メールが送られた場所が特定できるかもしれない。けれど、知らせるつもりなど毛頭《もうとう》なかった。犯人がわざわざ呼び出してくれたんだ。邪魔者を呼ぶような無粋《ぶすい》な真似はせず、喜んで招待に応じよう。

抽斗《ひきだし》を開けると、禍々《まがまが》しく黒光りするリボルバーが姿を現した。僕は銃を手に取り、顔の前に掲げる。

犯人がなんで僕を呼び出したのかは分からない。もしかしたら、なにかの罠《わな》かもしれない。けれど、それでもかまわなかった。このチャンスを逃す手はない。復讐のための千載一遇《せんざいいちぐう》のチャンスを。

僕は椅子の背に無造作に掛けられていたジャケットを手に取った。

街灯に薄暗く照らされた道を、二十六インチのタイヤが走っていく。僕はサドルから尻を浮かすと、体重をかけてペダルを踏み込んだ。体がぐんと前方に加速した。

家を出てから約二十分、僕は車通りの少ない車道をマウンテンバイクで駆けていた。必死に呼吸をしているにもかかわらず、息が苦しい。激しく鼓動する心臓が胸骨《きょうこつ》を裏側から叩く。体のいたるところが悲鳴を上げ、限界を脳に伝えてくる。しかし、僕はその警告を無視し続けた。犯人に鉛弾をぶち込めるかもしれない。強迫観念にも似たその想いが、僕にペダルを踏み込ませていく。

大通りをほとんど減速することなく左折すると、数十メートル先に鉄製の門が見えてきた。目的地である啓陵大学のキャンパスの裏門だった。

門の前でマウンテンバイクを停めた僕は、荒い息をつく。門の奥に警備員の詰め所などはなさそうだ。高さも二メートルほど、乗り越えることができそうだ。

額の汗を手で拭うと、僕はガードレールにもたせかけるようにマウンテンバイクを置く。鍵はかけなかった。急いで逃げることになる可能性もある。

辺りに人影がないことを確認し、門に手をかけてよじのぼっていく。敷地内に侵入した僕は、姿勢を低くして左右を見回した。鬱蒼とした林の中、細い遊歩道が街灯の光に照らされていた。

わきにあるキャンパスの見取り図を確認する。メールにあった学生会館は、少し離れた位置にあるようだ。地図を頭に叩き込み、警戒しつつ遊歩道を進んでいく。

数分歩くと、三階建ての大きな建物が見えてきた。一階はガラス張りになっていて、明かりの落とされた暗いフロアに自動販売機やコピー機、ソファーなどが並んでいるのが見える。あれが学生会館だ。

正面の扉には、さすがに鍵がかかっているだろう。ガラスを叩き割れば侵入も可能だろうが、警備員が見回りに来たら、すぐに異常に気づかれてしまう。

少し考えたあと、僕は小走りに建物の裏側に回り込む。かなりの大きさの建物だ。きっと裏口がある。強引に侵入するなら、そちらからだ。

予想通り裏手に小さな扉があった。ここなら壊しても、すぐには気づかれない。

扉の前にやって来た僕は、何となしにノブを回して引いてみる。予想に反して、扉はなんの抵抗もなく開いた。

鍵がかかっていない？　眉をひそめた僕は、一瞬迷ったあと、扉の隙間へと体を滑り込ませた。建物内には漆黒《しっこく》に覆われた廊下が延びていた。暗さに慣れた目にも、どれほどの奥行きがあるのか分からない。

僕はスマートフォンを手に取り、ライトのアプリを起動させる。弱々しい光が、薄気味悪い廊下を浮かび上がらせた。

スマートフォンを左手に持ち、右手でジャケットの懐から拳銃を取り出す。ずしりとした重さがいくらか気持ちを落ち着かせてくれる。

足元を照らしながら十メートルほど廊下を進むと、階段が見えてきた。そばの壁に、三階から地下二階までの案内が書いてあった。

地下二階に『天文学同好会』の文字を見つけた僕は、らせん状になっている階段を覗き込む。非常灯の弱々しい光に浮かび上がる階段は不気味で、地獄の底まで続いているかのようだった。

背中を冷たい汗が伝っていく。

深呼吸をくり返して覚悟を決めると、一段一段ゆっくりと階段を降りていく。コンクリートの壁に足音が反響し、不安をかき立てた。

数分かけて地下二階へとたどり着く。階段室の扉を開けると、一階と同じように暗い廊下が延びていた。両側にいくつもの扉が並んでいる。

姉さんを襲った犯人がこの闇の奥に潜み、待ち伏せしているかもしれない。それなら、願ったり叶ったりだ。たとえ刺し違えてでも、そいつに銃弾を浴びせてやる。

撃鉄を起こし、引き金に人差し指をかける。掌《てのひら》からじっとりと汗が滲んでくる。耳がおかしくなったのではと思うほどの沈黙が空間を支配していた。

唾を飲み込むと、僕は廊下を進み始める。数メートルごとに等間隔《とうかんかく》に鉄製の扉が並んでいる光景は、ハリウッド映画で見た死刑囚の監獄を彷彿させた。

扉にかかっている表札を確認しつつ、僕は拳銃を構えたまますり足で進んでいく。廊下の中間辺りに『天文学同好会』と表札のかかった扉があった。

この奥に犯人がいるかもしれない、姉さんをあんな目に遭わせた犯人が。

冷静にならなくてはと思うのだが、はやる気持ちを抑え込むことができなかった。ドアノブを摑んで力任せに扉を開くと、僕は部屋へと飛び込んだ。

スマートフォンのライトで室内を照らし、部屋の隅々に視線を這わせる。十畳ほどのスペースには、十数台の望遠鏡、天井まで届きそうな本棚、ソファーと長机などが置かれていた。見える範囲に人影は無かった。しかし、ごちゃごちゃと物の多いこの空間は死角も多い。どこに誰が潜んでいるか分からない。

引き金に指をかけたまま数歩進んだ僕は、部屋の奥隅、大きな本棚の陰にうずくまる人影に気づく。心臓が大きく跳ねた。

あれが犯人か？　必死に目を凝らす。人影が動く気配はなかった。まだ気づかれていないと思っているのだろうか？　それなら……。

僕は「動くな！」とライトと銃口を本棚の陰に向けた。人影は微動だにしない。

「これは本物だ。おかしな動きをしたら撃つ。分かったら両手を挙げろ」

僕はじりじりと人影に近づいていく。本棚で光が遮られ、その姿はいまだにはっきりとは見えなかった。

「そこからゆっくり出てこい！　ゆっくりだぞ！」

僕は再び人影に向かって怒鳴る。しかし、人影は動かなかった。僕と人影の間には三人掛けのソファーが置かれている。あちらが襲いかかってきても、ソファーを乗り越えてくる前に撃てるはずだ。

「出てこいって言っているだろ！」

張り上げた声が、コンクリート打ちっ放しの壁に反響する。そのとき、脳の表面に小さな虫が這ったような感覚が走った。その違和感の正体を摑めないまま、僕は人影に正面から光を当てられる位置に移動しようと、大きく一歩踏み出す。床に着地した足が滑り、体勢が崩れた。

慌ててバランスを保とうとした瞬間、スマートフォンが床を照らし出した。深紅の液体でてかてかと濡れた床を。

目を見開いた僕は、光を本棚の陰に向ける。

思考が停止した。自分の目に映っている光景が理解できず、その場に立ち尽くす。

本棚の陰の狭い空間、そこに体育座りをするような体勢でその男はいた。しかし、僕の目は男の顔ではなく、その喉元に引きつけられていた。

真一文字に大きく切り裂かれた喉元に。

傷口から流れ出た血液が、離れた位置に立つ僕の足元まで流れてきていた。

男の喉元から顔面へと、ゆっくりと視線を移動させる。無意識に、口から「うああ……」とかすれた悲鳴が漏れた。

その男を知っていた。いや、知っていたなんてもんじゃない。数時間前にその男と会っている。魚住健二。昨夜、僕が訪ねた男。

なんで魚住さんがこんなところに……？　混乱する僕は、血にまみれた魚住の胸元になにかが貼り付いていることに気づき、おずおずと遺体へと近づいていく。

それは写真だった。しかしなにが写っているかまでは見えない。唇を噛んでさらに魚住に近づくと、傷口を見ないようにしながら写真を照らす。

そこに写っているものを認識した瞬間、後頭部をバットで殴られたかのような衝撃に襲われた。

なんでこんな写真が……⁉　全身の細胞が震え出す。もう限界だ。いますぐ逃げ出さないと。そう思ったとき、かすかな足音が鼓膜を揺らした。体を硬直させた僕は、魚住の胸に貼り付いている写真を剝《は》ぎ取って出口へと走る。

廊下に出ると、階段の方から足音が聞こえてきた。階段室の蛍光灯が灯っている。

誰かが降りてきている。魚住を殺した奴か？

スマートフォンと写真をポケットにねじ込み、両手で銃を持ったとき、気の抜けた話し声が聞こえてきた。

「どうせ悪戯《いたずら》ですよ。ほっとけばいいじゃないですか」

「分かんないだろ。最近、物騒だから確認しないとな」

喉から呻き声が漏れる。犯人じゃない、きっと警備員だ。

こんな状況で見つかれば、僕が犯人にされる。どうする？　どうすればいい？

足音が大きくなってくる。すぐに警備員がこの階に降りてくる。はっと顔を上げた僕は、天文学同好会の部室の反対側にある扉に駆け寄り、ノブを摑んで素早く開ける。隙間に滑り込むと、扉に背中をもたせかけながら胸を押さえた。足音が近づいてくる。息を殺していると、足音が止まり、続いて扉が閉まる音が響いた。

警備員たちが部屋に入った。僕は煌々《こうこう》と蛍光灯が灯る廊下に飛び出した。暗闇に慣れた目がくらむ。まぶしさに目を細くしながら走り、階段室に入ると、遠くから悲鳴のような声が聞こえてきた。警備員たちが魚住の遺体を見つけたのだろう。

階段を駆け上がり、裏口から学生会館を飛び出し、全速力で遊歩道を駆けていく。疲労と混乱で何度も転びかけながら裏門へとたどり着くと、震える手を門にかけて乗り越える。墜落《ついらく》するようにキャンパスの外に出た僕は、マウンテンバイクに跨ると、思い切りペダルを踏み込んだ。

体が悲鳴を上げるのも無視して足を動かし続ける。どこに向かっているのか分からなかった。ただ、逃げなくてはという衝動が体を突き動かしていた。

どれだけ走ったのだろう。数分だろうか、それとも一時間以上ペダルを漕ぎ続けたのだろうか。限界に達した僕は、側道《そくどう》に停めたマウンテンバイクから降りると、その場に座り込む。もう一歩も動けなかった。あご先から滴《したた》り落ちる汗を拭くこともできず、ただ酸素を貪《むさぼ》り続ける。脱水状態になっているのか、唾液《だえき》も出ず、口の中が砂漠のように乾いていた。

僕は震える手でポケットの中から一枚の写真を取り出した。魚住を、そして姉さんを殺した犯人が、僕に送った写真。その中では姉さんが男とキスをしていた。

少し驚いたように目を見開いている相手の男には、見おぼえがあった。いや、見おぼえがあるどころじゃない。僕はその顔を毎日見ていた。毎日鏡の中で。

それはソファーに腰掛けた姉さんと僕が、口づけを交わしている写真だった。

2

マウンテンバイクで二時間以上走り回った末、何とか自宅にたどり着いた僕は、玄関に入ると同時に崩れ落ちる。体育座りをするように膝を抱え込み、固く瞼を閉じた。

瞼の裏に、いまの自分と同じような姿勢で死んでいた魚住の姿が蘇る。力なく垂れ下がった両腕、虚ろに濁った目、舌が零れた口、そして大きく裂かれた喉元。

手の先が細かく震え出す。やがてその震えは手から腕に、体幹に、そして顔にと広がっていった。死体を見るのははじめてじゃない。母さんの臨終《りんじゅう》に立ち会ったし、姉さんの遺体も見た。けれど、今日見た魚住の死体は、まるで別物だった。

ゴミのようにうち捨てられ、人としての尊厳を完全に奪われた死体。あの凄惨《せいさん》な光景を思い出すたびに、背筋に冷たい震えが走る。全身が汗ばんでいるというのに、凍えそうなほどの寒気を感じた。

いったいなんなんだ？　なにが起こっているっていうんだ？

脳の回線がオーバーヒートしそうだ。もう、考えるのをやめよう。

僕は両手で顔を覆うと、思考を頭の外へと放り出した。

どれだけその体勢で固まっていただろう。僕はのろのろと腕時計を見る。時刻は午前十時を少し過ぎたぐらいだった。啓陵大学から家に戻ってきたのが八時頃だから、二時間ほど玄関で丸くなっていたらしい。

緩慢に立ち上がる。頭を休めたおかげで、ある程度は冷静さを取り戻せていた。

なんとか逃げ出すことはできたが、危機が去ったわけじゃない。いまごろ警備員たちによって、警察に連絡がいっているだろう。

警察は僕にまでたどり着くだろうか？　大学の周囲の防犯カメラを調べれば、僕がマウンテンバイクで疾走《しっそう》している姿が映っているかもしれない。けれど、ダイスの接近で世間が混乱しているいま、綿密《めんみつ》な捜査をすることはできないはずだ。きっと、少人数の捜査員が関係者に話を聞くぐらい……。

頬が引きつる。警察はきっと魚住の自宅に行く。そこにいる魚住の恋人、東雲香澄は、昨夜僕と顔を合わせている。警察は僕のところにも話を聞きに来るはずだ。

僕は懐から拳銃を取り出すと、せわしなく首を回す。この拳銃を隠さなくては。

家の中を見回した僕は、キッチンに移動してビニール袋を手に取り、中に拳銃を入れた。輪ゴムでその口を固く閉じると、ベランダへと向かう。そこには、姉さんが家庭菜園に使っていたプランターが五つほど並んでいた。

スコップでプランターに穴を掘ると、そこにビニール袋を置き、土を被せていく。これで簡単には見つからないはずだ。次は……。

室内に戻りながら、僕はポケットから写真を取り出した。魚住の血液が付いたこの写真も、拳銃に負けず劣らず危険だ。

トイレに入った僕は、便器の前に立ち写真を破こうとする。しかし、手が動かなかった。二週間ほど前、姉さんとの甘い時間を切り取った写真。それを捨てることなどできるわけがなかった。

そのとき、口から「あっ!」という声が零れる。

「これを撮ったのは……誰なんだ?」

僕はトイレを飛び出してリビングへと向かう。あのとき、このリビングには姉さんと僕しかいなかったはずだ。リビングの中心に立つと、目を皿にして写真を凝視する。この写真では、少し上方から見下ろすように撮っている。なら……。

振り返った僕は、本棚の一番上の段に腰掛けて、こちらを見下ろしている『泣きウサギ』のぬいぐるみと目が合う。

あのぬいぐるみだ。あの位置から撮ればきっとこの写真と同じ角度になる。

腕を伸ばして『泣きウサギ』を棚から引きずり下ろすと、両手を使って、もふもふとした体を探っていく。腹を押した瞬間、指先に硬い感触があった。

やっぱり。僕は『泣きウサギ』をキッチンへと持っていき、包丁でその腹を裂いていく。ぬいぐるみの泣き顔が、痛みで悲鳴を上げているように見えて不快だった。裂けた腹に手を差し込むと、すぐに硬いものが手に当たった。僕はそれを摑んで、力任せに引く。『泣きウサギ』の腹部から数本のコードと、四角い電子機器、そして小型カメラらしきものが引き出されていく。小指の先ほどのレンズ部分は『泣きウサギ』の右目になっていた。

隠しカメラだ。これで、僕と姉さんは盗撮《とうさつ》されたに違いない。

この部屋に誰かが忍び込み、『泣きウサギ』に隠しカメラを仕込んだのか？

僕はかぶりを振る。いや、違う。ぱっと見では分からないほど精巧《せいこう》に盗撮器は埋め込まれていた。もともと仕掛けられたものをプレゼントされたんだ。

腹から綿をはみ出させた『泣きウサギ』を見下ろす僕の背中に、冷たい震えが走る。この家には、いくつもの『泣きウサギ』のぬいぐるみが置かれている。姉さんの部屋にいたっては、大小あわせて十数体あるはずだ。それらのうち、どれが姉さんが買ったもので、どれがもらったものなのか、僕には分からなかった。

隠しカメラは一個とは限らない。いまも犯人は僕を観察しているかもしれない。

緊張に呼吸を乱しながら自分の部屋に入り、ベッドに腰掛けると、組んだ両手をあごに当てて、必死に状況を整理する。殺人犯は姉さんに隠しカメラを仕込んだ『泣きウサギ』を贈っていた。つまり、姉さんの顔見知りだということだ。

けれど、なんであの写真を魚住の遺体に……？　混乱で頭痛がしてくる。僕が軽く頭を振ったとき玄関のインターフォンが響き渡った。背筋が伸びる。

緊張しつつ玄関へと向かい、ドアスコープから外を覗く。スーツ姿の男女が立っていた。一人はやや頭髪が寂しくなっている中年の男、そして……。

男の後ろに立っている女性を見て、舌が鳴る。そこにいたのは岩田、一昨日協定を結んだ女性刑事だった。

もう来たのか……。一瞬、居留守を使おうか迷うが、そんなことをすれば、強く疑われてしまうかもしれない。覚悟を決めた僕は、玄関扉を開けた。

「こんにちは、漆原亮君ですね。私は立川署刑事課の串崎《くしざき》といいます」

串崎と名乗った男は人の好さそうな笑顔を浮かべつつ、扉を閉められないように足で固定すると、後ろに立つ岩田に一瞥《いちべつ》をくれる。

「こちらは同じ刑事課の岩田。岩田とは顔を合わせたことあるよね」

岩田が目配せをしてくる。きっと、協定については喋るなという意味だろう。

僕は首をすくめるようにして頷いた。

「なんとなくおぼえていますけど……。あの、なんのご用ですか？　姉さんを殺した犯人が見つかったんですか？」

「いや、そちらの方は残念ながらまだなんですよ。今日はちょっと聞きたいことがあってね。昨夜、魚住健二さんのマンションに行ったよね？」

やや間伸びした口調で、串崎はいきなり核心に触れた。

「ええ、行きましたけど、それがなにか？」声が震えないよう喉に力を込める。

「魚住さんとはお知り合いだったの？」

「いえ、昨日初めて会いました」

どう答えれば疑われないか必死に頭を働かせながら、慎重に答えていく。

「どんな用事で会いに行ったの？」串崎は少し身を乗り出してきた。

「魚住さんと姉さんが付き合っていたって噂を聞いたからです。だから、ちょっと話をしたくて……」

「話をしたくて、ね。それで、魚住さんとお姉さんは交際していたのかな？」

「いえ、少なくとも本人は違うって言っていました」

「なるほど。で、お姉さんが魚住さんと恋人だったっていう話は、どちらから？」

「宮本小百合さんっていう姉さんの親友ですけど……。なんでそんなことまで？」

「いや、ごめんごめん。質問はあと一つだけだから、それだけ答えてください」

串崎の瞳の奥に、危険な光が宿る。

「昨日の夜から今朝にかけて、どこにいましたか？」

きた……。僕はカラカラに乾燥している口の中を舐める。

「どこにって、この家にいましたけど」

「それを証明できる人はいますか？」

「いえ……、姉さんが死んで、この家には僕しかいませんから」

「なるほど、つまり証明できる人はいないと」串崎は腕を組むと、重々しく頷く。

「あの、さっきからなんなんですか？　なにか起きたんですか？」

内心の動揺を押し殺しつつ言うと、串崎の目がすっと細くなった。

「本日未明に、魚住健二さんが亡くなったんですよ」

僕は「え？」と口を半開きにする。すぐに驚きすぎてはわざとらしすぎる。

「亡くなったって……。でも、昨日はあんなに元気そうだったのに……」

「元気だったかどうかは関係ないですねえ。殺されたんですから……」

「ころ……された？」

「ええ、そうです。首を切られていたんですよ、真一文字にね」

串崎は親指を立てた右手を首元で横に移動させると、僕の目を覗き込んでくる。心の奥底まで見透かすような眼差しで。

「財布とかは盗《と》られていませんでしたので、すぐに身元は分かりました。そこで、彼のマンションに行ったところ、恋人の女性がいたのでお話をうかがったんです。すると、昨日の夜遅く、急に『ちょっと用事ができた。二、三時間で戻ってくる』と言って、出ていったとのことでした」

犯人が呼び出したんだ。けれど、なぜそんなに簡単に誘い出されてしまったのだろう？　僕は黙って串崎の言葉に耳を傾ける。

「その恋人が言うには、魚住さんが自宅を出る数時間前にあなたが来て、険悪《けんあく》な雰囲気になっていたって」

「険悪な雰囲気になんて……」

「けれど、魚住さんの恋人は、そう言っていましたよ」

「それは、魚住さんが姉さんの恋人だと思い込んでいたんで、他の女の人と付き合っているのを知って、二股かけていたと思ったんです。けれど、そのあと誤解は解けました。魚住さん、姉さんにフラれていたんです」

「ああ、なるほど。そういう事情だったんだね」串崎は大仰《おおぎょう》に頷いた。

「ちなみに、君は現場には行ったことはあるかな？」

「……現場ってどこですか？　魚住さんのマンションですか」

「ああ、ごめん。魚住さんの遺体が発見されたのは、啓陵大学のキャンパスです」

なにが「ごめん」だ。かまをかけたくせに。

「もしかして僕、疑われているんですか？」

「え？　いやいやまさか。ただ形式的にお話を聞いているだけだよ」

串崎は軽くいなす。そのとき、隣家の扉がわずかに開き、中年の女性が顔を覗かせた。外廊下で話し声が聞こえたので、様子をうかがっているのだろう。

「ああ、ここで長話はちょっとよくないね。少し詳しくお話をうかがいたいので、よろしければ署までご同行願えませんか？」

「それって、逮捕されるってことですか？」

「逮捕？　まさかそんな。それとも、なにか予定でもあるのかな？」

口調こそ愛想がいいが、串崎の目がまったく笑っていない。

どうするべきだろう？　断りたいところだが、そうなると僕にかけられた疑いはさらに強くなる。下手をすれば、これからの行動を逐一《ちくいち》監視されかねない。

「……分かりました。行きます。けれど、早めに終えてください。夕方からは彼女と過ごすつもりなんです」

もちろん雪乃と会う約束などなかった。それどころか、昨日気まずく別れて以来、連絡も取っていない。

「若いって羨ましいねぇ。それじゃあ、ちゃっちゃと行きましょうか」

串崎は勝ち誇ったように言うと、頭髪の薄くなっている頭頂部を撫でた。


「……ということは、最初は魚住さんがお姉さんと他の女性に二股をかけていると思って、腹を立てたんだね？」

机をはさんで対面に座る串崎が、焦《じ》らすように訊ねてくる。

「そうだって、さっきから何度も言っているじゃないですか。でも、すぐに違うことが分かりました」

「けれど、本当は二股をかけていたんじゃないか、なんて思わなかったかな？」

「思いませんって、そんなこと」

僕はがりがりと頭を掻く。立川署にある取調室に連れ込まれてから、すでに四時間以上の時間が経っている。その間、くり返しくり返し同じ質問を浴びせかけられ、頭がおかしくなりそうだった。僕は横目で部屋の隅を見る。そこでは、岩田がパイプ椅子に腰掛け、硬い表情でこちらを眺めていた。今日、家にやってきてからこのかた、岩田は僕には一言も声をかけてこなかった。

視線を正面の中年刑事に移す。この四時間で僕は確信していた。串崎が僕を犯人だと思っていることを。いまのところ尻尾《しっぽ》を出さずにはいるが、このまま疲労していけば、なにか口を滑らしかねない。もし僕が今朝、魚住の遺体が置いてあった地下室にいたことがばれたら、間違いなく逮捕されるだろう。

そうなれば、留置場に入れられ、『裁きの刻』まで出られない。恐ろしい想像に、背筋が寒くなる。

「それで、魚住さんのマンションから帰ってから、私たちが訪ねるまでの間、誰とも会っていないと……」

「そうですよ。それも何度も言ってるじゃないですか」

「いやぁ、その時間に家にいたことを誰かが証明できれば一番いいんだけどねぇ」

「僕が怪しいって言いたいんですか⁉」

「ああ、ごめんごめん。そう聞こえたかな？　そういう意味じゃないんだけど」

いくらこっちが声を荒らげても、串崎はのらりくらりと受け流す。僕は貧乏揺すりをしながら掛け時計を見る。時刻は午後三時に近づいていた。『裁きの刻』は刻一刻と近づいている。姉さんの仇を取るために残された時間が削られていく。

僕は逮捕されたわけじゃないはずだ。強引に帰ってしまおうか？　けれど、この状態で帰っても、常に行動を監視されるだろう。どうにか疑惑を晴らさないといけない。けれどどうやって……。内心でほぞを噛んでいると、取調室の扉が開き、制服を着た若い警官が顔を覗かせた。

「串崎さん、ちょっといいですか」

「なんだ？」串崎の表情が、露骨に不機嫌なものになる。

「いえ……ちょっと」若い警官は首をすくめるようにしながら言葉を濁した。

「串崎さん、代わりますよ」

岩田が立ち上がる。串崎は苛立たしげに頭を掻くと、「すぐに戻ってくる」と言い残して部屋から出ていった。扉が重い音を立てて閉まると、岩田はさっきまで串崎が座っていたパイプ椅子に勢いよく腰掛けた。

「君が殺ったの？」

開口一番、岩田が言った。「は？」と声が漏れる。

「だから、君があの魚住って大学生を殺したのかって訊いているんだよ」

「なに言っているんですか。なんで僕がそんなことを……」

「魚住が姉を殺した犯人だった。そう確信した君は、彼を呼び出して復讐した」

僕のセリフを遮った岩田は、ぐいっと顔を近づけてくる。

「そうなんじゃないの？」

「違いますよ。第一、魚住さんは姉さんを殺した犯人じゃ……」

「ええ、犯人じゃない」岩田は再び、僕の言葉に被せるように言う。

「漆原圭子が殺されたとき、魚住は実家のある宮崎県にいた。確認も取れている」

啞然とする僕を見て、岩田は鼻を鳴らした。

「私たちはプロよ。それくらい調べていて当然でしょ。それより君、なんで私に黙って魚住に会いに行ったのよ？　やっぱり魚住は君が殺したんじゃないの？」

「違います！　たしかに会いに行きましたけど、魚住さんが姉さんの恋人じゃなかったって納得しておとなしく帰りました。ちゃんと、岩田さんにもそのことを連絡するつもりでした。ただ、その前に家に来たから……」

岩田は「はっ、どうだか」と疑わしげな視線を浴びせかけてきた。

「姉さんに、『恋人』がいたって噂は聞いていますか？」

僕が話題を逸らすと、岩田の細い眉がピクリと上がった。

「らしいね。聞き込みで、何人かが数ヶ月ぐらい前から誰かと付き合っていたと言っていた。ただ、その大部分は、魚住がその『恋人』だと思っていたけどね」

「その『恋人』が誰だか知っていますか？」

「さあね。君のお姉さんはなぜか必死に隠していたみたいだから」

「姉さんが所属していたゼミを指導していた、小田桐っていう教授ですよ」

「な⁉　あなた、そんな大事なこと隠していたの⁉」岩田は目を剝く。

「違います。昨日、魚住さんと話をして気づいたんです」

「その小田桐って教授が、お姉さんの事件にかかわっているってこと？」

「その可能性は十分にあると思います。聞いたところ、その教授には……奥さんと子供がいるらしいですからね」

僕は乱暴に頭を掻く。姉さんが還暦前後の男と不倫関係にあった。その事実を口にすると、胸の奥にヘドロのような、黒くて粘着質《ねんちゃくしつ》のものが湧き上がってくる。

「痴情のもつれで愛人を殺したってわけか。なら、遺体を花壇に置いたのも、少しは理解できるね。罪悪感から、せめて綺麗な状態で見つかるようにしてあげた」

「分かったでしょ。魚住さんは姉さんの恋人じゃなかったんですよ。だから、僕が魚住さんを殺す理由なんてないんです」

「いま、君が言ったことが本当だとしたら、ね」

「本当ですよ。どうしたら信じてくれるんですか!?」僕は両手で髪を掻き乱す。

「そもそも、君のお姉さんに恋人がいたっていうのは間違いないの？　たしかに、その手の噂は聞くけどさ、それが誰なのかっていうことまでは誰も知らなかった。君さ、適当な情報を流そうとしていない？」

「……いえ、間違いなく姉さんには恋人がいました」

「だから、なんでそう言い切れるのかって訊いているの。信用されたいなら情報を寄越しなさいよ」

岩田は軽くあごを引いて睨《ね》め上げてくる。僕は迷う。あのときのことは、これまで誰にも言ったことがなかった。けれど、背に腹は代えられない。

「三ヶ月ぐらい前……」

僕は弱々しい声であの日のことを語りはじめた。

「リビングのソファーに姉さんのバッグが置いてあったんだ。そのバッグの口が開いていて、中に入れてあった物がソファーの上に落ちていた。……あの薬が」

「薬？」

小首をかしげる岩田の前で、僕は笑おうとする。しかし、顔の筋肉が引きつってしまい、うまく笑顔が作れなかった。

「たしか……シルデナフィルとかいう薬だった。それで、ネットで調べてみたら、なんというか……下半身の元気がなくなった男が飲む薬というか」

「ああ、なるほど。ＥＤの薬ね」

こめかみを掻く岩田の前で、僕は唇に犬歯《けんし》を立てる。

あの日、ネットで検索結果を見たときの衝撃を思い出し、吐き気が湧き上がってきた。画面にその手の情報が一気に表示されたのを見て、僕はスマートフォンを投げ捨て、その記憶を頭の奥底へと押し込んだ。

「で、その相手が小田桐っていう教授だと」

「小田桐は六十前後だから、そういう薬が必要だったんじゃないですか」

「ありそうな話だね。君の言っていることが全部本当だとしたらだけど」

「本当ですよ！　まさか本気で僕が魚住さんを殺したと思っているんですか？」

「いや、思っていないよ」岩田は薄い唇の端を上げる。「君はここに来てから、ちらちら時計を見ている。時間が気になるわけだ。『裁きの刻』までの時間が」

岩田の唇が作る角度が深いものになっていった。

「つまり、お姉さんの仇を討つ時間が少なくなっていることに、やきもきしているってことだ。もし魚住が仇だって思って殺したなら、そんな態度とらないはず」

「分かっているなら、僕なんかにかまっていないで、その小田桐って教授を調べてくださいよ」

「そういうわけにもいかないのよ。魚住の彼女の話を聞いて、串崎さんは君が犯人だと思い込んでいるから」

「あの刑事さんが……」

「そう。あの人が魚住の事件の担当なんだけど、被害者が漆原圭子と同じ天文学同好会のメンバーだと判明して、私と一緒に捜査することになったの」

岩田は大きく肩をすくめる。

「あの人、うちの課で一番の尋問《じんもん》の達人なんだよ。のらりくらりと話をして、小さな矛盾点をついて口を割らせていく。あの人のペースにはまったら、どんな容疑者も集中力が切れて、そのうち口を滑らす。そんな人が、必死に君を落とそうとしにきてるんだ。このままだと君、あと半日もしないうちに、やっていなくても自白し出すよ。まあ、普段はもう少し捜査が進んでからそのテクニックを使うんだけどね」

「なんで今回は、事件が起きてすぐに？」

「ダイスのせい。ダイスの混乱で、十分に捜査で証拠を集められないの。証拠がないなら、怪しい奴を引っ張って、強引に自白させるしかない」

「そんな馬鹿な！　そんなこと許されるんですか？」

「普通なら問題になるかもね。けれどいまは『普通』じゃない。それにあの人、『裁きの刻』までにどんなことをしても、魚住を殺したホシを挙げたいんだよ」

「それって、死ぬとしても、自分の仕事をしっかりとしてから死にたいとか……」

「はは、そんな高尚《こうしょう》なもんじゃないよ」岩田は嘲笑するように唇を歪める。

「あの人は『裁きの刻』に娘といたいだけ。いい歳して、ダイスが降ってくるかもって本気で信じているのよ」

「娘さん？」

「あの人、小学生の娘がいるんだ。奥さんを病気で亡くしているんで、一人で育てている。『裁きの刻』、その娘さんに寄り添っていたいのさ。けれど、いまは殺人事件の捜査中で、しかも他の警察官は治安維持のためにフル稼働《かどう》だ。くそまじめなあの人がわがままを言えるはずもない。けれど、殺人犯を逮捕すれば、『裁きの刻』を娘と過ごせる。慣習として、殺人みたいな大きな事件が解決した場合、捜査員には数日の休暇が与えられるからね」

愛する一人娘と手を取り合って『裁きの刻』を待ちたい。その気持ちは痛いほどに理解できた。けれど、だからって……。

「だからって、なんで僕を」

「漆原圭子の周囲から話を聞くと、弟の話がたくさん出てくるのよ。『異常なほどシスコン』な弟の話がね」

「そんな……、僕はただ……」

「まあ、最後まで聞きなって。そのうちの何人かが言うんだよ。漆原圭子に言い寄っていた男たちに脅迫状を送ったりしていたのは、多分その弟だってね」

「そんな……」

「串崎さんが考えているストーリーはこう。君の姉さんの恋人はやっぱり魚住だった。つまり魚住は二股をかけていたってわけだ。愛する姉さんを盗られた君は……漆原圭子を殺す」

僕は「な⁉」と声を上げると、両手を机に叩きつけて、腰を浮かす。

「そんなに怒らないでよ。あくまで串崎さんが描いているストーリーだってば。まあ、他人のものになるぐらいなら、消してしまえって思ったっていうわけだね。けれど、殺したあとで後悔した君は、こうなる原因を作った男、つまりは魚住を逆恨みして、深夜の大学に呼び出して惨殺《ざんさつ》する。こう考えれば、漆原圭子の遺体がやけに綺麗だったのに、魚住はひどい殺され方をしていた説明になる。ある意味、筋は通っているわけだ」

「筋なんか通ってませんよ。魚住さんは深夜に啓陵大学で殺されたんですよね。僕が呼び出したところで、警戒してそんなところには来てくれるはずがない」

「けれど東雲香澄さんが、きっとあなたが犯人だ、って断言《だんげん》しているからね」

「香澄さんが……」僕は魚住の部屋で会った香澄の、屈託《くったく》ない笑顔を思い出す。

「大変だったのよ、魚住の死を彼女に伝えたとき」岩田はため息をついた。「大声で泣き叫んで、最後には過呼吸になって手足が震えはじめてさ。同性の方が話しやすいだろうってことで、私が聴取することになったんだけど、その間もずっとパニックよ。やっと落ち着いたと思ったら、今度は魂が抜けたみたいに放心状態。痛々しくて見てられなかったよ。可哀そうでさ」

『裁きの刻』まで、寄り添ってくれるはずの恋人を惨殺されたのだ。それも当然だろう。姉さんが死んだとき、僕も同じような状態になった。

もしかしたら、昨夜僕が会いに行ったから魚住は犯人に目をつけられて、あんな目に遭ったのかもしれない。香澄から魚住を奪ったのはある意味、僕なのかもしれない。罪悪感で胸が締めつけられる。

「……香澄さんは、なんで僕が犯人だと思ったんですか？」

「君を送って戻ってきてから、魚住はずっと難しい顔で悩んでいるみたいだったんだって。そして、夜遅く『用事ができた』って出ていったきり、戻ってこなかった。君からなにかを吹き込まれて、誘い出されたっていうのが、東雲さんの主張ね」

「誤解です。そう思われるのも当然かもしれませんけど、僕はそんなことしていません。きっと魚住さんは、僕との話の中でなにかに気づいたんですよ。だから、それを確認しに行ったんです」

「そして、真犯人にたどり着いて殺されたと？」

「そうですよ。なにかおかしいですか？」

「犯行現場や魚住の遺体には、ほとんど争った形跡はなかった。つまり、魚住は警戒していないところをいきなり襲われた。もし、彼が犯人かもしれないと思っている人物と会おうとしたとして、全く警戒しないなんてことあり得る？」

「そんなこと分かりませんよ。気づかれないように、背後から近寄ったんじゃないですか。そんなことより、さっさと僕を解放して、小田桐を調べてくださいよ」

「べつに君は逮捕されたわけじゃない。帰りたきゃ、いつでも帰っていいんだよ」

「そんなことしたら、あの刑事、僕につきまとうかもしれないじゃないですか」

「そうだね。『裁きの刻』まで二十四時間体制で君を監視しかねないね」

岩田はくくっと笑い声を上げる。

「笑い事じゃないですよ！」

「たしかに、笑い事じゃない。魚住の遺体が出たせいで、私は串崎さんとペアを組むことになった。串崎さんが君を疑っている限り、私たちは二人で君を監視し続けることになる。けれど、君の疑いが晴れれば串崎さんと別行動をとれる。人手不足だからね」

そこで言葉を切った岩田は両手を机について、顔を近づけてきた。

「君、他に情報はないの？　他に隠していることは？」

「な、なんの話ですか？」

「この状況を解決する方法はあるにはあるけど、それは私にも結構リスクが高い。正直に言って、私はまだ君を信用していない。リスクを冒《おか》してまで助ける価値があるのか、判断しかねている」

僕は唇を歪める。岩田はこう言っているのだ、助けて欲しければもっと情報を寄越せと。僕は渋々口を開く。

「姉さんは、大学のサークルに入っていました。ダイスを、なんというか……崇拝するサークルらしいです。魚住さんから聞きました」

「ああ、最近多いカルトっぽいやつね。馬鹿らしい」

岩田は嘲笑するように言うと、「で、そのサークルの名前は？」と訊ねた。警察官だけあって、その手の情報に詳しいようだ。

「たしか……『賽の目』とかいうらしいです」

「ありがちな名前だね。けど、そっちも調べる必要はあるな。『裁きの刻』が近いせいか、そういう団体が色々とおかしなことをしているからさ。強引な勧誘や反政府デモ、ひどいのになると集団自殺とかね」

「集団自殺……」

「みんな、まともじゃなくなっているんだよ。まあ、人類がもうすぐ滅ぶかもしれないなんて信じたら、おかしくなるのも分かるけどさ。さて、それなりに有益な情報もらったし、君の疑いを晴らす方法について話そうか」

笑顔を引っ込めた岩田は、身を乗り出すと声を潜める。

「君さ、誰か助けてくれそうな人いないの？」

「どういう意味ですか？」

「恋人か友達でもいい。昨日から今日にかけて君と一緒にいたってアリバイを証言してくれる人だよ」

「偽《にせ》のアリバイをでっち上げるつもりですか⁉」

声が跳ね上がる。岩田は慌てて唇の前に人差し指を立てた。

「しかたないでしょ。疑いを晴らさない限り、串崎さんはスッポンみたいに君に食いつき続けるんだから。いいから、君のためならなんでもしてくれるって人がいないか考えて。私が話をつけてくるから」

「話をつけてくるって……、そんなことして大丈夫なんですか？」

「大丈夫なわけないでしょ。けど、そうでもしないと、女の私が警視庁捜査一課の刑事になれる、千載一遇のチャンスを逃しちゃうんだ。しかたがないのよ。そう……、しかたがないの」

狂ってる……。頬を上気《じょうき》させ、目を血走らせる岩田に圧倒された僕は、身を引く。娘と『裁きの刻』を過ごすために、大した証拠も無く僕を犯人に仕立て上げようとする串崎。自分の夢のために、偽のアリバイ証言をさせようとする岩田。

誰もがダイスに翻弄《ほんろう》され、おかしくなっている。きっと、僕自身も……。

アリバイを証言してくれる人物として、真っ先に頭に浮かんだのは雪乃だった。けれど僕は昨日、雪乃を拒絶した。彼女に頼ることはできない。それなら……。

頭を絞っていると、勢いよく扉が開き、串崎が戻ってきた。

「お疲れ様です」

岩田は素早く椅子から腰を上げる。大股で近づいてきた串崎は、僕を険しい目つきで見下ろした。

「……漆原君、もう帰ってもらってかまわないよ」

低く押し殺した声で言う串崎の表情には、明らかな怒りが滲んでいた。

「え？　それって……」

「だから帰っていいって言っているんだ！」

唐突に串崎は怒鳴り声を上げる。その声量に、体が硬直してしまう。

「あの、串崎さん。どういうことですか？」

困惑顔の岩田が訊ねると、串崎は食いしばった歯の隙間から声を絞り出した。

「アリバイがあったんだよ……」

「アリバイって、漆原君のですか？」

「そうだ。彼の恋人がやってきた。その子は昨日から漆原君の家に泊まっていて、俺たちがマンションに行ったときも、中で隠れていたらしい。その子は親に『女友達の家に泊まる』と言っていたから、自分のことを黙っているように頼んだんだ。漆原君はその約束を守るために嘘をつき、俺たちの貴重な時間を浪費《ろうひ》したんだ」

怒りで顔を紅潮させてまくし立てる串崎には、さっきまでの飄々《ひょうひょう》とした態度は微塵《みじん》も残っていなかった。

「彼女……？　でも……」

雪乃は僕がここに連れてこられたことを知らないはずだ。いったいどうして？

「いいから、さっさと帰りなさい！」

完全に冷静さを失った串崎は、ヒステリックな声を上げる。

僕は椅子の背に掛けたジャケットを摑むと、逃げるように出口に向かった。

部屋から出ると制服警官や刑事らしきスーツ姿の男たちが忙しそうに歩き回っていた。ダイスの接近で忙しくなっているのだろう。

雪乃の姿を探す。どうして僕がここにいることを知ったのか分からないが、おかげで窮地《きゅうち》を脱することができた。礼を言い、そして昨日のことを謝らなくては。

人混みの奥に見慣れたブレザーを着た後ろ姿を見つけた僕は、エレベーターホールに立つ彼女に近づいていく。

「雪乃！」

人混みを掻き分けながら声を上げる。その声に反応して、振り返った彼女を見て、僕はその場に立ち尽くした。そこにいたのは、僕の恋人ではなかった。

「なんで……お前が？」

「『彼女』に向かってそんな言い草ないんじゃないの」

四元美咲はすだれのような前髪の奥から僕を見ながら、楽しげに笑った。

3

「なんで四元が来たんだよ？」

警察署を出た僕は、隣で大きく伸びをしている四元に言う。

「ん？　迷惑だった？」

「いや、迷惑ってわけじゃ……。助かったよ」

四元がアリバイを証言してくれたおかげで、窮地を脱することができた。けれど同時に、このクラスメートの行動は不気味でもあった。

「とりあえずここから離れない？　なんか空気悪いしさ」

四元の言葉通り、警察署には殺気だった警官が頻繁《ひんぱん》に出入りしていた。僕は頷いて足を進める。隣に並んだ四元は、唐突に僕の手を握った。

「なにするんだよ⁉」

反射的に手を引いた僕を、四元は不思議そうに見つめる。

「なにって、私たち『恋人』っていう設定でしょ。ここを離れるまで、とりあえず手ぐらい繋いだ方がいいんじゃない？」

振り返って警察署を見上げる。串崎が窓から僕たちを見下ろしているかもしれない。僕がしぶしぶと差し出した手を、四元は勝ち誇ったような笑みを浮かべて握った。細い指の感触に、一瞬どきりとする。

「それじゃあ行きましょうか、『恋人さん』」

おどけた口調に、顔が引きつってしまう。

「そろそろさっきの質問に答えてくれ。なんで四元がアリバイを証言してくれたんだ？　そもそも、どうやって僕が警察署に連れていかれたことを知ったんだよ」

数分歩いて警察署が見えなくなると、僕は四元の手を離した。

「さっき、ちょっと野暮用であの人に会いに行って、そこで聞いたの。今朝殺人事件があって、漆原君が警察に連行されたってね」

「あの人？」

「漆原君に『プレゼント』をくれたあの人よ。かなり心配していたよ。自分のこと警察に喋っていないかって」

歓楽街の地下にあるバーで、拳銃を売ってくれた男を思い出す。

「ああ、あの人か。よくそんなことまで知ってるな」

「そりゃそうよ。あんな仕事、色々な情報源持っていないと危なくてやっていけないでしょ。警察内の情報だって少しは入ってくるの」

「それで、四元に様子を見てくるように指示したってわけか」

「ん？　ああ、違う違う。私が自分で勝手に来たの。なかなか取り次いでもらえなくて苦労したけどね。『私、漆原亮君の恋人です。亮君は昨日ずっと私と一緒でした』って言ったら、あのおじさん刑事、こっちが引くぐらい焦《あせ》ってたよ」

　けらけらと笑い声を上げる四元に、警戒心が湧き上がる。

　いったいこいつはなんなんだ？　なにが目的でこんなことをするんだ？

「なんで僕を助けようと思ったんだよ？」

「……ハンバーガー」

「は？」

「お腹すいちゃった。ハンバーガーでも食べたいな。おごってよ。それくらいのことしてあげたでしょ」

　道路をはさんで反対側にあるファストフード店を指さしながら、四元は長い前髪の奥で目を細めた。


「……よく食うな」

　せわしなくフライドポテトを口に運ぶ四元を眺めながら、僕はストローで烏龍茶《ウーロンチャ》をすする。

　このファストフード店に入った四元は、レジでたっぷり三分は迷った末にチーズバーガーセットを注文した。そして席に着くや否や、すごい勢いでそれらを食べはじめたのだ。僕は食欲が湧かず、小さなハンバーガー一個とSサイズの烏龍茶だけを注文していた。

　リスのように頬を膨《ふく》らませてフライドポテトを頬張っている四元の対面の席で、僕はため息をつく。さっさと聞くべきことを聞いて帰りたいのだが、いま話しかけても満足に話せないだろう。

窓の外を眺めると、多くの人が行き交ういつもどおりの光景が広がっていた。しかし、心なしか彼らの足取りは重く、顔には焦燥《しょうそう》が浮かんでいるような気がする。『裁きの刻』まであと三日を切っている。ダイスは衝突しないと信じている人々の心にも、恐怖や焦りが湧いてきているのだろう。

近づいてきている『裁きの刻』。僕はそれまでに姉さんを殺した犯人を見つけ出せるのだろうか？　犯人に近づいている気はする。しかし一方で、犯人の掌の上で弄《もてあそ》ばれている気もしていた。

もの思いに耽《ふけ》っていると、四元が「ごちそうさま」と両手を合わせた。

「すごく美味しかった。ちょっと感動しちゃった」

「おおげさだな。こんなの、いつも食っているだろ」

「ううん、こういうお店に入るのはじめて」

「はぁ？　マジで？」

「ママがファストフード嫌いだから、食べさせてくれなかったしね」

「親が食べさせなくたって、友達と来たり……」

失言に気づき、僕は口をつぐむ。

「そう、こんなところ、友達と一緒じゃなきゃなかなか来ないでしょ」

「いや……、べつに一人で来る奴も多いんじゃ」

「私みたいなのがこういうお店に一人でいるの、ちょっと寂しすぎじゃない」

四元は自虐的に唇の端を上げた。彼女が「寂しい」という単語を口にしたことに、僕は驚く。いつも教室の隅で、つまらなそうに窓の外を眺めているクラスの『禁忌』。四元はいつもクラスメートを拒絶するようなオーラを纏《まと》っていたはずだった。

けれど、目の前でハンバーガーを頬張っていた四元は、どこにでもいるごく普通の女子高生にしか見えなかった。

本当に四元はクラスメートを拒絶していたのだろうか？　四元の母親が起こした『事件』に怯えた僕たちが、勝手にそう思い込んで、四元を排除することへの罪悪感を消していただけなんじゃないか？

「で、殺したの？」

紙ナプキンで口を拭いた四元は、なんの前触れもなく言う。僕の口から「え？」という間の抜けた声が漏れた。

「だから、お姉さんの仇を殺せたの？　それで警察に捕まっていたんじゃないの？」

「ち、違う！」

椅子から腰を浮かして叫ぶ。店にいた客数人が、訝しげにこちらを向いた。椅子に座り直しながら、僕は声を潜める。

「僕は誰も殺してなんかいない。……まだ」

「なんだ、違うのか」四元はつまらなそうにストローでコーラを吸った。

「違うのかって……。本当に僕が人を殺したと思っていたのかよ？」

「だって、そのつもりだったんでしょ？　普通に考えたら、お姉さんの仇を見つけて、その人を殺したから警察に連行されたって思うじゃない」

「……それなら、なんで僕を助けたんだよ？」

四元は残り少なくなったコーラをすする。上目づかいに僕を見るその瞳に、妖しい光が宿っていく。

「話を聞きたかったから。人を殺した人の話を」

「なにを言って……」

かすれ声でつぶやく僕を無視して、四元は喋り続ける。

「仇を討ったらどんなふうになるのか興味があったの。目的は達したけど、だからって家族が帰ってくるわけでもなくて、しかも人を殺してる。そんな人がどんな状態になるのか。それを知りたかったの」

口調が熱を帯びていくにつれ、前髪の奥の目が焦点を失っていく。この前見た底なし沼のように暗く深い瞳。

やはり四元美咲は『禁忌』だ。胸になにか危険なものを飼っている。

「なんで……そんなこと知りたいんだよ？」

「前に言ったでしょ、漆原君は私に似ているって。本当に、すごく似てる」

熱に浮かされたような口調で四元は言った。

似ている？　いったい僕と四元のどこが似ているっていうんだ？

視界から遠近感が消えていき、四元の顔が迫ってくるような錯覚に襲われる。

そのときジーンズから振動が伝わってきた。僕は軽く顔を振ると、ポケットからスマートフォンを取り出した。メッセージアプリに連絡が届いていた。あまり親しくないクラスメートの男子からの連絡。どうやら、クラスメートたちに一斉に送ったもののようだ。僕は眉をひそめながらメッセージの内容に目を通す。

『明日、官邸前デモの予定　ぜひ参加を!!』

次のメッセージには、集合場所や時間が記されていた。

「官邸前デモ？　なんだよ、それ？」

つぶやくと、四元が「え？」と声を上げる。いつの間にか、さっきまでの迫力は消え去り、普段のどこか眠そうな表情に戻っている。

「もしかして、漆原君知らないの？　昨日から、ネットとか見ていない？」

「色々あってそんな余裕なかったよ。なにかあったのか？」

「昨日の夜、テレビで大変なことがあったの。それで日本中、大騒ぎ。さっき警察署が殺気だっていたでしょ。あれも、そのことが原因」

スカートのポケットからスマートフォンを取り出して、なにやら操作した四元は、「あったあった」と僕にスマートフォンの画面を見せてくる。

液晶画面には無料動画サイトが映し出されていた。四元の細い指が画面に触れると、動画が再生される。それはよく見る民放テレビのニュース番組だった。キャスターが世界各国で起こっている暴動のニュースについて説明し、その合間合間に、ダイスが落ちてくる可能性が依然低いということを説明していく。この数週間、ニュース番組の大部分はこの体裁をとっていた。

「これがどうしたんだよ？」

「もうすぐだから、見ていて」

もうすぐ？　僕が眉根を寄せると、画面から小さく悲鳴のようなものが上がった。滔々《とうとう》とニュース原稿を読んでいたキャスターが、口を大きく開けて黙り込む。突然、画面にスーツ姿の中年男が入り込んできた。その手には刃渡り二十センチはありそうなサバイバルナイフが握られている。

『皆さん、聞いてください！　ダイスが落ちてくることを政府は知っています！　政府はそのことを隠しているんです！　そして、政治家たちは自分たちだけが助かるように、長野県の地下に巨大なシェルターを用意しているんです！』

男がそこまで叫んだところで、数人の警備員が画面に映り込んできた。取り押さえようというのだろうが、男がナイフをちらつかせるため、近づけずにいる。

『市民のみなさん、どうか声を上げてください！　シェルターにはまだ何万人も収容できる余裕があります！　いま動けば、多くの市民が助かります！　どうか皆さんの力で……』

警備員が一斉に動いた。しかし、警備員たちに飛びかかられる寸前、男は手にしていたナイフを逆手《さかて》に持ちかえると、まったく躊躇を見せることなく、自分の腹部に突き立てた。甲高《かんだか》い悲鳴が響き、画面が暗転する。

「……いまのって？」

「これが昨日、全国放送でお茶の間に流れたの。犯人は死んじゃった。そして、この放送のあと大変なことになった」

「大変なことって？」

「日本中で抗議活動が起こってる。自分たちをシェルターに入れろってね」

四元は華奢な肩をすくめた。

「いや、抗議活動って……。そもそも、さっきの男、誰なんだよ？」

「報道では、元々は外務省の官僚だったんだけど、半年ぐらい前に『ダイス精神病』を発症して辞めた人だって。まあ、ネットとかでは、それは真実を隠すための偽の情報で、自分たちだけ助かることに耐えられなくなった官僚が、命を賭けて真実を伝えたっていう噂が流れているけどね」

「それじゃあ、官邸前デモっていうのは……？」

「明日、日本中から人が集まって、国会とか総理官邸を取り囲むつもりなの。ネットとかメールでものすごい勢いで拡散していって、何十万人も集まるらしい」

「何十万人……。でも、シェルターなんてあるわけ……」

ダイスが衝突するかどうかに関してはさまざまな噂が飛び交っているが、衝突したときどんなことが起こるかに関しては、ほぼ一貫している。

日本は地殻ごとめくれ上がる地殻津波に巻き込まれ、跡形もなく消滅する。その地殻津波はユーラシア大陸の大部分と、人類の約半数を呑み込むまで止まらない。シェルターで助かるようなレベルじゃない。

「できるわけないよね。冷静に考えれば、私たちみたいな高校生だって馬鹿らしいデマだって分かる。きっと報道通り、あの人は『ダイス精神病』で、妄想を口走っただけ。けれど、いまは冷静じゃない人の方が多い」

四元は紙コップの蓋《ふた》を取ると、氷を口に含んだ。

冷静じゃない数十万人が国会を取り囲む。この数週間、ニュースで何度も見た、外国の政府が打倒されていく光景が脳裏に浮かぶ。

「なんか、さっきネットで見たニュースじゃ、明日のデモが暴徒化したら無政府状態になりかねないってことで、自衛隊が出動するかもって」

「自衛隊？」

「そう、警察だけじゃ治安維持できなくなるから、自衛隊がそれをするんだって。戒厳令《かいげんれい》みたいなものなんじゃない」

「マジかよ……」

「とにかく山場は明日。明日以降は下手すれば外出禁止とかになるかもね」

外出禁止。そんなことになったら、姉さんを殺した奴を突き止められなくなる。僕が言葉を失っていると、四元が立ち上がった。

「もう四時だから、そろそろ行くね」

「行く？　またあの展望台にか？」

「ううん、その前に用事があるの。警察署で思ったより時間とられたから、今日は展望台はなしかも」

「用事って？」

「漆原君、ごちそうさま。明後日《あさって》までにお姉さんの仇が討てたら、話聞かせて」

四元は僕の質問に答えることなく、トレーを持って身を翻した。


僕はなにをしているんだろう？

十数メートル先を歩く華奢な背中を見ながら自問する。ファストフード店の前で別れたあと、僕はなぜか四元のあとを追っていた。

仇を討ったなら話を聞きたいと言ったときの、あの吸い込まれそうな目がなぜか気になっていた。興味本位で話を聞きたいだけで、そこまで親しくない同級生を、偽のアリバイ証言までして助け出すだろうか？

もしかしたら、四元は事件になにか関係しているのではないか？　そんな気さえしていた。

幸い人通りは多く、紛れて尾行することができた。四元は振り返ることもなく十五分ほど歩き続けると、大きな建物がある敷地内に入っていった。僕は立ち止まり、眉間にしわを寄せながら十階建ての建物を見上げる。

そこは見知った場所だった。立川南部総合医療センター。この近隣では最大の総合病院だ。ここに来ると胸の奥がうずく。五年前、乳癌を患った母さんが入院し、そして命を落としたのがこの病院だった。あのときのつらい思い出が胸を疼《うず》かせる。

末期癌だった母さんが体調を崩して入院したあと、親父は母さんに会おうとしなくなった。それが、死に瀕《ひん》した伴侶《はんりょ》を見るのがつらかったからなのか、それとも単に家族に興味が無くなっていたからなのかは分からない。どちらにしても、姉さんと僕が日々弱っていく母さんを見舞い、家族として医師から様々な説明を受けなくてはならなかった。

自分の残された時間が少ないことを悟ってからというもの、母さんはしきりに僕たちに謝罪するようになった。親父の虐待から守ってあげられなかったことを。そして、自分がいなくなってしまったあとの僕たちについて、とても心配していた。そんな姿を見て僕たちは、親父から守ってくれはしなくても、母さんが子供を愛してくれていたこと、僕たちが『家族』だったことを知った。

だから、姉さんと僕は二人だけで生きていこうと誓った。母さんが安心して逝《い》けるよう、お互いを支え合い、世間の荒波を越えていける姿を見せようとした。気丈にふるまう僕たちに、母さんの不安も少しずつ和らいでいったようだった。

けれど、僕たちは内心苦しんでいた。高校生と中学生の姉弟が誰からも支えられず、死に近づいていく母親から目を逸らすことなく見守り続けなくてはならなかったのだから。いま思えば、その苦悩が姉さんと僕との絆をさらに強固なものへと変化させていったのかもしれない。僕たちは寄り添いながら、押し潰されそうな現実の重みに、必死に耐え続けた。

母さんが息を引きとった日、姉さんと僕、お互いが唯一の家族となったあの日、僕たちは固く手を握り合って、主治医が口にした死亡宣告を聞いた。あのときの姉さんの手のぬくもりはいまも鮮明に思い出すことができる。

掌を見つめていた僕は、四元が病院内に入っていくのに気づいて我に返り、小走りに院内へと入る。入り口から十数メートル先にあるエレベーターの前に四元が立っていた。見つからないように慌てて顔を伏せ、自動販売機の前で缶ジュースを選ぶふりをする。

四元が乗ったエレベーターの扉が閉まると同時に、急いで移動して何階に行ったのかを確認する。エレベーターの電光表示は七階で停止した。

わきにある各階の案内に視線を向ける。七階は『婦人科病棟』と記されていた。

さて、これからどうしようか。これ以上尾行すると、四元に見つかってしまうかもしれない。四元の用事がこの病院に来ることだったと知って、興味を失いかけていた。知り合いを見舞いに病院に行く。ごく普通に誰でもやることだ。

首筋を掻いていると、腰の辺りに振動を感じた。ジーンズのポケットからスマートフォンを取り出すと、液晶画面には『鳥谷正人』と記されていた。

正人からの電話？　急いで建物の外へ出た僕は『通話』のアイコンに触れる。

『亮……、お前、なにしてるんだよ？』

スマートフォンから聞こえてきた正人の声は、これまで聞いたことがないほど刺々しかった。

「なんだよ急に。なにかあったのか？」

『それはこっちのセリフだ。お前、日下部さんとなにがあったんだよ？　日下部さん、昨日泣きながら電話してきたんだぞ』

ああ、そのことか。僕は片手で顔を覆う。

「ちょっとケンカしただけだよ」

『ちょっとどころじゃないだろ。日下部さん電話越しに、ずっと泣いていたんだぞ』

「……正人には関係ないだろ」

この数日、僕がどんなに大変な目に遭ったかも知らないくせに。抑えきれない苛立ちが、その言葉を口走らせる。電話越しに怒気が膨らんだ気配が伝わってきた。

『関係ないってなんだよ！　日下部さんもお前も、俺の友達なんだぞ。二人がもめていたら、心配するの当たり前だろ！』

正人の大声で震えるスマートフォンを、僕は耳から少し遠ざけた。

正人の言っていることは正しいのだろう。ただ、いまはその正論を素直に受け入れるだけの余裕がなかった。

このまま通話を切ってしまいたいという衝動に、僕は必死に耐える。

『なんとか言えって。それにお前、四元と会っていたって本当か？　この前、駅前を四元とお前が歩いていたって噂を聞いたんだよ。なにかの間違いだよな？』

僕が反論しないことで勢いづいたのか、正人は早口でまくし立ててくる。

あのとき、誰かに見られていたのか。また面倒なことになった。

「べつに間違いじゃない。ちょっと用事があって四元と会ったんだよ」

電話の奥から息を呑む音が聞こえてくる。

『お前、まさか日下部さんを捨てて、四元と……』

「なに言ってるんだよ、そんなわけないだろ！」

あまりにも馬鹿らしい邪推に、思わず声が大きくなる。

『けどな、日下部さんが言っていたんだ。「漆原君は私よりあの女の方が大切だった」って。あんなに感情的になる日下部さん、初めてだったぞ』

雪乃が泣きじゃくりながら愚痴を漏らしている光景を想像し、げんなりする。

「姉さんのことだよ」

『え？　なんだって？』

「だから、雪乃が言っていた『あの女』っていうのは、姉さんのことなんだよ。僕が雪乃より姉さんのことを大切にしたから、あいつは怒っているんだ」

『お姉さんって。亮のお姉さんは……』

「ああ、もう死んだよ。死んだけど、大切に思っちゃいけないなんてことないだろ」

正人は電話の奥で『まあ、そうだけど……』と、ぼそぼそと言う。

「他に用事がないなら切るぞ」これ以上話しても、ただ苛つくだけだ。

雪乃に謝らなくてはいけないことは分かっている。けれど、そんなことをわざわざ正人に言われたくなかった。

『まあ日下部さんと話し合いさえすれば……。あ、あと、分かっていると思うけど、四元にはあんまり近づくなよ』

「なんでだよ？」自分でも驚くほど、冷たく、硬い声が口から漏れた。

『なんでって、あいつの親は……』

「親なんて関係ないだろ。学級委員長として僕と雪乃のことを心配するなら、四元のことも気にかけてやれよ。同じクラスメートだろ」

『いや、あいつは同じじゃ……』

「同じだよ」

通話を切ると同時に、僕はスマートフォンをポケットにねじ込む。なぜか胸の奥がむかついて、吐き気がしていた。

振り返って病院を見上げる。人格者の正人にまで「近づくな」と言われる同級生。彼女はこの病院でなにをしているのだろうか？

多少後ろ髪を引かれつつも、僕は正面を向き歩きはじめる。これまで緊張のためか感じていなかった疲労が、一気に襲いかかってきた。頭が、そして体が重い。とりあえず家に帰って少し休みたかった。

家に向かっていると、再び腰に振動を感じる。また正人か？　僕はポケットからスマートフォンを取り出す。液晶画面に表示されている名前を見た瞬間、全身を侵《おか》していた疲労感が消え去った。

僕は素早く『通話』のアイコンに触れると、スマートフォンを顔の横につけた。

4

バスを降りた僕は、夕日に染まる通りをとぼとぼと歩いていく。やがて、前方に巨大な門が見えてきた。

こんなすぐに、戻ってくることになるなんて……。

そこは啓陵大学、今日の未明に魚住の遺体を見つけた場所だった。

平日にもかかわらず、辺りに学生の姿はほとんど見られない。『裁きの刻』が近づき、授業もほとんど休講になっているのだろう。

門のそばに、小柄な女性が佇んでいた。

「こんにちは、小百合さん。すみません、待ちましたか」

声をかけると、姉さんの親友である宮本小百合は引きつった笑みを浮かべた。

「ううん、私もいま来たところ。えっと……、それじゃあ行こうか」

小百合は背中を丸めながら、キャンパス内に入っていく。その様子は、小動物が天敵から逃げるかのようだった。僕は軽く首を捻りながら、彼女の隣に並ぶ。

「わざわざ時間を取ってもらってすみません」

「べつにいいの……。でも、なんで亮君、小田桐教授に会いたいの？」

昨夜、魚住から小田桐の話を聞き出した僕は、帰宅してすぐに小百合に連絡した。姉さんと同じゼミに所属していた小百合なら、小田桐と連絡を取れるのではないかと思ったのだ。そして三十分ほど前、小百合から『大学に来てくれるなら会ってもいいって、小田桐先生が言ってる。私が案内してあげるね』と連絡があった。

「姉さんがどんな勉強をしていたのかとか、聞かせてもらいたいと思って……」

適当なことを言って誤魔化しながら、横目で小百合を見る。さっき電話越しに話をしたときは普段と同じように明るい口調だったが、なぜかいまは怯えているように見える。心なしか、僕から距離をとって歩いているような気がした。

「あの……、小百合さん、調子はどうですか？」

淀《よど》んだ空気を払拭《ふっしょく》しようと、僕は毒にも薬にもならないセリフを口にする。

「調子……？　ああ、調子ね。元気だよ。ただ、旅行の準備で忙しくて」

「旅行？　こんなときに？」

「うん、うちの両親さ、新潟の出身なんだ。そっちにいる祖父母に会いに行くの」

「それって、『裁きの刻』に一緒にいるためにですか？」

「そうみたい。あんなのデマに決まっているけど、おばあちゃんがすごく怖がっているみたいなんだよね。だから、親族で集まろうってことになって。ちょっと面倒だけど、こういう機会じゃないと、みんな集まることないから」

小百合は笑い声を上げる。その声は空虚で乾いていた。『裁きの刻』が近づき、恐怖が強くなっているのだろう。だから必死に、ダイスが降ってくるわけないと自分に言い聞かせているのだ。

僕が「そうですか」と頷くと、視界に見おぼえのある建物が飛び込んできた。学生会館。魚住の遺体を見つけた建物。体に緊張が走る。

学生会館の正面には、よく刑事ドラマなどで見る黄色い規制線が張られていた。しかし、警官の姿は見えない。ダイスによる混乱のため人手不足で、見張りを置く余裕さえないのかもしれない。

「……あのね、校門で亮君を待っているとき、連絡があったの」

小百合がかすれ声でつぶやく。

「魚住先輩が殺されたって……。天文学同好会の部室で……」

ようやく、小百合の態度がおかしい理由に気づく。この前、僕は彼女から魚住のことを聞き出している。それからすぐに、魚住は殺された。となれば……。

「亮君……。まさか、その事件にかかわっていないよね」

小百合さんにまで疑われるのか。僕はなんと答えるべきか迷う。

「魚住？　誰でしたっけ？」僕は小首をかしげた。

「誰って、この前言ったじゃない。白々しいとは思いつつも、圭子と付き合っていた先輩だよ」

「えっ、その人が殺されたんですか⁉　なんで？　もしかして、姉さんが殺されたことと関係しているんですか？」

大仰に驚いてみせる。これで疑いを晴らせるとは思っていなかった。けれど、小百合が自分に思い込ませることぐらいはできるはずだ。「私が話をしたから、魚住先輩が殺されたわけじゃない」と。

「本当だね？　本当に亮君はかかわっていないんだよね？」

「かかわっているって、まさか僕がその人を殺したと思っていたんですか？」

笑い声を上げる。わざとらしい演技だったが、小百合の表情は和らいだ。

「そんなわけないよね。ごめんね、混乱しちゃってさ。みんなダイスのせいでおかしくなっているんだよ。早く通過してくれるといいよね、ダイス」

「ええ、そうですね……。通過するといいですね」僕は紅く色づいた空を見上げる。

僕たちは再び無言で歩きはじめる。数分進んでいくと、小百合は古い三階建ての校舎の前で足を止めた。

「ここが哲学科の建物。三階の一番奥の教授室で小田桐先生は待っているって」

「そうですか。わざわざ本当にありがとうございます」

僕は頭を下げる。心からの感謝を込めて。

「新潟に行く準備で忙しいんですよね。ここまでで大丈夫です」

「え、いいの？　先生との話が終わるくらいまでなら、待っていられるけれど」

「いえ、そこまでしてもらったら悪いですから」

これから小田桐と話す内容を、他人に聞かれるわけにはいかなかった。

「そう、じゃあそうさせてもらおうかな。またね、亮君」

「はい、また」

もう二度と小百合と会うことはないだろう。そう確信しつつ微笑んだ僕は、彼女が離れていくのを確認すると、建物に入り階段をのぼっていく。小百合に言われた通り三階の廊下を奥まで進むと、『小田桐』と表札の出ている扉を見つけた。

ここに、姉さんの恋人だった男がいる。僕は深呼吸をくり返して暴れ出しそうな感情を抑え、扉をノックする。すぐに「どうぞ」と返事があった。

扉を開けると、十畳ほどの部屋が広がっていた。部屋の両側にある本棚には、夥《おびただ》しい数の書籍が詰め込まれている。手前には古びた応接セットが置かれ、その向こう側に年季の入った木製のデスクがあった。教授室というくらいだから豪奢な空間を想像していたが、思いのほか質素な雰囲気だ。

僕はデスクの奥に腰掛けている人物に視線を注ぐ。細身の体を質の良さそうなスーツに包んだ年配の男。白髪が目立ちグレーに見える頭。高い鼻、一重の鋭い目、薄い唇。顔立ちはかなり整っていて、若い頃はかなりモテただろうと思わせた。

いや、いまもその枯れた雰囲気が女性の目には魅力的に映るのかもしれない。だからこそ、姉さんは……。奥歯が軋みを上げる。

「漆原亮君だね。初めまして、哲学科教授の小田桐だよ」

立ち上がった小田桐は微笑みながら近づいてくると、名刺を差し出してきた。

「はじめまして。急に連絡をしたにもかかわらず、わざわざお時間を取ってくださってありがとうございます」

受け取った名刺をポケットに入れた僕は、慇懃無礼《いんぎんぶれい》に頭を下げる。

「礼はいいよ。君に会うのを楽しみにしていたんだからね」

「……僕が来るのを予想していたみたいな言い方ですね」

「もちろん予想していたよ。私は君をずっと待っていたんだ」

小田桐は芝居じみた仕草で両手を広げたあと、「まあ、とりあえず座って」とソファーを勧めてくる。僕は警戒しつつ、三人掛けのソファーに腰掛けた。

「待っていたってどういう意味ですか？」

「文字通りだよ。一度会いたかったんだ。圭子君の『大切な弟』にね」

対面のソファーに腰掛けた小田桐を、僕は睨みつける。

「あなたは、姉さんとどんな関係だったんですか？」

前置きなく、僕は核心の質問を口にした。姉さんの『恋人』だったかもしれない男を前にして、駆け引きをする余裕などなかった。

「おや、聞いていないかな。圭子君はゼミの教え子だよ」

「それだけですか？　本当に教授と学生っていうだけの関係だったんですか？」

小田桐は薄い唇に笑みを湛《たた》えた。勝ち誇ったような笑みを。

「いや、それだけじゃない。圭子君は私にとって特別な女性だよ。私と彼女は特別な絆で結びついていたんだ」

視界が真っ赤に染まった気がした。気づくと、目の前のテーブルに両手を叩きつけて立ち上がっていた。

やはりこの男が姉さんの恋人だった。こんな男と姉さんが……。胸の中で感情の嵐が吹き荒れ、思考が乱れに乱れる。全身の筋肉が細かく震えはじめた。

「よ、よくも教員のくせに……、姉さんに……」

舌がこわばり、うまく言葉が出ない。僕は無意識に、テーブルの上に置かれていたガラス製の灰皿に手を伸ばしていた。

「それで私を殴るつもりかな？」

からかうように言う小田桐の言葉で、僕は我に返る。そうだ、落ち着かないと。僕の目的は姉さんを殺した犯人を捜し、復讐することだ。

僕は灰皿に伸ばしていた手を引き、ソファーに尻を戻す。

余裕の態度のまま、「これで落ち着いて話せそうだ」とうそぶく小田桐を、僕は睨み続ける。

姉さんの恋人だったこの男が有力な容疑者であることは間違いない。けれど、灰皿を振り下ろすのは犯人だという確証を得てからだ。

「特別な女性だったっていう割には、姉さんが死んでもうちにも来ませんでしたね。普通なら、お悔《く》やみの一つぐらい言いに来るもんじゃないですか」

「残念ながら、大切な用事があってね。うかがうことはできなかったんだよ」

「大切な用事？　姉さんが死んだんだぞ！　しかも誰かに殺されたんだ！　それでも顔出せないぐらい『大切な用事』があるっていうのか？」

僕は荒い息をつく。しかし、小田桐は無言で微笑んでいるだけだった。

この男の余裕を剝ぎ取らないと。そして、この男が姉さんを殺したのかどうか確かめないと。

僕はあごを引いて唇を舐める。

「あなたには、たしか奥さんと子供がいるんですよね」

「ああ、そうだよ。それが、どうかしたのかい？」

「姉さんとの関係を家族に知られたらまずいんじゃないですか？」

小田桐がなにも答えないのを見て、僕はたたみかける。

「姉さんはダイスが落ちてくると思っていた。だから、『裁きの刻』にあなたと一緒にいたいと言ったんじゃないですか？」

支えが欲しくて、姉さんは小田桐と付き合い出したのかもしれない。弱気になっていた姉さんの心の隙間に、この男は這入《はい》り込んだのかもしれない。半年前、『裁きの刻』を一緒に迎えてくれるか姉さんに訊ねられたあのとき、僕が即答をしていたら、姉さんはこの男と不倫関係になどならなかったのかもしれない。激しい後悔が胸を焼く。

「けれど、あなたは『裁きの刻』を妻子と過ごすつもりだった。だから、姉さんが邪魔になって……」

「私が圭子君を殺した。そう言いたいのかな？」小田桐は含み笑いを漏らす。

「違うって言うんですか！　それなら、姉さんが殺されたとき、あなたはどこにいたんですか？」

「イギリスにいたよ」

「イギリス……？」呆けた声が漏れる。

「ああ、そうだ。今月の初めから三日前まで、イギリスに行っていたんだよ。娘があちらの大学に留学中でね。妻も半年前から、娘と一緒にロンドンで過ごしているんだ。だから、圭子君が亡くなったという話は、帰国してから知った。そのせいで、お悔やみを言いに行くこともできなかった。申し訳ない」

小田桐は深々と頭を下げる。

「そんな……、証拠は……」

「私がイギリスにいた証拠かい？　ちょっと待っていてくれ」

立ち上がってデスクに戻った小田桐は、抽斗の中からなにかを取り出した。

「パスポートだ。そこに出入国記録が残っている」

小田桐はパスポートを差し出してくる。そこには確かに今月の初めから三日前まで、イギリスにいたという記録が残されていた。

僕が硬直していると、小田桐は再びソファーに腰掛けて話しはじめる。

「本当なら、家族と一緒に日本に帰ってくるつもりだったんだが、日本はダイスの衝突予測地点に近いからって拒否されてね。まったく、世界中どこにいようが助かるわけがないのに。それに、ロンドンはかなり治安が悪化しているしね」

「こ、こんなパスポート、本当かどうか……。そもそも、イギリスに家族が残っているなら、あなたはなんで戻って……」

「ダイスの衝突予測地点に近いからに決まっているじゃないか」

小田桐が唐突に立ち上がると、両手を開いて高らかに言った。

「何を言って……」

「ダイスは間違いなく地球に降ってくる。あれは単なる隕石なんかじゃない。超越者からの意思。ソドムとゴモラを焼いた神の火と同じものだ。地球はまた炎により浄化される。我々はその炎の鉄槌を甘んじて受けるべきなのだ！」

滔々と語り出した小田桐を、僕は呆然と見上げる。天井を向く小田桐の焦点を失った目は、遥か宇宙の彼方《かなた》にあるダイスを眺めているかのようだった。

「私はずっと君が羨ましかったんだよ」

突然、小田桐は僕に目を向ける。その瞳は虚ろで、まるで硝子玉に見つめられているような心地になる。

「圭子君は君を見つめ続けていたんだ。彼女の目に最後まで私は映っていなかった。彼女にとって君がすべてだったんだ。私にとって彼女がすべてだったように」

小田桐は笑みを浮かべる。目を背《そむ》けたくなるほど歪んだ、醜悪《しゅうあく》な笑みを。

「けれど、それももうどうでもいい。あと少しでダイスがすべてを焼き払ってくれる。私のこの気持ちも浄化してくれるんだから。そう、もうどうでもいいんだ！」

突然、小田桐は笑い声を上げた。悲鳴にも似た、おぞましい笑い声を。

硬直する僕の前で、小田桐は体をくの字に曲げ笑い続ける。

僕はソファーから跳ねるように立ち上がると、扉に向かって走りはじめた。

本能が最大レベルで警告音を発していた。これ以上、ここにいてはいけない。この男から逃げないといけないと。人間が発しているとは思えないような歪《いびつ》な音を背中で聞きながら、僕は部屋から飛び出す。

まともじゃない。みんなダイスに狂わされている。きっと、僕自身も……。

校舎から飛び出した僕は、一心不乱に走り続けた。


エレベーターに乗り、壁に寄りかかる。全身が怠くて重かった。

啓陵大学から逃げ出した僕は、バスを使って自宅マンションまで戻ってきた。

教授室から飛び出したときに聞いた小田桐の哄笑《こうしょう》が、いまも耳から離れない。

小田桐のパスポートに書かれていた記録が本当かどうかは分からない。あの男はいまも、姉さん殺害の第一容疑者だ。本当ならもっと話を聞き出すべきだったのかもしれない。けれど、あの男と対峙《たいじ》していることに耐えられなかった。

俯いているとエレベーターの扉が開いた。外廊下へと出る。いつの間にか日は落ち、蛍光灯の漂白された光が廊下を照らしていた。

ふと、僕の部屋の扉の前に若い男がいることに気づく。日が落ちているにもかかわらず、大きなサングラスをかけている。その口元には大きな黒子《ほくろ》があった。

男ははっと顔を上げて僕を見ると、すぐに廊下の奥にある非常階段に向かって走っていく。階段を駆け下りるカンカンという足音がかすかに聞こえてきた。

なんだったんだ？　軽く首を捻りながら自宅の扉の前までたどり着く。鍵を開けようとしたとき、新聞受けに細長い茶封筒が差し込まれていることに気がついた。

「なんだ、これ？」

開けて中を覗き込むと、十数枚の写真が入っていた。写真を取り出した僕は、大きく息を呑む。全身の産毛が逆立った。その写真には姉さんが写っていた。

椅子に縛られ、猿ぐつわをかませられた痛々しい姿の姉さんが。

数秒間硬直したあと、僕は非常階段を見る。さっき逃げるように非常階段へと向かった男。あいつがこの封筒を置いたんじゃないか？　あいつこそ姉さんを殺した犯人じゃないのか？

僕は手摺りから身を乗り出して周囲を見る。しかし、男の姿はもう見えなかった。逃がしてしまった。あんなに近くにいたのに……。千載一遇のチャンスだったっていうのに……。

手摺りを殴りつける。ガーンという鈍い音が外廊下に虚《むな》しく響き渡った。

地下室で殺された魚住、姉さんの恋人だったという小田桐、ダイスを崇拝する怪しいサークル、そしていまのサングラス男。いったいなにが起きているっていうんだ。姉さんはいったいなにに巻き込まれてしまったんだ。

「姉さん、助けてよ……」

僕はその場にしゃがみ込むと、両手で頭を抱えた。この悪夢のような世界から身を守るように。

第四章　十月十八日　『裁きの刻』まであと二日

1

「……ひどいね、これ」

顔をしかめる岩田の前で、僕はブラックコーヒーを一口すする。強い苦みが、頭にわだかまっている眠気をいくらか覚ましてくれた。

翌日の昼前、マンション近くの喫茶店で、僕は岩田に新聞受けに入っていた写真を見せていた。昨夜、あまりの疲労に耐えられず、部屋に帰ってすぐにベッドに倒れ込んだ。しかし、目を閉じると瞼の裏に、椅子に縛りつけられた姉さんの姿が浮かび、明け方まで眠ることができなかった。

二時間ほど前、なんとか浅い睡眠に入っていた僕はスマートフォンの着信音に叩き起こされた。重い頭を振って電話に出ると、『ちょっと話したいことがあるから、そっちに行くよ』という岩田の声が聞こえてきたのだった。

「これを新聞受けに入れた奴を見たの？」岩田は写真を裏返しにして置く。

「サングラスで人相は分かりませんでしたけど、若い男でした。あと口元に大きな黒子がありました」

「そう。けれど君、犯人にかなり恨まれているね。なんか心当たりはない？」

「知りませんよ。きっと頭がおかしいんでしょ」僕は舌打ちまじりに吐き捨てる。

「まあ、その可能性は否定できないかな。ダイスのせいで、みんなおかしくなっているからね」

岩田は肩をすくめると、わきに置いていたサンドイッチをつまむ。

「君はなにか食べないの？」

「食欲がないんですよ」

魚住の遺体を発見してからというもの、鳩尾《みぞおち》の辺りが常にむかついていた。

「それなら、なんでわざわざ喫茶店で待ち合わせたの？　この前みたいに自宅で話をしても良かったのに」

「たぶん、うちは盗聴、盗撮されています。特に姉さんの部屋とリビングは」

「盗撮器の仕込まれていたぬいぐるみは見つけたんじゃなかった？」

岩田は眉根を寄せる。リビングのぬいぐるみから盗撮器が見つかったことも彼女には報告していた。

「たぶん、あれ一体じゃないと思います。うちには、ぬいぐるみがいくつもあるから……。それより、なんの用で僕を呼び出したんですか？」

「私の方でも色々と調べて分かったことがあったから、共有しておこうと思ってね。まあ、交換条件として君から情報を聞き出すつもりだったけど、この写真のこととか正直に言ってくれたから、教えてあげてもいいかな」

「もったいつけないで、さっさと教えてくださいよ」

疲労で過敏になっている神経を、岩田の態度が逆撫でする。

「ビンゴだったよ」

「ビンゴ？　何のことですか？」

「小田桐教授が君のお姉さんの恋人だったらしいっていう情報が得られた」

「……そうですか」

僕はもう一口、ブラックコーヒーをすする。なぜか、さっきよりも苦く感じた。

「なんか、反応薄いじゃない。かなり確実性の高い情報よ。なんといっても、お姉さんとその小田桐っていう教授が、ホテルから二人で出てきたところを目撃……」

「やめてください！」

僕は怒鳴ると同時に、手にしていたコーヒーカップを乱暴にソーサーに戻す。コーヒーのしずくがテーブルに零れた。岩田は「まあ、落ち着きなって」とシニカルな笑みを浮かべる。

「他になにか情報はないんですか？」

「もちろんあるよ。だからこそ『ビンゴ』なんだから」

身を乗り出してきた岩田は声を潜める。

「君のお姉さんが入っていた『賽の目』とかいう、怪しいサークル。それを創ったのが小田桐なんだよ」

一瞬、頭が真っ白になる。気づいたときには僕は立ち上がっていた。

「本当ですか！」

「だから、落ち着きなって。すぐに説明してあげるから。まったく男子高校生ってやつは直情的よね。ホルモンありあまっているせいかしらね」

呆《あき》れ顔で言われ、僕は首をすくめながら座り直す。

「その『賽の目』っていうサークルは、十ヶ月前に、小田桐が立ち上げたサークルで間違いない。ダイスを神の啓示《けいじ》かなにかみたいに考えて、崇《あが》め奉《たてまつ》る頭のおかしな集団だよ。最初の頃は全然人数が集まらなかったんだけど、数ヶ月前からだんだん大きくなっていって、極度にカルト化していった。現在、少なくとも二、三十人の熱狂的なメンバーを抱える集団になっている」

岩田は嘲笑を漏らした。その頭のおかしな集団に姉さんは参加していた。いや、参加しただけではなく、その代表と交際すらしていた。

ダイスの接近に怯える姉さんに付け込み、怪しい組織に引きずり込み、弄んだ小田桐。姉さんを殺した犯人ではなかったとしても、昨日、灰皿をその頭に振り下ろすべきではなかったのか。そんなことを考えている僕の前で、岩田は首筋を掻いた。

「まあ、小田桐がおかしな思想を持つのも分からないでもないけどね。あの教授、そのサークルを立ち上げる前に、一度死んでるから」

「死んでる？」

「そう、小田桐は今年の初め、授業中に心筋梗塞《しんきんこうそく》を起こして倒れたの。救急隊が到着したときには心臓が止まっていた。その後、救急隊の心臓マッサージで蘇生はしたらしいけど、一週間以上、生死の境を彷徨ったんだってよ。いまも完治したわけじゃなく、狭心症《きょうしんしょう》を抑えるために毎日ニトロ製剤《せいざい》を飲む必要があるらしい」

「その経験が引き金になって……」

「そう、臨死《りんし》体験で『真実』ってやつに目覚めちゃったってわけ。ありがちだよね。この平和な国で生ぬるい人生を送ってきた人間が、急に『死』が身近にあることに気づいてスピリチュアルな思想にはまり込む。まったく、ダイスが近づいてくる前から、『死』なんて常に隣にいるんだって。心臓が止まらないとそんなことにも気づけないなんて、最近の教授様っていうのはレベルが低いね」

「けど、そのレベルの低い教授が作った集団に、かなりの人間が参加してる」

姉さんも含めて……。

「そう、それがいまいち納得いかないんだよね。教授だけあってそれなりにカリスマ性があったのか、それともダイスのせいで、みんなおかしくなっているからなのか……。こういう組織で他人を引きつける人物っていうのは、自分の『死』を呑み込んだ人間だけなんだけどね」

「『死』を呑み込む……」

「そう、常に『死』を身近に感じ取りながらも、それに押し潰されることなく消化した人間。そこまで行った人間は、なんというか……ランクが上がる。良きにつけ悪《あ》しきにつけ、ね」

この女性刑事も、仕事がら『死』を呑み込んでいるのかもしれない。ダイスの衝突の可能性も、どこにでもある『死』の一つとして考えているのだろう。

「なんにしろ、そのサークル内でのトラブルで君のお姉さんが殺された可能性が十分にあるな。頭のネジが外れちゃっている連中だから、下手したらダイスに生贄《いけにえ》を捧げた可能性だって否定できない」

「生……贄……」声が震える。

無数の花が咲き誇る花壇の中心に、一糸まとわぬ姿で横たえられていた姉さん。たしかにあの姿は、祭壇に捧げられた生贄を彷彿させた。

「とりあえず、私は小田桐とそのサークルの線を追ってみるよ」

「けど、姉さんが殺されたとき、小田桐はイギリスにいたんですよね」

岩田はすっと目を細くして、「なんでそのことを知っているの？」と問い詰めてくる。失言に気づき顔が歪むが、もう遅かった。僕はしかたなく、昨日、小田桐に会ったことを伝える。説明が進むにつれ、岩田の目付きが険しくなっていった。

「協定を結ぶとか調子いいこと言ってたくせに、よくもまた私に黙っていたわね」

「ちゃんと言うつもりでしたよ。その前に、岩田さんが小田桐の話をはじめたから、タイミングがなかっただけです」

必死に言い訳をすると、岩田は「どうだか」と疑わしげにつぶやいた。

「それで、パスポートに書いてあったことが出鱈目《でたらめ》っていう可能性はあるんですか？　出入国の記録を改竄《かいざん》したとか」

僕は誤魔化そうと、早口で質問をする。岩田は思案顔で腕を組んだ。

「まあ、不可能じゃないよ。ただ、あの小田桐がそこまでするかなと思って」

「どういう意味ですか？」

「だって、小田桐は明らかにダイスが衝突すると信じ込んでいるでしょ。つまり、あの男にとって世界はあと五十時間もない。そんな状態で、わざわざ面倒なアリバイ工作なんてすると思う？」

「それじゃあ、小田桐は姉さんの事件の犯人ではないってことですか⁉」

「どうだろうね。もしかしたら、サークルのメンバーを使って殺したのかも。でも、重要な儀式かなにかだとしたら、自分でやろうとするのが普通の気がするし」

たしかにあの男が姉さんを殺すなら、自分自身で手を下すだろう。昨日見た、小田桐の狂気に満ちた姿を思い出し、背筋が寒くなっていく。

「ああ、そう言えば串崎さんだけど、いまも君が嫉妬から姉さんを殺したと思って必死に捜査しているよ。君のクラスメートとかに聞き込みをかけているはず」

「まだそんな馬鹿なこと言っているんですか？　あの刑事さん」

「馬鹿なこと？　私は結構、悪くない線だと思っているけどね」

岩田はあごを引いて、睨め上げてくる。

「なに……言っているんですか？」

「私も君を完全に信用しているわけじゃないってこと。案外、串崎さんの言うことが正しくて、全部君の狂言だっていう可能性だってある」

「そんなわけないじゃないですか！」

「私の隙を突いて、魚住みたいに始末しようとでもしたら、返り討ちにするからね。絶対に油断なんかしない。心しておきなさいよ。まあ、とりあえずは君を信じといてあげる。もうタイムリミットが近くて、修正利《き》きそうにもないし」

「……あと二日で犯人は見つかると思いますか？」

「難しいね。そもそも、私もあと二日間、事件に専念できるか分からないから」

「は？　『裁きの刻』まで岩田さんが姉さんの事件を担当するんでしょ」

「そのはずだったけど、機動隊とかと一緒に、デモの監視に回されるかもしれないんだよ。今日のデモはマジでやばそうだから」

「デモって、官邸とか国会議事堂を囲むってやつですか？」

「そう。下手すりゃ百万人が集まるって署内じゃ噂になっていた」

「百万人!?」想像を絶する人数に声が跳ね上がる。

「ダイスが衝突して、政府関係者だけシェルターで生き残ると信じている馬鹿が百万人。シャレにならないエネルギーだよ。ちょっとしたきっかけがあれば暴徒化して滅茶苦茶になる。下手すれば、日本全土が完全な無政府状態になりかねない」

「そんなこと……、ありうるんですか？」

「それを目的にして、デモを扇動《せんどう》しているような奴らもいるからね。現政権に不満があって、どんな手段でも打ち倒したいっていう集団。ダイスの影響で政府への不信感が強くなっているいまは、そういう連中にとってチャンスなんだよ」

「人類が滅亡するかもしれないのに、そんな馬鹿なことを⁉」

「連中の頭には政権打倒しかないからさ。ある意味、幸せだよね」

岩田は皿に残っていたサンドイッチの欠片《かけら》を口に放り込んだ。

「話が逸れちゃったな。とりあえず私たちは、『裁きの刻』までに、君のお姉さんを殺した犯人を見つけないと。色々と情報も集まってきたし、なによりこっちに一つアドバンテージもある」

「アドバンテージ？　なんですか、それは？」僕は身を乗り出した。

「この犯人がまったく逃げきろうとしてないこと。あんな目立つところに君のお姉さんの遺体を飾ったり、君に写真を渡したり。これだけ証拠を残していれば、『裁きの刻』が過ぎて、通常の捜査態勢になれば、すぐに犯人は割り出される。犯人だってそれくらいのことは分かっているはず」

顔の前で人差し指を立てる岩田の話を、僕は集中して聞き続ける。

「つまり、犯人は『賽の目』の関係者だとは断言できないけど、少なくともダイスが衝突すると思い込んでいる。もうすぐ世界が終わると思っているから、『裁きの刻』のあとに逃げきることを考えていない」

「それがどうして、有利な点になるんですか？」

「犯人にとって、二日で世界は終わるんだよ。そして、どうしてか分からないけど、君のことを異常に恨んでいる」

岩田が何を言いたいのかに気づき、僕は「あっ」と声を上げる。

「そう、あと二日で犯人を突き止めるのは難しいけど、犯人の方から君を襲ってくれるかもしれない。君をエサにして、犯人を釣ることができるかも」

僕を『エサ』に。それなら……。頭の中で一つのアイデアが浮かぶ。

「刑事さん！」

僕は勢いよく立ち上がる。岩田は「なに？　急に」と目を丸くした。

「今からエサを撒きに行きましょう」

「ここが漆原圭子の部屋か……」

僕に続いて姉さんの部屋に入ってきた岩田は、物珍しそうに部屋中に視線を送る。この部屋に他人が入ることに、表情が歪んでしまう。

「ちょっと、怖い顔しないでよ。君が入っていいって言うから来たんだからね」

「べつに怖い顔なんかしていませんよ」

僕はベッドの枕元にある『泣きウサギ』のぬいぐるみを横目で見た。

「で、この部屋にあるものはもう全部調べたの？　なにか、犯人に繋がるヒントみたいなものはなかった？」

「徹底的に調べましたけど、ありませんでしたよ。姉さんは予定とかは全部、いつも持ち歩いている手帳に書いていたんですよ。その手帳かスマホがあれば、なにか分かったかもしれませんけど」

「そう。しかしなんなの、このぬいぐるみ。何体もあるけど」

「『泣きウサギ』ですよ。知らないんですか？　去年からブームになってますよ」

「『泣きウサギ』？　ああ、これが隠しカメラが仕込まれていたってぬいぐるみ？」

岩田は物珍しそうに、机の上に置かれたぬいぐるみを手に取る。

「隠しカメラが仕込まれていたぬいぐるみはちゃんと捨てました。だから……この部屋はもう大丈夫です」

声がうわずって演技だとばれないよう、必死に心を落ち着かせながら言う。これから一世一代の大芝居だ。僕は岩田の目を見ながら言葉を続けた。

「岩田さん、ちょっと訊きたいことがあるんですけど、いいですか？」

「ん、なに？　あらたまって」

「魚住さんが殺された大学の部室ですけど、そこって調べることできませんか？」

「はぁ？　もう鑑識《かんしき》が調べたよ。結果の報告は当分あとになりそうだけどね」

「いえ、そういうことじゃなくて、僕が個人的に」

「……君、自分がなに言ってるのか分かってるの？　君はまだ魚住殺しの有力な容疑者なんだよ。そんな人が現場に入れるわけない」

「それは普通のときの話でしょ。刑事さん、もう時間がないんですよ。鑑識の結果なんて待っていたら、『裁きの刻』に間に合いません！」

岩田は眉をひそめて頭を掻く。いかにも迷っているかのように。僕と初めて会ったときの大根芝居に比べれば、かなりましだ。

「君が現場に行けば、犯人に繋がるなにかが見つかるかもしれないっていうの？」

「分かりませんけど、可能性はあるかもしれないじゃないですか。このままじゃじり貧《ひん》なんです。少しでも可能性があればそれに賭けてみたいんですよ」

岩田は再び黙り込む。芝居だと分かっていても、その空気の重さにプレッシャーをおぼえてしまう。

「……普通なら、殺人の犯行現場は何日間か封鎖される。けれど、君が言うようにいまは『普通』じゃない。人手が足りなくて、そんなところに人員は割けない」

「現場は封鎖されていないってことですか？」

「とりあえず昼間は警官が一人いるけど、深夜、少なくとも日付が変わるぐらいの時間には撤収しているはず」

「日付が変わるぐらいですね……。ありがとうございました」

「本気であそこに忍び込むつもり？　もし警備員に捕まったりしたら、不法侵入で『裁きの刻』まで勾留《こうりゅう》されつづけるよ」

「大丈夫です。心配しないでください」

「君みたいな子供が、一人で殺人現場に行こうって言うんだから、心配するのが当然でしょ。いい、私は立場上、君の行為にはかかわれない。もちろん一緒に現場にも行けないし、この会話もなかったことにしてもらう」

「分かってますって。捕まったとしても、岩田さんの名前は絶対に出しません」

「約束しなさいよ」岩田は低い声で言う。

さて、この猿芝居にも飽きてきた。そろそろ仕上げにかかろう。

「岩田さん、明日の朝までに犯人の目星がつかなかったら、……僕はやめます」

「はぁ？　やめるって、犯人捜しを？　君、それでいいの？」

「そりゃ、犯人をぶっ殺したいですよ。けれど、なんか虚しくなってきて……。こんなこと姉さんが望んでいるのかなって。だから明日、昼前の新幹線を予約してあります。その時間までに犯人の目星がつかなかったら、僕は新幹線に乗ります」

「どこに行くつもり？」

「東北ですよ。詳しい場所まではいいでしょ。昔、姉さんと旅行に行った場所があるんです。

そこに行って、姉さんとの思い出の場所で『裁きの刻』を迎えようって思っています。もしかしたら、姉さんの魂もそこに来てくれるかもしれないから」

「魂？　なに馬鹿なこと言ってるの。そんなの単なる自己満足じゃない」

「自己満足でなにが悪いんですか？　人生の最期かもしれないんだ、満足して過ごしたいじゃないですか」

「まだダイスが降ってくるなんてデマ信じているの？　まったく、本当に救いようがないんだから」

　岩田は苛立たしげにかぶりを振る。その態度は演技とは思えなかった。おそらく、彼女は本当に呆れているのだろう。僕だけではなく、ダイスに振り回され、正常な判断ができなくなっている多くの人々に。

「まあ、好きにしなさい。けど、もし明日の朝までになにか手掛かりを見つけたら、私に連絡しなさいよ」

　僕は「はい、分かりました」と、頷きながら息を吐く。これでエサは撒いた。あとは獲物がこの疑似餌《ぎじえ》に食いつくかどうかだ。

「ああ、もうこんな時間か。今日のうちに聞き込みをかけないといけない相手がたくさんいるのに。そろそろ、私はおいとまするよ」

　岩田は腕時計を見ると、大股で部屋から出ていった。玄関でヒールのない革靴を履いて扉の外へと出た岩田を追って、僕も外廊下へと出た。

「とりあえずは成功、ってとこかな」岩田が小声で言う。

玄関扉が閉まるのを確認すると、岩田が小声で返事をした。

「ええ、とりあえずは」僕も小声で返事をした。

「本当に、これで犯人が君を襲いに来ると思う？　というか、本当にあの部屋に盗聴器なんて仕掛けてあるの？」

「そりゃあ絶対とは言えませんけど、その可能性は高いと思います。だから今晩、犯人があの地下室に来ることに賭けてみる価値はあると思います」

「分かったよ。今晩零時《れい》ね。私はその数時間前から、遠くから車の中で学生会館に入る奴がいないか監視する。君は零時に裏口から忍び込んで、犯人をおびき寄せる。スマホで連絡を取り合って、犯人が現れたら二人がかりで捕まえる。いいね」

「ええ、それでお願いします」

僕が頷くと、岩田もあごを引いた。

「まさか、深夜に人気《ひとけ》のないところに私をおびき出して、殺そうとか考えていないでしょうね」

「なに言っているんですか！　そんなわけないでしょ！」

岩田は「どうだか」と鼻を鳴らした。

「さっきも言ったけど、私は君を完全に信じているわけじゃない。ちゃんと保険はかけているからね」

「保険？」

「そう、君が殺人犯だって告発するメールを串崎さん宛てに書いた。そのメールは予約した時間に送られるようになっている。定期的にその予約時間を延ばしているから送られてはいないけど、私の身になにかあったら、君を告発するメールが自動的に串崎さんに届くことになる」

「ちょっ……、そこまでしなくても……」

　絶句する僕を、岩田は鋭い視線で睨めつける。

「私は誰にも気を許さない。特に犯人に復讐をしようとしているような危険人物にはね。安心しなさいよ。私を襲わない限り、そんなことにはならないから」

　僕が渋々「分かりましたよ」と頷くと、岩田は「それじゃあ、またあとでね」と去ろうとする。

「ちょっと待ってください」僕は慌てて岩田に声をかけた。「約束を忘れないでくださいよ。もしダイスが衝突することが判明したら、僕が犯人を殺します」

「忘れてないって。万が一そんな事態になれば好きにしていいわよ」

　岩田は振り返ることなく離れていく。僕はその細身の背中を見つめ続けた。

2

「よしっ」

小さく声を上げ、隅々まで掃除されたリビングを見回す。この部屋とも、これでお別れだろうと思い、天井を仰ぐ。姉さんと五年間一緒に住んだ部屋。

岩田が去ってからの数時間で、徹底的に清掃した。

岩田には犯人を見つけたら、二人で逮捕すると約束したが、そんな気はさらさらなかった。本当に逮捕したら、あの刑事は二度と犯人と僕を会わせようとはしないはずだ。僕はジャケットの生地の上から、内ポケットに収まっている拳銃に触れる。

だから、その前にこの拳銃で銃弾を撃ち込んでやる。

もし復讐に成功すれば、僕は岩田に逮捕されるだろう。それに、犯人に返り討ちにされるかもしれない。どちらにしても、この部屋に戻ってくることはできない。

天井を仰いだまま、僕は目を閉じる。この部屋での思い出が蘇ってくる。姉さんと二人で過ごした五年間の思い出。胸の中がほのかに温かくなる。

数分間、記憶の中を漂った僕は、ゆっくりと目を開けた。

掛け時計を見ると、午後三時を少し回ったぐらいだった。深夜零時までには少し時間があるが、その前に挨拶しておきたい人たちがいた。

雪乃と正人。あの二人に会って、これまでのことを謝ろう。それくらいのけじめはつけるべきだ。あとは……。

長い前髪の奥で、つまらなそうな顔をした少女の姿が浮かんだ。四元美咲。彼女にも感謝を伝えたかった。あいつがアリバイを証言してくれなければ、僕はいまも警察署で尋問を受けていたかもしれないのだから。

あのとらえどころのないクラスメートがなにを考えていたのか、最後までよく分からなかったのが少し残念な気がした。

四元がなにを考えているか知りたかった、か。僕は唇の端を上げる。数日前までは、他のクラスメートと同じように四元を避けていたというのに、勝手なもんだ。

玄関へと向かった僕は靴を履く寸前、大切なことを忘れていたことに気づき、小走りに姉さんの部屋へと入った。

机に近づき、そこに置かれた桐の箱に額を当てる。コツリと乾いた音が響いた。

「姉さん……、いってきます」

遠くから、姉さんの「いってらっしゃい」という声が聞こえた気がした。


駐輪場でマウンテンバイクのチェーンロックを外していると、ロックミュージックが聞こえてきた。着信音を奏でるスマートフォンをジーンズのポケットから取り出すと、液晶画面には『090』からはじまる、知らない番号が表示されていた。

誰からだ？　数秒間迷ったあとに回線を繋ぐ。『こんにちは、漆原亮君』という、やけに明るい声が聞こえてきた。

「あの、どなたでしょうか？」

『あれ、もう忘れたのかな？　昨日会ったばっかりなのに。串崎ですよ、立川署の串崎』

眉根が寄る。たしかに、声に聞きおぼえがある気がする。しかし、昨日は串崎の口調には、こんな気味の悪い陽気さはなかった。

『漆原君、いまどこにいるのかな？』

「どこだっていいじゃないですか」串崎の目的が読めず、僕は慎重に答える。

『ええ、どこだっていいですよ。この街から逃げ出していなければね』

「……なんで逃げ出さないといけないんですか？　アリバイがあるのに」

『ああ、そうだね。恋人が証言してくれたアリバイがね』

「なにが言いたいんですか？」含みのある口調に苛立ちが募る。

『いやぁ、プレイボーイは羨ましいと思ってね。君には何人恋人がいるんだい？　話によると、君の恋人は日下部雪乃さんという子で、アリバイの証言をしてくれた四元美咲という子ではないはずなんだけど』

僕は奥歯を噛みしめる。「何でそのことを？」などとは訊かない。僕を魚住殺しの犯人だと思い込んでいる串崎が、クラスメートにでも聞き込みをしたのだろう。

「……最近、雪乃とはうまくいっていなくて、四元と仲良くなったんですよ」

『二股をかけていたってわけだ』

「ええ、そうですよ。よくある話でしょ」

『ああ、よくある話だね。けれど君の同級生の話じゃ、四元美咲っていう子はクラスで孤立しているらしいじゃないか。君はいいように扱える女の子を使って、自分のアリバイを無理矢理証言させたんじゃないのかな』

串崎は核心を突いてくる。電話越しに僕の反応をうかがっているのだろう。僕はすぐには答えなかった。答えられなかった。

口を開いたら笑い声が漏れてしまいそうだったから。

腹の中で笑いの衝動をひとしきり消化すると、僕は笑みの浮かんだ唇を開く。

「簡単に扱える？　刑事さん、四元はそんな奴じゃありませんよ。きっとクラスの誰より大人で、誰より自分を持っています。僕なんかがあいつを簡単に扱えるわけないじゃないですか」

戸惑いの気配が伝わってくる。僕はかまわず話し続けた。

「いまの話を聞いて分かりました。刑事さん、あなたはなにも分かっていないんですよ。僕を犯人にしたいようだけど、無駄な努力です。このままじゃあなた、『裁きの刻』に娘さんと過ごせませんよ」

『黙れ！』

怒声が鼓膜に叩きつけられる。僕は思わずスマートフォンを顔から離した。

『あの子には私がついていないとだめなんだ！　あの子はまだ六つなんだぞ。それなのに、なんで……。だから、だから「裁きの刻」には……』

感情が昂っているのか、最後の方は言葉が切れ切れになる。

自らの命より大切な一人娘の人生が、ダイスによってわずか六年で尽きるかもしれない。父親としては、身を引き裂かれるような思いなのだろう。せめて『裁きの刻』にそばにいて、恐怖を和らげてやりたいという気持ちは理解できた。

『娘には……私しか家族がいないんだ……』

「……僕は一人しかいない家族を殺されました」

静かに言うと、軽く息を呑む音がスマートフォンから聞こえてきた。

『それは……つらかったね』

最初に会ったときのような、落ち着いた口調で串崎は言った。

「ええ、つらかったです」

数十秒間、声が聞こえなくなる。まるで回線が切れたかのように。けれど、僕は顔の横からスマートフォンを動かさなかった。

『みっともない態度をとって申しわけない。たしかに君は家族を殺された被害者だ』

「分かってくれればいいんです」

『けれど私はやっぱり、君が魚住を殺したんだと思っている。だから、「裁きの刻」までにその証拠を見つけて、君を逮捕する』

「……分かりました」

僕はただ一言、そう答えた。ここでなにを言っても、串崎は僕を疑うことをやめないだろう。串崎にとって、僕を逮捕することだけが一人娘と『裁きの刻』を迎える唯一の方法なのだから。

僕が「それじゃあ失礼します」と電話を終えようとする寸前、串崎が付け加えるように言う。

『ああ、四元さんを侮辱《ぶじょく》した件も謝っておくよ。きっと他の同級生より、君の言うことの方が正しいんだろうね。昨日警察署に来た子は、高校生とは思えないぐらい堂々としていた。彼女と君が恋人同士なのも、一昨日の夜に一緒にいたのも、嘘だと思っているけれど、君と彼女にはなにか深い絆があるんだろうね』

僕が反射的に「そんなものありませんよ」と答えようとした瞬間、あちらから通話が切られた。

深い絆？　僕と四元に？　なにをおかしなことを言っているんだ。そんな洞察力《どうさつりょく》だから、僕が魚住を殺したなんて馬鹿なことを考えるんだ。僕はため息をつくと、数秒ためらったあと、液晶画面に触れて雪乃へと電話をかける。

串崎は雪乃にも話を聞きに行ったかもしれない。そして、一昨日僕が四元と過ごしたという作り話を雪乃に伝えたかもしれない。だとしたら話せる範囲で事情を説明して、誤解を解かなくては。

それに、雪乃に言わなくてはいけないことがある。できるなら直接会って……。

「ちゃんと別れなきゃ」僕はスマートフォンを顔の横につけた。

『おかけになった電話は電源が入っていないか、電波の届かないところに……』

聞こえてきた音声案内に、小さく舌打ちをする。

しかたがない。僕は一度電話を切ると、今度は正人に電話をかける。しかし、正人にも電話は繋がらなかった。『裁きの刻』が近づいて、電話の回線状況が悪くなっているのだろうか？

それとも、ここ数日の僕の態度に愛想を尽かして、二人に着信拒否でもされているのだろうか？

「……あとでまたかけ直すか」

顔を上げ、遠くへ視線を向ける。とりあえず、やれることからやろう。

この街を見下ろしているあの小高い丘を、僕は見上げた。


息を弾《はず》ませながら石段をのぼっていく。額の汗を拭いながら展望台にたどり着いた僕は、大きく息を吸った。木々の匂いがする冷たい空気が肺の隅々にいきわたる。

ここに来るのはまだ三回目だというのに、なぜか懐かしさすら感じた。視線を錆の目立つブランコ、彼女の定位置へと向ける。

まるで彼女自身もこの展望台の一部であるかのように、ブレザー姿の四元はそこにいた。ブランコに腰掛け、横にしたスマートフォンを眺めている。

「ああ、漆原君、いらっしゃい」

僕に気づいた四元はごく自然に、いつもどおりの平板な口調で言う。

「お邪魔します」片手を挙げて、四元に近づいていく。「なにしてるんだよ？」

「テレビを見ているの」

「テレビ？　こんなときになにか面白いものでも？」

「ある意味面白いかも」

四元は僕に向かってスマートフォンを差し出してくる。液晶画面に映し出されている映像を見て、僕は目を見張った。

画面の下の部分には『国会議事堂上空　LIVE』の文字がある。空撮で映し出された国会議事堂。その周囲は無数の人々で埋め尽くされていた。

『……の人数はすでに十万人を超えたとみられ、さらに数を増しつつ国会議事堂を取り囲んでいる状態です。デモ隊は秘密のシェルターを一般人にも開放しろという、従来の要求をくり返しており、政府が要求にこたえない場合、政府各機関への突入も辞さない構えです。それに対し政府は、シェルターなどは存在せず、ダイスが衝突する可能性も依然として低いので、冷静な対応をして欲しいと……』

流れてくるキャスターの説明を聞きながら、僕は画面に見入る。機動隊らしき集団に守られた国会議事堂を、人々がうごめきながら取り囲む光景は、ハリウッドのゾンビ映画の一シーンのようだった。

「すごいことになっているでしょ」

「……ああ」どう答えてよいのか分からず、喉から間の抜けた声が漏れる。

「もうすぐ、官房長官が会見を開くらしいから、さっきから待っているの」

「日本で……こんなことが起こるのかよ」

「『裁きの刻』が近くなってやっと実感できたのよ。自分たちが本当に死ぬかもしれないって。

あと数十時間で、自分の人生が終わりを迎えるかもしれないと」

そうつぶやく四元の横顔は、同い年とは思えないほど大人びて見えた。

「けど、私、この人たちがちょっと羨ましいかも」

「羨ましい？　何が？」

「少なくともこの人たちが、いま生きているって実感を持っていること」

「……四元には、実感がないのか？」

「私はないな。これまでの人生でずっと、生きているって実感なんてなかった。『自分』っていうものがよく分からなかった。だから今も死ぬことがあまり怖くない。けれど、死ぬことが怖くないって本気で思っている自分が……すごく怖い」

僕は黙ったまま、どこか哲学的な四元の言葉に耳を傾ける。四元以外の同級生がそんなことを口にしたなら、自意識過剰な子供の戯言《ざれごと》だと思っただろう。けれど、彼女の言葉はなぜか心に染み入ってきた。

「実は私ね、ダイスが来たことにちょっと感謝しているんだ」

「どういうことだよ？」

「タイムリミットができたことで、覚悟が決まったの。ちゃんと自分の手でけじめをつけて、『裁きの刻』を生きて迎えようって」

四元は雲一つない秋空を見上げた。僕が再び「どういうことだよ？」と訊ねようとした瞬間、四元が自分の唇の前で人差し指を立てる。

「会見……はじまってる」

いつの間にか、画面はデモ隊を空撮した映像から、ニュースで見慣れた会見場へと移っていた。恰幅《かっぷく》のよい初老の男が喋っている。その額に光る大量の汗が、この会見が通常のものでないことをあらわしていた。

風が強くなる。木々がざわめく。四元はせわしない手つきで音量を上げていった。

『内閣は先ほどの閣議で、ダイスの接近に伴う国内の治安の悪化を……。一般の警察力によっては、治安の維持が困難との結論に達し……。また、各都道府県知事からの要請もあったことに鑑《かんが》み……。自衛隊法七十八条に基づいて、「命令による治安出動」を発令することを決定し……』

ところどころ聞こえないところはあったが、その内容は分かった。この前、四元が言っていた、自衛隊の出動が現実のものになったのだ。

四元は食い入るように画面を見つめ続ける。画面の下方に表示されていた『官房長官緊急会見!!』の文字が、『自衛隊に出動命令！　史上初!!』の文字に切り替わる。

「……これから、どうなるんだよ？」

「誰にも分からない。けれど、これでこの国のみんなが気づくはず。これまでの日常が、本当はどれくらい貴重なものだったか。安全に毎日を過ごせる、それがどれだけ幸せなことだったのか。なくなってはじめて気づくんじゃ、遅いけれどね」

ひとりごつような四元のセリフが、僕の胸に刺さった。

僕もほんの数ヶ月までは思い込んでいた。幸せな日常が永遠に続くと。デモの参加者たちと僕の違いは、姉さんが殺されたことによってちょっと早く、生ぬるい日常からはじき出されたということだけなのだろう。

横目で四元を眺める。彼女が僕に関心を持っているのは、僕が『生ぬるい日常』の外にいる存在だからなのだろうか？　彼女自身と同じように。

『それに伴い、本日の午後十時から明日の午前六時、そして明日の午後八時から、明後日の正午まで、国民の皆様はどうしても必要な場合をのぞいては、外出を控えるようにお願いいたします。つきましては……』

官房長官の会見はさらに続いていた。どうやら、夜間の外出が禁止になるらしい。鼻の付け根にしわが寄る。これは面倒なことになった。夜十時から外出禁止ということになれば、その前までに啓陵大学に忍び込んでいなくては。

四元はスマートフォンの画面を消し、スカートのポケットに入れた。

「もういいのか？」

「知りたいことは分かったからね。それに、せっかく来てくれたのに、そろそろ話聞いてあげないと悪いじゃない。はい、漆原君、どうぞ。話していいよ」

四元は桜色の唇にかすかに笑みを浮かべた。

「いや、そんなあらためて話すことなんて……」

「嘘。なにか話したいことがあるって顔しているよ」

四元は珍しく、おどけるような口調で言う。

そうかもしれない。きっと僕は話したかったのだろう。これからすることを、誰かに知って欲しかったのだろう。それを話せるのは、地球上でただ一人、四元だけだった。僕と四元に強い絆があると串崎は言った。あのときは馬鹿なことをと思ったが、たしかにいつの間にか、絆は生まれていたのかもしれない。

日常からはじき出された者同士が傷を舐め合うような、歪《いびつ》な絆。でもなぜかいまは、それがとても大切なもののような気がした。

「……今晩、犯人と決着をつけるよ」

僕は静かに話しはじめた。姉さんのこと、事件のこと、二人の刑事のこと、隠しカメラのこと、親友と恋人のこと、そして今夜の計画のこと。

自分でも驚くほど舌は滑《なめ》らかに動き、僕の内面までも吐露していく。

四元は相槌《あいづち》を打つこともせず、しかし一度たりとも僕の目から視線を外さずに、耳を傾け続けてくれた。

「……まあ、そういうわけさ」

ひとしきり語り終えると、四元はようやく僕から視線を外し、正面を向く。僕もつられるようにそちらを見た。見下ろす街並みが紅く染まりはじめていた。いつの間にか、かなり時間が経っていたようだ。

「それじゃあ、うまくいけば今晩、犯人を殺せるんだね」

「ああ、あの部屋に盗聴器が仕掛けられていれば、きっと犯人は僕を襲いにやってくる。明日になったら、僕が東北に行くと思い込んでいるはずだからね」

「わざわざ刑事と一緒に行く必要あるの？」

「あの刑事がいれば、犯人が罠だと気づいて逃げ出そうとしても、捕まえられるからね。それに、刑事に外から監視してもらえば、犯人がいつ来るのか分かるだろ」

「そう。なんにしろ良かったね。目的が果たせるかもしれなくて」

相変わらず、四元はまったく興味なさげだった。しかし、最初の頃は鼻についていたその態度も、いまは気にならない。

「犯人を殺したあと、すぐに逮捕されずに逃げられれば、ここに報告に来るよ。四元、仇を討ったあとの感想を聞きたがっていただろ」

冗談半分で言うと、四元はふるふると顔を左右に振った。

「それはもういいの。……もう遅いから」

「遅い？　どういうことだよ？」

「最初から決めていたの、明日だって。そうして、生きた状態で『裁きの刻』を迎えるって。きっと、それが私の義務だと思うから」

四元の瞳が、また暗い影を帯びる。彼女の言葉の意味はまったく理解できなかった。しかし、四元の全身から醸し出される、どこか近づき難い雰囲気が、質問することをためらわせた。

「そういえば、ちゃんと日下部さんとは話したの？」

四元は突然、首をぐるりと回して僕を見た。

「いや、……ちょっとタイミングが合わなくて」

「『裁きの刻』まであと二日もないんだよ。私と話している余裕があったら、ちゃんとけじめつけてくるべきじゃないの。ほら、早く行きなって」

ブランコから立ち上がると、四元は僕の肩を押しはじめる。

「分かったから押すなよ。いまから会ってくるからさ」

「なら、よし」

四元は満足げに頷いた。僕は頭を掻くと、しかたなく石段に向かう。

なんだか最後はせわしなくなってしまった。これでもう二度と四元とは会えないかもしれないのだから、もう少しこの数日間の感謝を伝えたかったのだが。

「漆原君」

石段を降りはじめる寸前、背中から声が追いかけてくる。振り返ると、四元がこちらを見て佇んでいた。その横顔を夕日が染め上げる。

「明後日の『裁きの刻』、私は多分ここにいる」

四元がなにを言いたいのか分からず、僕は「えっ？」と首をかしげる。

「だから、もし漆原君が警察に逮捕とかされていなくて、そのうえで『裁きの刻』に行く場所がないなら、……ここに来てもいいよ」

僕は四元を見ながら数秒間、まばたきをすると笑みを浮かべる。

「ああ、もしそんな状況になったらな。じゃあ」

僕は片手を挙げると、石段を降りはじめる。

「うん、じゃあね、漆原君」

四元はもう、「またね」とは言わなかった。


石段を降りきり、入り口を覆い隠すように茂っている枝を掻き分けて歩道へと出る。ガードレールに立てかけてあるマウンテンバイクに近づきながら、僕はこれからの行動をシミュレートしていった。

午後十時までには大学キャンパスに忍び込んでおく必要がある。いまの時刻は午後五時過ぎ。あと五時間弱の間に雪乃と正人に会い、挨拶を済ませておきたかった。

とりあえず、もう一度二人に電話をかけてみようか。ポケットからスマートフォンを取り出した僕は「ん?」と声を漏らす。スマートフォンの左上にあるライトが青く点滅していた。いつの間にかメールを受け取っていたらしい。

もしかしたら雪乃からだろうか? 僕は人差し指で画面に触れてメールを開く。その送信者名を見た瞬間、指の動きが、そして思考が停止した。

送信者の欄には、『姉さん』と表示されていた。犯人からの連絡。

数秒の硬直から解放された僕は、震える指先で画面に触れ、メールを開く。


『18時　ホテルアクアリウム』


本文にはそれだけが記されていた。

「ホテルアクアリウム……」

知っている場所だった。歓楽街のはずれの路地にある安いラブホテル。いや、知っているどころではない。僕はこの三ヶ月、何度かそのホテルを訪れていた。恋人である雪乃と。

人通りの少ない路地に入り口があり、しかも部屋の選択と精算が自動でできるそのホテルは、本来その手の施設を利用できない未成年にとっては穴場的な場所だった。僕と雪乃は数ヶ月前から、月に一、二回そのホテルで時間を過ごしていた。

なんであのホテルに？　犯人の意図が読めないまま、僕はマウンテンバイクに跨っていた。午後六時までには四十分ほどしかない。ここから歓楽街までは自転車で十五分ほど。とりあえず向かいながら考えよう。僕はマウンテンバイクを発進させた。

車道を走りながら、思考を巡らせる。あのホテルにいったいなにがあるというのだろう？

地下室で血まみれになっていた魚住の姿が、脳裏にフラッシュバックする。もしかしたら、ホテルの部屋でまた誰かが殺されているのだろうか？　けれど、メールには部屋番号までは記されていなかった。

あの地下室に呼び出されたときのように、罠である可能性は極めて高い。送られてきたメールを無視して、今晩零時からの作戦にかけることも考えた。ただ、午前に姉さんの部屋で交わした僕と岩田の会話を、犯人が聞いていたという確証はない。今夜、犯人はあの地下室に現れないかもしれない。犯人の方から接触してきたこのチャンスを逃すわけにはいかなかった。

罠へと飛び込む覚悟を決めた僕が進んでいくと、前方に人だかりが見えてきた。

「なんだよ、あれ？」

目を凝らすと同時に、罵声が耳に届いてきた。僕は速度を落としていく。

集団に数十メートルまで近づいて、ようやく事態が飲み込めた。市役所だ。市役所の前に数百人の人々がたむろし、叫んでいる。

感情のままに罵声を上げる彼らが何と叫んでいるのか、よく聞き取れなかったが、大量に掲げられたプラカードなどを見れば、その主張は分かった。

『私たちもシェルターに入れろ！』『生きる権利は政治家だけのものじゃない！』『政府は市民を助けろ!!』『政治家こそダイスに焼き殺されろ!!』

そのあまりにも馬鹿げた内容に、僕は唖然とする。ダイスの激突から生き延びることができるシェルターがあるということ自体が馬鹿げているが、それに輪をかけて、政府への抗議を市役所にすることがおかしい。

僕はゆっくりとマウンテンバイクを漕いでいく。市役所の入り口に機動隊が隊列を組み、デモ隊の突入を防いでいた。

目を血走らせながらプラカードを掲げる人々を見て、腹の底が冷たくなっていく。

少し考えれば、こんな行動に意味がないと分かるはずだ。しかし、この人々はそのことに気づく余裕さえ失っている。

東京二十三区から外れた場所にある市役所ですらこのありさまなのだ。恐怖で思考が硬直し、混乱状態に陥った人々が百万人も集まる永田町《ながたちょう》や霞《かすみ》が関《せき》、そこがどんな状態になっているのか、想像することすら恐ろしかった。

幅の広い国道は完全にデモ隊で埋め尽くされている。僕はわきにある小道に入り大きく迂回《うかい》して再び国道に戻り、騒音を背中にマウンテンバイクを走らせていく。

数十メートル先に国道同士がぶつかる大きな十字路があった。あそこを左折すれば、目的のホテルまでは数分で着く。交差点を左に折れて、片側三車線の広い道に出た瞬間、僕はペダルを漕ぐ足を止めた。

迷彩《めいさい》模様を施された装甲車《そうこうしゃ》が十数台、連《つら》なって反対車線を進んでくる。エンジン音が臓腑《ぞうふ》を揺らす。その迫力に、ただその隊列を眺めることしかできなかった。

出動命令を受けて、立川駐屯地《ちゅうとんち》から都心へと向かう陸上自衛隊だろう。一瞬、装甲車を運転する自衛隊員の横顔が目にとまった。厳しく引き締まったその顔には、この国を守るという使命感と、国民に武器を向けなくてはいけないかもしれないという恐怖が刻まれているように見えた。

装甲車を見送ると、気を取り直して再びペダルを踏み込んでいく。まだ腹の底に振動が残っているような気がした。

ダイスが近づき、社会が狂いはじめている。タガが外れてきている。『裁きの刻』まであと二日、それまでこの日本という国は、その形を保てるのだろうか。

目的地まであと百メートルほどのところでマウンテンバイクを停めた僕は、軽く頭を振ってこの数分で見た光景を脳の外に放り出す。

僕にとって、この国の未来より、犯人を殺せるかどうかの方が遥かに大事だ。姉さんが死んだ時点で僕の『世界』は終わった。『裁きの刻』までの時間は、仇を討つためのアディショナルタイムでしかない。

腕時計を見ると、時刻は午後五時半を回っていた。指定の時刻までもうあまり時間がない。僕はマウンテンバイクを降りると、小走りに路地へと入っていく。

小さな飲み屋や風俗店が立ち並ぶ通りの奥に、そのホテルはあった。そこから二十メートルほど離れたコインパーキングへと入ると、駐車してあるSUVの陰に身を潜め、ホテルの入り口をうかがう。

建物内に入るつもりはなかった。そもそも、どこの部屋に行くべきか分からない。これから、メールで部屋を指定してくるのだろうか？　それともほかの目的があってここにおびき寄せたのだろうか？

どっちでもいい。早く姿を見せろ。僕は懐に右手を忍ばせ、銃のグリップを摑む。

五分ほど監視していると、若いカップルがきょろきょろと神経質に辺りを見回しながらホテルの中に吸い込まれていった。あの様子を見ると、未成年なのかもしれない。きっと、僕と雪乃もあんな感じだったのだろう。雪乃の顔とともに、以前四元に言われた「お姉さんの身代わり」という言葉が耳に蘇る。

僕は本当に、姉さんの「代用品」として雪乃と付き合っていたのだろうか？　そのとおりな気もするし、そうじゃない気もする。

ただ、どちらにしても雪乃には謝らないといけない。『裁きの刻』が近づき、恐怖に押しつぶされそうになっているであろう彼女に、僕は恋人らしいことをなにもできていないのだから。もしこの場で仇が討てたとしたら、どうにかして雪乃に会おう。これまでのことを謝り、もし彼女が許してくれるなら、『裁きの刻』を一緒に過ごそう。

たぶんそれが、雪乃に対してできる、せめてものことだから。右手を懐に入れたまま腕時計を見る。時計の針はちょうど、午後六時を指していた。

銃を摑む手に力を入れる。これからなにが起こるんだ？　犯人はすでに僕がここに隠れていることに気づいていて、襲いかかってくるかもしれない。

車の陰に身を隠したまま、周囲を警戒する。

しかし、なにも起こらなかった。部屋番号を指定するようなメールも届かなければ、誰かが襲ってくるような気配もない。

一分、二分、三分……。指定の時間を過ぎても、新しい動きはなかった。いつの間にか日が沈み、辺りにはしっとりと闇が降りはじめている。街灯が弱々しい光で通りを照らしはじめる。

そのとき、ホテルから二人の人影が出てきた。そのカップルはさっき入っていった二人のように、神経質に周囲を見回しながらホテルを出ると、どこかぎこちなく手を繋いで、こちら側に近づいてきた。

僕は身を潜めたまま二人を観察する。ホテル前の道は暗くてよく見えないが、若い男女のようだ。もしかしたら未成年なのかもしれない。

関係なさそうだな。そう思って視線を外そうとした瞬間、街灯の下まで来た二人の顔が淡い光に浮かび上がった。

「……え？」

喉から呆けた声が漏れる。その光景の意味を、脳がうまく理解できなかった。僕はその場に立ち尽くす。カップルは寄り添うようにこちらに向かって歩いてきた。視界がぐるりと揺れ、僕はたたらを踏むようにＳＵＶの陰から出てしまう。

カップルは足を止めた。二人とも大きく目を見開き、まるで幽霊でも見るかのように僕を見ていた。女の口から、悲鳴のような声が漏れる。

僕の恋人である日下部雪乃の口から。

「……雪乃、……正人？」

弱々しく恋人と親友の名を呼びながら、視線を二人の繫がれた手に落とす。二人は弾《はじ》かれたように手を離した。

「違う！　そうじゃないの！」

　雪乃が大声を上げながら僕の両肩を摑んできた。それと同時に、フリーズしていた脳がわずかに動きはじめた。

　犯人のメールに従ってここに来たら、ホテルから出てきた雪乃と正人に出くわした。これは偶然なのだろうか？

　いや、こんな偶然あるわけがない。これこそが犯人が僕をここに呼んだ理由だ。恋人の浮気現場を目撃させ、僕にショックを与えることが。

　けれど、犯人はどうやって二人の行動まで……。

「黙っていないで、なにか言ってよ！　本当に違うんだから、誤解しないで！」

　僕の思考は、至近距離から浴びせかけられた金切り声によって中断される。

「亮、説明させてくれ！」

「そう！　説明したら、分かるから。ねえ、お願いだから」

　雪乃と正人は息を乱しながら必死に迫ってきた。そんな二人にかけるべき言葉が、頭に浮かんでこなかった。

　僕はショックを受けていた。恋人が親友と浮気したからではなく、その事実を知っても自分が冷静でいられることに。

　たしかに、手を繋いで歩く雪乃と正人の姿を見て、怒りを感じた。しかし、それよりも遥かに強く胸に湧き上がってきた感情は、『安堵』だった。

僕は心の奥で、二人がそういう関係になったことを喜んですらいる。これで雪乃は『裁きの刻』を一人で過ごすことはなくなった。正人ならきっと、責任を持ってダイスの接近に怯える雪乃に寄り添ってくれるだろう。

僕は唇を噛む。恋人を寝取られたっていうのに、こんな気持ちが湧き上がってくることに、激しい自己嫌悪が襲ってくる。

皮肉っぽく笑った四元の顔が、頭をかすめた。ああ、そうか……。全身から力が抜けていく。四元の言うとおり、僕にとって雪乃は『代用品』だったんだ。

姉さんの代用品。

雪乃は謝罪の言葉をくり返している。けれど、本当に謝るべきは僕の方だ。雪乃は浮気をしたかもしれないが、僕にとっては雪乃との付き合い自体が『浮気』だった。本当に僕が愛していたのは姉さんだった。僕の方が遥かに悪質だ。

「大丈夫だから、落ち着きなよ」

噛みつきそうな勢いで迫ってくる二人に声をかける。しかし、その言葉は落ち着かせるどころか、火に油を注ぐものだった。

「大丈夫ってなに⁉ なにが大丈夫だって言うの？」

雪乃が顔を紅潮させて叫ぶ。こんな彼女の姿は見たことがなかった。

中年のカップルが、僕たちのそばを通った。二人は、訝しげな、そして咎めるような眼差しを向けてくる。雪乃は目を伏せて黙り込み、それに倣うように正人も俯いた。鉛のように重い沈黙が辺りに充満していく。

「……とりあえず、場所を変えないか」

僕の提案に、二人は小さく頷いた。


歓楽街から歩いて十分ほど、人通りのない路地にぽつんとある小さな公園まで僕たちは移動した。ここに来るまでの間、雪乃と正人が口を開くことはなかった。

園内を見回す。四元のいる展望台ほどではないが、この公園もあまり手が行き届いてはいなかった。隅にある公衆トイレから、かすかに悪臭が漂ってくる。

僕は公園の中心にある街灯に近づくと、俯いたままの二人に向き直った。

「亮、説明させてくれ」

意を決したかのように、正人が喋りはじめた。

「お前とちょっとすれ違いがあったせいで、混乱していた日下部さんの相談に乗っていただけなんだ……。ただ、ちょっと微妙な話だから、誰にも聞かれない場所がいいと思って。だから、俺と日下部さんは、べつにお前が想像しているような……」

僕は掌を向けて、しどろもどろの正人の説明を遮った。

「いいんだ、そんな言い訳しなくて。悪かったのは僕なんだから」

「いや、そんな……」

「僕が雪乃になにもできなかったから、正人はそれを見ていられなくなったんだろ。全部僕の責任なんだよ」

正人は訝しげな表情を浮かべる。

「もう、気にしないでくれ。僕は『裁きの刻』に雪乃と一緒にいられない。だから、お前が雪乃のそばにいてくれ」

正人は「それは……」と口ごもる。そんな正人と代わるように、雪乃は顔を伏せたまま、つかつかと近づいてきた。

「雪乃も気にしないでいいから……」

そこまで言った瞬間、平手が勢いよく僕の横面《よこつら》を張った。

「なんなの！　なんなわけ、それは!?」

雪乃は再び手を振りかぶる。僕は目を閉じると、その平手を頬で受け止めた。

「なんで、怒らないの!?　なんで冷静でいられるのよ!?　なんで逆に殴られているわけ!?」

雪乃は両手で僕のジャケットの襟《えり》を掴むと、力任せに前後に振る。

「私はあなたの恋人でしょ。その恋人が浮気したのになんで平然としているのよ？　あなたにとって、私ってなんだったのよ！」

目から大粒の涙を流すと、雪乃は襟を掴んだまま崩れ落ちる。

「私はやっぱり、お姉さんの代わりだったんだ……」

膝をついた雪乃は、嗚咽まじりに蚊の鳴くような声を絞り出した。

ああ、雪乃は気づいていたのか……。両手で顔を覆う雪乃を僕は見下ろす。僕は彼女に対して残酷なことをしていた。けれど……。

「けど雪乃だって、姉さんより魅力があると証明したくて、僕と付き合っていたんだろ」

そのセリフによって、雪乃との関係が決定的に破綻《はたん》することは分かっていた。それでも、舌の動きを止めることができなかった。僕たちの関係は、最初から歪なものだった。だったらこの場で、この関係を完全に終わらせよう。

「なに……言って……」雪乃が顔を上げる。

「クラスの男子たちが姉さんの噂をすることが気に入らなくて、姉さんの一番近くにいる僕を恋人にすることで、自分の方が魅力的だって証明したかったんだ。やたらと僕のうちに来て姉さんと会いたがったのも、一昨日リビングで迫ってきたのも、全部姉さんより自分の方が上だって認めさせたかったからだ」

僕は言葉を石にして、容赦なく雪乃に叩きつけていく。

雪乃の表情が炎で炙《あぶ》られた蠟《ろう》のように歪んでいくのを見て、胸に痛みが走った。

再び雪乃に殴られる覚悟を決め、歯を食いしばる。しかし、雪乃が立ち上がることはなかった。

「……ごめんなさい」

消え入りそうな声を絞り出した雪乃は、力なくこうべを垂れた。

僕は暗い空を仰ぐ。結局、四元は正しかった。僕は姉さんの代用品として雪乃と付き合い、雪乃は自分の魅力を計る物差しとして僕と付き合った。

そしてその関係は、たったいま完膚《かんぷな》無きまでに壊れてしまった。

雪乃の肩が細かく震えはじめる。その姿に、なぜか鼻の奥に痛みが走った。なぜか目から涙が零れ出した。

最初は歪にはじまったかりそめの関係だった。ただ、一緒に時間を過ごしていくうちに、その偽物の関係の中に少しずつ純粋な結晶が生まれていたのかもしれない。

けれど、その結晶を僕が握り潰してしまった。

雪乃に向かって手を伸ばしかける。そのとき、後ろから肩を叩かれた。振り返った瞬間、目の前に火花が散った。僕は勢いよく地面に倒れ伏す。

がんがんと痛む頭を振りながら上半身を起こすと、拳を握った正人が荒い息をつきながら僕を見下ろしていた。ようやく、正人に殴り倒されたことに気づく。

「なんてことを言うんだ！　日下部さんはそんな……、お前のために……」

雪乃が慌てて立ち上がり、正人の握った拳に手を添える。

倒れたままその光景を見ながら、僕は満足する。これでいいんだ。きっと最初から、雪乃が付き合うべき相手は僕じゃなく、正人だったんだ。

公園内を風が吹き抜け、僕たちの間にわだかまっていた熱を奪っていく。

口の中に溜まった血を唾とともに吐き出したとき、背後から足音が聞こえてきた。振り返ると、数人の若い男がゆっくりと近づいてきていた。

「なにやっているんだい？」

　先頭に立つ眼鏡の男が、抑揚のない声で言う。立ち上がりながら、男たちを観察した僕は、胸にざわつきをおぼえる。

　てっきり、繁華街にたむろしているチンピラにでも絡《から》まれたのかと思った。ダイスが近づくにつれ、その手の奴らが起こす事件が多発していたから。けれど目の前の男たちは、どう見てもまじめな大学生といった雰囲気だった。

　しかし、頭の中では警告音が大音量で鳴り続けていた。彼らの目、どこか焦点の定まっていないその目が、不安を掻き立てる。

「……なんでもありません」

　雪乃を守るように立ちながら、正人が硬い声で言う。僕はゆっくり移動し、正人の隣に並んだ。眼鏡の男たちは、ゆっくりと近づいてくる。

「もしかして、三角関係のもつれってやつかな。そこの可愛い女の子を二人で取り合っているんだろ？」

「……日下部さん、行こう」

　危険を察知した正人が雪乃の手を取り、踵を返そうとする。しかし、その前に、二人の男が後ろに回り込んでいた。僕たちは男たちに取り囲まれる。

「俺がいい解決方法を教えてあげよう。彼女を置いて、二人とも家に帰るんだ。そうすればケンカする理由もなくなる」

男は淡々と言う。その目は据わっていて、異様な迫力を醸し出していた。ダイスの接近で自棄《やけ》になった男たちが、性犯罪に手を染めようとしているのだろうか。それとも、その他の目的が……。

「ふざけないでください！　警察呼びますよ！」正人の怒声が公園に響き渡った。

「警官は都心のデモ対応に追われて、この辺りにはいなくなっている。泣こうが叫ぼうが、誰も助けに来ない」

眼鏡の男が平板な声で言うと、彼らは僕たちを囲む円を小さくした。雪乃が小さく悲鳴を上げる。

なんにしろ、このままでは僕と正人は袋叩きにされ、雪乃が攫《さら》われてしまう。それを防ぐには……。

僕は乾燥した唇を舐めると、懐に右手を忍ばせる。指先に硬い感触が触れた。

「動くなぁ！」

うわずった声を上げると、僕は懐から拳銃を引き抜いた。

できれば、こんなものを雪乃と正人には見られたくなかった。けれど、この場を切り抜けるにはこれしかない。

「そんなモデルガンでなにをするつもりだい？」眼鏡の男が呆れ声を上げる。

たしかに、僕みたいな高校生が本物の拳銃を持っているとは思わないだろう。この男たちを怯《ひる》ませるには……撃つしかない！

僕は銃口を眼鏡の男に向けると、撃鉄を落とし、引き金に指をかける。

唖然とした表情で立ち尽くしている正人と雪乃に小声で囁《ささや》いた。

「撃ったら、すぐに全力で逃げるぞ」

引き金を絞れば、眼鏡の男の体に鉛弾が食い込む。当たりどころが悪ければ死んでしまうかもしれない。

人を殺す。その、重圧が背中にのしかかってくる。拳銃を構える両手がぶるぶると震え出す。軋むほどに強く奥歯を食いしばると、僕は人差し指に力を込めた。

轟音《ごうおん》が夜の公園にこだまする。拳銃を持った腕が、反動で跳ね上がる。眼鏡の男は「がぁっ!」と叫ぶと、その場にもんどりうった。

倒れた眼鏡の男は一瞬、虚空に視線を彷徨わせたあと、すぐに太腿《ふともも》を押さえて「痛い! 痛いよっ!」と悲鳴を上げはじめる。その光景に、残りの男たちは棒立ちになった。

「いまだ!」

僕は雪乃の手を取り、公園の出口に向かって走りはじめる。僕に引きずられるように雪乃は動き出し、その後ろから我に返った正人が追ってきた。

進行方向にいた男たちは、僕に銃口を向けられると、慌てて道を開けた。

倒れている眼鏡の男のわきを走り抜け、出口に近づいたところで、背後から「逃がすな!」という大声が響いた。足を動かしながら振り向くと、眼鏡の男が上半身を起こし、こちらを睨みつけていた。手で押さえた傷口からは血が溢れ、ジーンズに大きな染みを作っている。

本物の拳銃を持っているのに、なんで諦《あきら》めないんだ!? 我に返った他の男たちが追ってくるのを見て、僕は出口の手前で雪乃の手を離して振り返り、男たちの足元に向けて引き金を引く。再び轟音が響き、土がはじけた。男たちの足が止まる。

「雪乃を連れて逃げろ！ 早く！」

叫ぶと、正人は「けれど、お前は……」と困惑の表情を浮かべた。

「いいから逃げろ！ 絶対に雪乃から離れるな。お前が雪乃を助けてくれ」

僕は親友の目を見つめる。その視線をまっすぐに受け止めた正人は、数瞬の躊躇のあと力強く頷くと、「行こう！」と雪乃の手を取って走り出した。僕は男たちを見据えたまま、二人の足音が遠ざかっていくのを背中で聞く。

「亮君！」

雪乃の声が遠くから聞こえてくる。けれど、僕は振り返らなかった。

「……さようなら、雪乃」

別れの言葉を口の中で転がすと、細く息を吐いて男たちと対峙する。拳銃の威力をまざまざと見せつけただけあって近づいてくることはなかったが、彼らの目には怒りが渦巻いていた。親の仇でも見るような激しい怒り。

なんなんだよ、こいつら……。雪乃に逃げられ、しかも銃口を向けられているにもかかわらず退《ひ》こうとしない男たちに戸惑いつつ、僕はそっと弾倉《だんそう》を見る。弾はあと三発残っている。けれど、これは復讐のための貴重な弾だ。もう一発も無駄にしたくなかった。

お互い動けないまま時間だけが経過していく。もう正人と雪乃は安全なところまで逃げているだろう。あとは、僕自身が脱出する番だ。僕は肺いっぱいに空気を吸い込んだ。

「ああああー！」

腹の底からの大声に、男たちが硬直した瞬間、僕は踵を返して走り出した。

背中で男たちが追ってくる足音を聞きながら、ひたすらに足を動かす。細い路地を何度も曲がりながら、僕は必死に男たちをまいていった。

十五分以上は走っただろうか、足がぱんぱんに張り、心臓が痛くなってきた。いつの間にか、辺りは住宅地になっていた。大通りへと出るつもりだったが、一心不乱に駆けていたので、いま自分がどこにいるのかさえ分からない。これだけ走ったにもかかわらず、そう遠くない場所から男たちの怒声が聞こえてくる。

なんでここまでするんだ。限界に達し、スピードを緩めた僕の視界に、大きな扉を開け放った建物が飛び込んでくる。

あそこだ！　僕は言うことを聞かなくなりつつある足に最後のむちを入れると、数十メートル先にある建物へと走っていく。

建物の中に飛び込んで倒れ込むと、僕は必死に酸素を貪った。少し息が落ち着くと、外から見つからないよう、這うようにして建物の奥へと進んでいく。

紅い絨毯《じゅうたん》が敷かれた大きな階段があり、そのそばにパンフレットの収められたラックが置いてあった。コンサートホールかなにかだろうか？

立ち上がってさらに奥に進むと、大きな扉が見えた。数秒迷ったあと、観音開きの扉を押して、中を覗き込む。

吹き抜けになった広いホールに、木製の長椅子が規則正しく並んでいる。奥は劇場のように一段高くなり、右手にはパイプオルガンが置かれていた。正面の壁には、巨大なステンドグラスが薄い光に浮かび上がっていた。

「礼拝堂……？　教会……？」

つぶやくと同時に、背後から「こんばんは」と声をかけられる。拳銃を懐にしまいながら慌てて振り返ると、紺色のローブを着たスキンヘッドの中年男性が、柔らかい笑みを浮かべていた。

「あ、あの、すみません。開いていたもので……」

「気にしなくていいよ。しかし、汗だくだね。水でも持ってこようか？」

「えっと……、お願いしてもいいですか？」

僕は首をすくめる。全力で駆けてきたせいで、喉がからからに乾燥していた。

「じゃあ、中で待っていてね。すぐに持ってくるから」

男はローブの裾をはためかせながら、二階へと上がっていく。僕は言われたとおりに礼拝堂へと入った。どこか張り詰めた静謐《せいひつ》な空気が心地よかった。混乱していた気持ちが、いくらか安らいでいく。

一番前の席まで進むと、そこに腰掛けて目を閉じる。雪乃の姿が瞼の裏に浮かんだ。哀しみと、満足感が同時に胸に湧き上がってくる。

足音が聞こえた。目を開けると、ローブ姿の男がミネラルウォーターのペットボトルを片手に礼拝堂に入ってきて、入り口近くにあるスイッチを押した。礼拝堂に光が溢れた。暗さに慣れた目にはやや明るすぎる光量に目を細めながら、僕は正面のステンドグラスを眺める。

まばゆいばかりの原色の光がそこに舞い踊っていた。その美しさに目が離せなくなる。ステンドグラスの中心部には十字架を背負った男性が描かれ、その前後に金色に光る道が延びていた。

「綺麗でしょ、あれ」

近づいてきたローブ姿の男がペットボトルを差し出す。僕は「ありがとうございます」と受け取ると、蓋を取り、冷えた水を喉に流し込んだ。乾ききった全身の細胞が潤っていく。一息で半分ほどを飲み干した僕は、大きな息を吐いた。

「そんなに汗だくになっているのは、さっきから大声を上げて外を走り回っている男たちと関係あるのかな？」

体が硬直する。席から腰を浮かしかけた僕の背中を、男はぽんぽんと叩いた。

「心配しないで。正面玄関の扉を閉めておいたから、彼らは入ってはこない。ここで少し時間を潰していきなさい」

男の邪気のない笑顔に、再び体から力が抜けていく。

「ありがとうございます。すみません、勝手に入り込んだりしてしまって」

「大丈夫、『来る者拒《こば》まず、去る者追わず』がうちの基本方針だからね」

「それって物騒じゃないですか？」

「ここに盗みに入るような泥棒なんていないさ。価値のある物といえば、あのステンドグラスぐらいだからね。さすがにあれは持っていけないだろ」

「綺麗なステンドグラスですね。何の絵なんですか？」

「イエス・キリストの受難《じゅなん》を描いた作品だよ」

「受難……？」

「受難っていうのは、イエス・キリストが処刑を宣告され、ゴルゴタの丘で十字架にかけられたことを言うんだ。神の子であるイエスが人間の罪の身代わりとなって十字架に磔《はりつけ》にされる。つまりそれは……」

滔々と語りはじめた男は、途中で言葉を止め、はにかんだ。

「ごめんごめん、ついお仕事モードになってしまって。まあ、つまりあれはイエス・キリストが十字架にかけられるために丘にのぼっているシーンなんだ」

「お仕事モードっていうことは、この教会の神父さんなんですか？」

「ここはプロテスタントの教会だから、神父じゃなくて牧師だよ。カトリックみたいに人々を導く立場ではなく、信者さんと同じ目線で歩んでいく立場だから」

僕は曖昧に頷く。宗教に疎《うと》い僕は、カトリックとプロテスタントというものにどのような違いがあるのか分からなかった。

「あの、僕はクリスチャンじゃないんですけど、ここにいてもいいんでしょうか？」

「教会は神の家だからね、誰でもウェルカムさ。ああ、心配しないで。無理に勧誘とかもしないから。そんなに重く考えなくても大丈夫だよ。私も元旦には神社に初詣《はつもうで》に行ったりしているし」

「……それって、いいんですか？」

「神様は愛の方だ。日本人が初詣しないと年が明けた気がしないことぐらい、きっと理解していただけるさ」

僕は「はあ」と気の抜けた返事をする。

「まあ、ゆっくりしていきなさい。さっきまで特別礼拝をしていたんだけど、それも終わったからね」

「特別礼拝？」

「ダイスが近づいてきているから、少しでも信者さんたちの不安を和らげられればいいと思ってね」

「ダイスが落ちてこないようにって祈るわけですか」

声に不信感が混じってしまう。祈りなんて、地球に向かってきている直径四百キロの小惑星にはなんの意味もない。

「うーん……。もちろん、できればそうしてくださいとは祈るけれど、基本的には神の御心のままに、ってところかな」

「それって、ダイスが落ちてきてもいいってことですか？」

「いい悪いの問題じゃないよ。それを決めるのは私たち人間じゃない。それが神の御意思なら、従うしかない。だから、怯えて我を失うことなく、静かにそのときを迎える強い心を与えてくださいって祈るんだ」

柔らかい口調で語る牧師の前で、僕は唇を噛む。

「神様なんて……いませんよ」

どれだけ失礼なことを口にしているか分かっていた。けれど、そう言わずにはいられなかった。もし神なんてものがいるならば、誰にでも優しかった姉さんが、あんな死に方をするはずがない。

「……なにかつらいことがあったんだね。納得できないような理不尽なことが」

牧師は哀しげに微笑む。僕は黙って拳を握りしめた。

「たしかにこの世界は理不尽なことばっかりだ。神様なんていないと思う気持ちも理解できるよ。今回のダイスの件だってそうだ。なんで神様はこんな試練を与えるんだろうって、私も思ったりする」

「……それなのに、まだ神を信じているんですか？」

「ああ、そうだね。私は信じている。人間のような低い視点から見れば理不尽で、理由が分からないことでも、神様からすればきっと意味のあることなんだってね」

牧師は目を細めてステンドグラスを眺める。その言葉に納得がいかなかった。けれど、なぜかそれ以上の反論を口にすることはできなかった。

「私はね、この世に生まれてきたこと自体が奇跡だと思っているんだ」

牧師は言葉を続けていく。

「だってね、偶然に地球という星が生まれて、そこに偶然生命が生じ、偶然それが増えて……。そんな偶然をくり返して、人間は存在している。私たちの存在自体が、宝くじに何度も連続して当たるような偶然の上に成り立っているんだ。考えてもごらんよ、何回も連続で宝くじを当てている人がいたなら、裏で誰かの意思が働いていると思うだろ」

「……それが神だっていうんですか」

「『神』っていう概念は、そういう意思のことを指すんじゃないかな」

哲学的な話になってきた。なんで僕は牧師とこんな話をしているんだろう。疑問が頭をかすめるが、男の話にはどこか人を惹きつけるものがあった。

「実はね、私は牧師になる前、看護師を目指していたんだ。まあ、実習の厳しさに体を壊して諦めたんだけどね。ただそのときの勉強でね、人間の体って本当にものすごく複雑な構造をしていて、それが少しでも狂えばすぐに死んじゃうってことを知ったんだよ。それを見て、これは絶対自然にできたもんじゃない、誰かが設計したに違いないって確信したんだ」

「それで、牧師になったんですか？」

「それだけじゃないけど、きっかけの一つにはなったかな。ああ、ごめんごめん、なんか私ばっかり話をしちゃったね。いつも喋りすぎだって妻にも叱られるんだよ」

「え？　牧師さんって結婚していいんですか？」

「神父は独身が基本だけど、牧師はそういう制約はないよ」

「そうなんですか。じゃあ、『裁きの刻』は奥さんと過ごすんですか？」

「妻と、あとは教会で『裁きの刻』を迎えたいっていう信者さんがいるから、その方たちと祈りながら過ごすよ。信者さんに安らぎを与えることが私の使命だから」

「使命……」

「そう、人間はいつか死ぬ。それは避けられない。けれど、きっと人間はなにか意味があって生まれてくると思うんだ。その生きる意味こそが、きっと『使命』ってやつなんだよ。まあ、これは教会の教義とかじゃなくて、私の持論だけどね」

僕は再び口の中で「使命……」とつぶやく。僕にとっての使命、それは姉さんの仇を討つこと……。姉さんが死んでからずっとそう思ってきた。けれど本当にそれでいいんだろうか？

軽い痛みをおぼえ、僕は頭を押さえた。牧師が心配そうに「大丈夫かい？」と訊ねてくる。

牧師の話術にはまって、耳を傾けているうちに、おかしな迷いが生じてしまった。早くここから出ていこう。

「ここ、教会ってことは、……懺悔室《ざんげしつ》ってやつとかあるんですか？」

なぜか、そう口走っていた。早くこの場をあとにしないといけないというのに。

「ああ、あれはカトリックの教会にしかないんだよ。私たち牧師には人の罪を赦すなんて資格はないからね。けれど……」

そこで言葉を切ると、牧師はにっと口角を上げた。

「人生の酸《す》いも甘いも噛み分けた大人として、少年の悩み相談に乗るくらいのことならできる。もちろん守秘義務は守るよ」

調子よく言う牧師の前で、僕はおそるおそる口を開く。目の前の男にすべて話してしまいたかった。これから自分がなにをするつもりなのか。

話をしかけたところで、僕は激しく頭を振る。

なにを言うつもりだったんだ？　これから姉さんの仇を撃ち殺そうとしているってことか。いくら守秘義務があるなんて言っても、そんなことを言えば警察に通報されるかもしれない。なにも迷う必要なんてない。自分の生きている意味なんて考える必要はない。姉さんが死んだ瞬間に、僕の生きる意味は消え去ったんだ。僕は勢いよく立ち上がる。

「もう行きます。あの男たちもいなくなっている頃だろうし」

「そうか……。それじゃあ気をつけて。玄関まで送るよ」

少し残念そうな表情を浮かべた牧師が、僕を止めることはなかった。彼とともに礼拝堂を出た僕は、玄関へと向かう。

「色々話せて楽しかったよ。気をつけて」

「お世話になりました」

頭を下げる僕に、扉を開けながら牧師は柔らかい視線を投げかけてきた。

「ああ、あと、その懐に入っているものでなにをするつもりかは知らないけれど、それを使う前に、私が言ったことを一瞬でも思い出してくれると嬉しいな」

僕は左胸を押さえて目を見開く。

「知って……いたんですか？」

「そりゃ知っていたよ。君が教会に入ってきたとき、『それ』を手にしていたのが見えたからね」

「なのに、なんで匿《かくま》ってくれたんですか？　強盗かもしれないのに」

「さっきも言っただろ。この教会には盗まれるようなものはなにも置いていないんだよ。それに、来る者拒まずがうちのポリシーだからね」

自分の頭を撫でる牧師を前になにも言えなくなる。

「それじゃあ、気をつけて」

軽く手を挙げた牧師に向かって、僕は「ありがとうございます！」と頭を下げると、路地へと飛び出した。

――第五章　十月十九日　『裁きの刻』まであと一日

1

腕時計の針が頂点で重なる。日付が変わった。

「なんで出ないんだよ！」

トイレの個室にこもった僕は、『おかけになった電話は電源が……』と声を上げるスマートフォンを睨みつける。教会をあとにした僕は、公園で会った男たちに出くわさないように注意しつつ、決着の場所と定めた啓陵大学へと向かって路地を進んだ。なんとか外出禁止となる午後十時前にキャンパスにたどり着いた僕は、その近くにあった公衆トイレの個室に入り、約束の時間である零時を待つことにした。

蓋を下ろした洋式便器に腰掛け、数時間前から学生会館を監視しているはずの岩田に連絡を取り、なにか動きはなかったか訊ねようとした。しかし、何回電話をかけても、無味乾燥な音声案内が聞こえてくるだけで、岩田に繋がることはなかった。

もしかしたら、岩田はこの前言っていたように、国会議事堂などのデモ対応に駆り出されてこちらには来られなくなったのかもしれない。それなら、一人で乗り込むしかない。僕はスマートフォンをジーンズのポケットに戻すと、胸に手を当てる。

よし、行くか。覚悟を決めた僕は公衆トイレから出ると、車道を横切って大学の敷地を取り囲む塀へと近づいていく。塀を乗り越え、身を低くして林の中へと飛び込んだ。

犯人は僕が来ることを予想している。キャンパス内に入れば、いつ襲われてもおかしくない。息を殺しながら、林の中を移動していく。街灯の光が生い茂った葉に遮られ、足元すらはっきり見えないほどに暗かった。

十数分、慎重に進んでいくと、目的地である学生会館が見えてきた。規制線が張られたままだが、警官はおろか警備員の姿も見えない。『裁きの刻』まであと三十四時間ほど。警備員たちも出勤していないのかもしれない。

僕は視線を、少し離れた位置にある駐車場へと向ける。この前見たときは、二十台以上の車が停まっていたが、いまはわずか数台しかなかった。

予定では、岩田はあのうちの一台に潜み、学生会館を監視しているはずだ。

僕は細く息を吐いて、はやる気持ちを抑える。一刻も早く学生会館の地下に向かいたかったが、もし岩田が監視をしているなら、彼女に会って情報を得た方が得策だ。相手は一人とは限らないのだから。

林の中を駐車場の手前まで進んだ僕は、辺りに人がいないのを確認して、すぐ近くに停めてある乗用車の陰へと飛び込む。たぶんこの車だ。ここからなら、目立たずに学生会館を監視できる。

僕は後部ドアの窓から車内を覗き込む。予想通り、運転席に岩田の後ろ姿が見えた。座席を大きくリクライニングして、横たわるような体勢になっている。

いるなら電話に出ろよな。内心で悪態をつきながら、僕は身をかがめたまま運転席の窓へと近づいていく。なぜか、サイドウィンドウが下げられていた。僕は「岩田さん」と小声で呼びながら、ゆっくりと運転席を見る。

思考がショートした。僕はその場に棒立ちになる。

血の海。それ以外に表現のしようがない光景が車内に広がっていた。

ハンドル、助手席、サイドブレーキ、フロントガラス、天井。それらが大量の赤黒く粘着質な液体によって濡れている。リクライニングした運転席には岩田が力なく横たわっていた。

首を大きく裂かれた岩田が。

天井を向く岩田の目は、完全に焦点を失っていた。蒼白《そうはく》になった分厚い唇が半開きになり、口から溢れ出したであろう血液が胸元まで赤黒く染めていた。

「いわた……さん……？」

足元の地面がぐにゃぐにゃと揺れ出した。僕は夢を見ているんじゃないだろうか。ずっと、悪夢の中を彷徨っているのではないだろうか。姉さんが死んでから、いやダイス衝突の可能性があると知ってからずっと。

そのとき、あることに気づき、僕は「あ！」と声を上げる。

スマートフォン、岩田のスマートフォンだ。このままでは、僕が犯人だと告発するメールが串崎に送られてしまう。

どこだ、どこにある？　車内に視線を這わせるが、スマートフォンは見あたらない。僕は開いた窓から上体を潜り込ませ、岩田のジャケットやズボンのポケットを探る。掌にぬるりとした温かい感触が走り、背筋が震えた。しかし、スマートフォンは見つからなかった。

血で濡れた手を引っ込めた僕は、絶望とともに暗い夜空を仰ぐ。きっと、スマートフォンは犯人によって持ち去られたんだ。間もなく、告発メールが串崎に送信されるだろう。それを止める術《すべ》は僕にはなかった。

いや、もしかしたらすでにメールは送信され、串崎がここに向かっているかもしれない。僕は血がべっとりとついた両掌を見る。この場を目撃されたら、釈明なんてしようもない。急いで離れないと。

暗い林に飛び込むと、何度も転びそうになりながら走っていく。途中、スマートフォンの電波で位置が特定されるかもと気づき、急いで電源を切りもした。

数分で敷地の端にある塀までたどり着いた。それを乗り越えた僕は、全力で走った。自分がどこに向かっているか、どこに向かうべきなのか分からないまま。

いつの間にか住宅街を抜け、オフィス街に入り込んでいた。どれだけ走ってきたのだろう、あまりにも体を酷使《こくし》してきたためか目の前の光景が揺れはじめた。足を止めた僕は、細い路地へと入り込み、そこで崩れ落ちる。

もうだめだ。犯人の方が何枚も上手《うわて》だった。罠にかけるつもりが逆にかけられてしまった。『裁きの刻』まであと三十時間強。それなのに、犯人の正体がつかめないどころか、警官殺しの容疑者になってしまった。

「はは、はははははは……」

乾いた笑い声が口から漏れる。あまりにも絶望的な状況になると、人間は笑ってしまうということを、僕ははじめて知った。遠くから罵声のような叫び声が聞こえてきた。僕は倒れ込んだまま、路地から顔を出す。

三百メートルほど離れたところで、大通りが自衛隊の装甲車によって封鎖されていた。彼らに向かって、若者たちが奇声を上げながら、石などを投げている。

男たちが叫んでいる内容ははっきりとは聞こえなかったが、『政府の犬』『シェルター』『ダイス』などのキーワードが耳をかすめる。

「外出は禁止されています。速《すみ》やかに自宅に帰ってください。この道路は封鎖されています」

自衛隊員が拡声器《かくせいき》を使って警告するが、男たちの攻撃が止むことはなかった。

すぐわきにある閉店中のコンビニエンスストアに、集団の一部が近づいていく。その中の一人が突然、手に持っていた金属バットを、コンビニエンスストアの窓に向かって打ちつけた。ガラスが割れ、男たちが次々に店内へと雪崩《なだ》れ込んでいく。

海外の暴動などでよく見る光景。それがとうとうこの日本ではじまってしまった。

きっとここだけではないだろう。日本中いたるところで、このような暴動が起こっているに違いない。

迷彩服を着た自衛隊員が、装甲車の前に出てきた。あの集団を制圧するつもりなのかもしれない。

僕はふらふらと立ち上がると、路地の奥に向かって歩き出す。

これからどうすればいいんだろう？　どこに向かえばいいんだろう？　思考がうまくまとまらない。ひとまず自宅マンションに戻ろうか。いや、だめだ。串崎が張り込んでいるかもしれない。もう二度とマンションには戻れない。

本当なら今夜、あの地下室に犯人をおびき寄せ、殺すはずだった。しかし、完全に裏をかかれ、岩田は殺されてしまった。

どうして犯人はそんなことができたんだ？　岩田があそこにいることは僕しか知らなかったはずなのに。そこまで考えた瞬間、僕は目を見開いた。

違う！　もう一人だけ、計画を知っていた人物がいる。

まさかあいつが……？

必死に頭を働かす。あいつが犯人に繋がっていた？　そんなことがあり得るだろうか？　けれど、そう考えればすべて説明がつく。

向かうべき場所は決まった。僕は顔を上げる。

自衛隊と警官を避けて裏道を通っていかなくてはいけないので、かなり時間がかかるかもしれないが、夜明けまでには着けるだろう。

目的地が決まったことで、体にも力が戻ってくる。

僕は息を整えると、硬くこわばった足を大きく踏み出した。

2

午前八時ちょうど、警備員が正面玄関の自動ドアの電源を入れる。それとともに、ドアの前で待っていた数人が、建物内へと吸い込まれていった。

ベンチに腰掛け、ホットの缶コーヒーをすすっていた僕は、ゴミ箱に缶を投げ捨てると、目の前にそびえ立つ建物を見上げる。

立川南部総合医療センター。自衛隊と暴徒の衝突を目撃した場所から三時間ほど、暴動を避けながら夜道を歩いてここまでたどり着いた僕は、いま座っているベンチで仮眠をとりながら、病院が開くのを待ち続けた。

四元美咲に会うために。

啓陵大学での作戦を僕と岩田以外で唯一知っていた人物、それが四元だった。僕自身が彼女に話してしまった。四元と犯人はどこかで繋がっている。そう考えればすべて説明がつく。だからこそ僕は、この病院にやってきた。一昨日、四元は用事があると言ってここを訪れていた。今日もやって来る可能性は高い。

院内に入り、エレベーターへと向かう。待合室に置かれた大きな液晶テレビを、入院患者らしき数人が食い入るように眺めている。

『全国から集まり、国会を初めとする政府各機関を取り囲むデモ隊は、いまも人数を増やしています。その数はすでに百万人を突破し、各機関の前で装甲車などを並べてバリケードを築いている自衛隊や警察との睨み合いが続いて、周囲は物々しい雰囲気となっております。この事態を受けて……』

都心の空撮映像。そこに映るデモ隊の規模は、昨日と比べて明らかに膨張していた。レポーターの怒鳴るような声を聞きながら、僕は思わず足を止めて画面に見入ってしまう。よく見ると、画面のところどころで火の手が上がっている。画面越しでも、事態が破裂寸前となっている緊張感が伝わってきた。

画面から視線を引き剝がした僕は、エレベーターに乗って七階病棟に上がった。扉が開くと、正面にナースステーションがあった。

エレベーターホールへと出る。両側に長い廊下が延び、その左右に病室があった。四元は一昨日、ここでなにをしていたのだろう？　ナースステーションに近づくが、中に看護師の姿はなかった。『裁きの刻』が近づき、出勤している看護師も少ないのかもしれない。

ふと、ステーション内のホワイトボードに患者氏名が記されていることに気づいた。辺りに誰もいないことを確認した僕は、受付台から身を乗り出して目を凝らす。

ホワイトボードに書かれている名前を追っていた視線が一点で止まる。そこには『718

四元江美《えみ》様』と記されていた。

四元の親族だ！　やはり、四元は見舞いのためにこの病院に通っていた。きっと、四元は今日もここを訪れる。いや、すでに病室にやってきている可能性だってある。

慎重に廊下を進んでいった僕は、『718』と表札のかかった扉の前で立ち止まる。どうやら個室の病室らしい。扉を数センチ開け、中の様子をうかがう。

かなり大きな部屋だった。十畳以上はあるだろう。部屋の奥にベッドが見えるが、そこに横たわる患者の姿はベッドの周りにあるカーテンに遮られて見えなかった。四元はいないようだ。そのとき、足音が聞こえてくる。慌てて確認すると、廊下の両側から看護師が近づいていた。

やばい、このままじゃ見つかる。とっさに病室内に飛び込み、大きく息をついたところで、僕は顔をしかめる。よく考えたら見舞客のふりをしてやり過ごせばよかっただけだ。あまりの緊張に、パニックになってしまった。

「……美咲？」

僕の背中に、女性のかすれ声がかけられる。手の動きが止まった。

「美咲でしょ。こっち、来て。ねえ……お願いだから」

嘆願するかのようなその声は、カーテンの奥から聞こえてきた。

「早く、お願いだから……。ねえ美咲、ママ、美咲がいないと……」

患者の正体が分かった。一昨年、堅気ではない男たちを引き連れて学校に乗り込んできた母親、四元がクラスで孤立する原因をつくった人物だ。

一瞬迷ったあと、ゆっくりとベッドに近づいていく。

四元の母親なら、いま四元がどこにいるか知っているかもしれない。カーテンをわずかに引いて、ベッドを覗き込む。そこに横たわる人物を見て、僕は言葉を失った。

拳銃を売ってくれた男は、四元の母親を『いい女』と言っていた。しかし、目の前に横たわる女性は、老婆にしか見えなかった。

やせ細って顔は頬骨が目立ち、眼窩《がんか》が落ちくぼんで目玉が飛び出しているように見える。はだけた入院着から覗く胸元は、あばら骨がくっきりと浮き上がっていた。頭部にはほとんど髪の毛はなく、布団から出た腕は今にも折れそうなほどに細い。

首筋からは太い管が伸び、点滴棒に吊るされている数種類の点滴袋へと伸びていた。口元には透明な酸素マスクがはめられている。

癌だ。すぐに僕は、女性がなんの病を患っているかに気づく。乳癌で亡くなった母さんが、息を引き取る寸前に似たような状態になっていた。しかし、亡くなる寸前の母さんより、目の前の女性は遥かに状態が悪く見えた。

彼女が枯れ木のような手を伸ばしてくる。僕は思わず後ずさった。

「あの、突然すみません。僕は美咲さんのクラスメートの……」

「美咲！　美咲！　どこ行っていたの？　ママを置いていくなんて！」

女性はあえぐように大声を上げる。その迫力に、僕は立ち尽くす。

「ねえ、もうどこにも行っちゃだめ！　ここにいて！　ここにいるの！　あなたはママの、大切な、人形。お人形なんだから。お人形は、動いちゃだめ」

想定外の事態に戸惑っている僕に向かって、彼女は熱に浮かされたような口調でまくし立てると、咳き込みながら笑い声を上げはじめた。あまりにも異様なその様子に僕は気づく。目の前の女性の思考が混濁《こんだく》していることに。

「美咲、明日だよ。明日までママ、頑張るからね……」

彼女はひび割れている唇を歪めながら囁き続ける。マスクに酸素が流れ込む音がうるさく、よく聞こえなかった。僕は彼女の口元に耳を寄せる。僕の頬を彼女の手が撫でる。和紙のようなざらついた感触がした。

「明日、隕石が落ちてきて、全部消してくれるから。美咲……、ママと一緒に死ねるのよ。よかったでしょ。ずっと私と一緒にいられるの。ね、ずっと一緒……」

頭から冷水をかけられたような気がして、僕はベッドから距離を取った。

この人はダイスが落ちてくることを望んでいる。

娘と一緒に死ぬために……。

これまで多くの人がダイスについて語っているのを聞いてきた。けれど、誰一人として、ダイスが落ちてきて欲しいと望んでいる人などいなかった。

じりじりと後ずさりする僕に向かって、上半身を起こした彼女は、「どこに行くの？」と両手を伸ばしてきた。僕はその場で身を翻す。これ以上、この空間にいたくなかった。そのときノックが響き、入り口の扉が開く。身を隠す暇などなかった。

「失礼します、四元さん。回診です」

病室に入ってきた小太りの中年医師と目が合った。

「あれ、君は？」

「あの、僕は……江美おばさんの甥《おい》で、漆原亮って言います」

とっさに仮名が思いつかず、本名を名乗ってしまう。医師は「甥御さん？」と首をかしげた。

「そうです。従姉妹《いとこ》の四元美咲に聞いて、お見舞いに来たんです。あの、ちょっとお話をうかがいたいんですけど」

僕は後ろにいる四元江美に口をはさむ隙を与えぬよう、早口で言う。

「ああ、美咲ちゃんの従兄弟なんだね。それじゃあちょっと外で話そうか」

美咲という名前を出したことで信頼を得ることができたらしい。医師は僕を病室の外へと連れていくと、廊下の隅へと移動した。

「はじめまして、四元江美さんの主治医をしている婦人科の葉山《はやま》です。えっと、美咲ちゃんから、どれくらいのことを聞いていますか？」

「癌で、状態があまりよくないってことを……」

僕はさっき見た江美の状態から予想したことを口にする。

「そう、子宮頸癌《しきゅうけいがん》が体中に転移《てんい》して危険な状態なんだ。肺への転移巣《そう》のせいで呼吸状態が悪化して、大量の酸素の投与が必要だ。会わせたい人がいるなら、早いうちに会わせてあげた方がいい」

葉山の表情が厳しくなる。やはり、病状はかなり悪いらしい。

「さっき江美おばさんが、僕を『美咲』って呼んだんですけど、もしかして目が……」

「そうか。いや、多分目のせいじゃないだろうね。脳に大きな転移巣があるんで、意識が混濁しているんだよ……。特に、美咲ちゃんがいないときは錯乱《さくらん》状態になることも多くてね」

「四元……、美咲はいつも見舞いには来ているんですか？」

「見舞いどころか、一日の大半はお母さんについているよ。午後に少し出かけたりする以外はね。個室だから、泊まり込みもできるし」

「そうなんですか……」

あの母親と長時間二人きりで過ごす。それがどれだけ精神を蝕むことなのか、僕には想像できなかった。

「状況としてはこんな感じだけど、他に質問とかはあるかな？」

「いえ、大丈夫です。ありがとうございます」僕は頭を下げる。

「私は基本的にずっと病院にいるんで、質問があったらいつでも声をかけて」

「ずっとって、明日も？『裁きの刻』もですか？」

「もちろん、ここで勤務しているよ」葉山は何の気負いもなく言った。

「……ダイスが落ちてこないって確信しているんですか？」

「いやぁ、落ちてくるかどうかは私には分からないけれど、それが仕事だからね」

「人生の最期かもしれないのに、仕事をして過ごすんですか⁉」

声が思わず大きくなる。葉山は柔らかく微笑んだ。

「人生の最期かもしれないからこそ、かな。私は医者だからね。死ぬとしても、医者として死にたいんだよ。明日は妻と息子が病院に来てくれるんで、『裁きの刻』にはここで一緒に過ごすことにしている。四元さんみたいに状態の悪い患者さんもいるし、それに、明日が予定日の妊婦さんもいるからね」

「明日……生まれる子供がいるんですか？」

明日、世界が終わるかもしれない日に生まれる子供がいる。当たり前と言えば当たり前の事実に、眩暈《めまい》をおぼえる。

「そう。明日、『裁きの刻』の直前に生まれる子供もいる。もしかしたら、その子供が生まれてすぐ、世界が終わるかもしれない。けれどね、私はそれでもその子が生まれてくる意味はあると思っているんだよ」

葉山は迷いのない口調で言い切る。すぐに世界が終わるとしても、この世界には生まれる価値がある。それが正しいのかどうか、僕には分からなかった。ただ、葉山の言葉には、生命の誕生と消滅に立ち会ってきた者の重みがあった。

「……ありがとうございました。お時間とらせてしまってすみません」

僕は再び頭を下げる。葉山は「いいんだよ」と笑みを浮かべると、僕の肩越しに視線を飛ばし、片手を挙げた。

「ああ、美咲ちゃん。ちょうどよかった。従兄弟の子がお見舞いに来ているよ」

体を硬直させた僕は、ぎこちなく振り返る。

廊下で四元が立ち尽くしていた。すだれのような前髪の奥の目が大きく開かれる。彼女が手にしていたコンビニのレジ袋が床に落下した。


「……なんなのよ、あなた？」

強い風で乱れる黒髪を押さえながら、四元は硬い口調で言う。

数分前、硬直が解け大股で近づいてきた四元は、僕の手を乱暴に摑んで、誰もいない屋上まで連れてきた。

四元の視線を僕は正面から受け止める。こちらにも話したいことがあったのだ。二人っきりになれたのは好都合だった。

「四元、お前、姉さんを殺した犯人を知っているのか」

「はぁ？　なに言っているの？」四元は嚙みつくように言う。

「八時間前、僕は犯人を罠にかけようとしたんだ」

「知ってる。昨日あなたから聞いたから。で、お姉さんの仇を討てたの？　だからわざわざここに報告にでも来たってわけ？」

四元は僕のジャケットの袖に視線を向ける。目敏《めざと》い奴だ。紺色だからそれほど目立たないが、右手の袖口には岩田の血液が少し付着していた。

「しらばっくれるなよ。知っているんだろ。失敗したことを」

「さっきからなにを言っているのよ？」四元は苛立たしげに手を振る。

「犯人に全部ばれていたんだよ。僕が刑事と待ち構えていたことが。それで犯人に裏をかかれて、刑事が殺された。そして僕は犯人に仕立て上げられたんだ」

「……そう。それは大変ね」

怒りで満ちていた四元の表情を、かすかな同情がかすめる。

「けど、あなたがここにいる理由になっていないでしょ」

「しらばっくれるなって言っているだろ。お前が犯人に教えたんだろ。僕と刑事が待ち構えているって。お前以外、誰もそのことを知らなかったはずなんだ！」

僕は興奮で息を荒くしながらがなり立てる。本当はもっと冷静に問い詰めて、犯人の手がかりを得るつもりだった。けれど、昨日から続く極限状態に心身ともに限界に来ていて、感情をうまくコントロールできなかった。

「……言いたいことはそれだけ？」

四元はうって変わって平板な、まるで人工音声が喋っているかのような声でつぶやく。いつの間にか、その顔は、能面《のうめん》を被っているかのように無表情になっていた。

「それだけって……」

「一つはっきりさせておくけど、最初に接触してきたのは、あなたからなのよ」

「分かっているけど。僕と話しているのを見て、犯人がお前に接触してきたのかも……」

「私が犯人の味方をして何の得があるの？」冷然と四元は言う。

「そんなことまで分かるかよ。金をもらったとか、なにか取引したとか……」

「そんなものに興味あると思う？」

「……ないって言うのか」

「ええ、興味なんかない。お金もなにも私は興味ない。だって、私はまだ『生きて』いないから。もうすぐ『生きる』つもりだけど、少なくともまだ……」

なにかに取り憑かれたかのように、四元は淡々とつぶやき続ける。

「だから、私はなにもいらない。まずは『生きる』ことが目標だから。『裁きの刻』までに『生きる』こと……」

四元は細い首を少し反らし、雲一つない秋晴れの空を見上げた。

「なんにも興味がないって、そんなの嘘だろ。だって、あんなに僕の復讐の話を聞きたがっていたじゃないか」

気圧《けお》された僕は、必死に言葉尻をとらえて反論する。

「それは、あなたが『空っぽ』になったって言ったから。そう、それには興味があったかも。『空っぽ』になっても『生きて』いけるのか。そして、人を殺したあと、『空っぽ』じゃなくなるのか」

「なんなんだよ、それ!?　わけが分からない！」

「分からなくていいよ。誰にも分かるわけがないんだから。ねえ、漆原君。あなた、ママに会ったんでしょ？」

「……ああ。会ったよ」

「ママね、もう長くないの。そんなの見たら分かるか。ママはね、私自身なの。だからもうすぐ私自身が消えちゃう。それまでに、ちゃんとけじめをつけないといけない。自分の手で……。私にはね、漆原君のお姉さんのことなんかにかかわっている余裕なんてないの」

虚ろだった四元の瞳が、次第に焦点を取り戻しはじめる。「お姉さんのことなんか」という言葉に顔が引きつった。

「あれ、怒った？　けど本当のこと。誰も心の底では、他人になんか興味がない。漆原君も、私のママが死にそうでもどうでもいいでしょ。拳銃が必要になるまで、私みたいなクラスメートがいることも忘れていた。人間なんてそんなもの。だから、お姉さんの件、漆原君にとっては世界が終わったような衝撃だったかもしれないけど、私にとってはどうでもいいことなのよ。つまり、私はお姉さんを殺した犯人なんか知らないし、もちろん情報を流したりもしない」

証明終わりとでもいうように、四元は華奢な肩をすくめる。なんの証明にもなっていない詭《き》弁《べん》。けれど、なぜか僕は反論の言葉を見つけられなかった。

「でも、犯人は罠のこと……」

「その刑事がどこかでうっかり口走ったりしたんじゃない？　それか、お部屋以外にも盗聴器があるとか。なんにしろ、私には関係ない」

ぴしゃりとはねつけるように言われ、僕は言葉が継げなくなる。

「そうだ。漆原君がここを知っていたのって、もしかしたら二日前に私のこと尾行したの？」

思い出したように、四元は小首をかしげながら訊ねてくる。僕は力なく頷いた。もはや、取り繕《つくろ》う気力すらなかった。

ぱんっ、という軽い音が聞こえる。左の頬に軽い衝撃が走った。自分の右手を痛そうに振る四元を見て、僕ははじめて平手打ちをくらったことに気づく。昨日の雪乃に比べたら、遥かに威力の弱い平手打ちだった。しかし、胸に響いた衝撃はずっと強かった。

「……さようなら」

四元は微笑んだ。砕け散ってしまいそうなほど儚い笑顔。

踵を返した四元に、僕は無意識に手を伸ばす。指先が黒い髪に一瞬触れた。

ゆっくりと離れていく小さな背中を、僕は手を伸ばしたまま、ただ眺め続けた。

3

コンクリートの床に大の字に横たわり、空を見上げる。四元と別れた僕は二時間近く、病院の屋上でこうして過ごしていた。

空に左手をかざす。指の隙間から雲一つない青空が覗いている。ふと腕時計を見ると、針は午前十時十三分を指していた。

『裁きの刻』まであとちょうど一日。二十四時間後には人類の運命が決まる。

……それまで、ここにいてもいいかもな。そんなことを考えつつ、いまもこの空の遥か彼方から、地球に近づき続けているであろうダイスに思いを馳せる。

ヘドロのような疲労感と無力感が全身の細胞を侵していた。もう、なにもしたくなかった。もう、なにもできなかった。

この数日間、僕はただ犯人の掌の上で踊らされ続けた。その結果、魚住と岩田は殺され、僕は彼らを殺害した容疑者になってしまった。すべてが無駄だったのだ。

僕は目を閉じる。柔らかく吹く秋風が頰を撫でていくのが心地いい。岩田の遺体を見てからずっと恐慌状態に陥っていた精神が、いくらか凪いでいく。

犯人はどうやって僕と岩田の裏をかいたのだろう？　再びその疑問が湧き上がってくる。

二時間ほど前、はじめて剝き出しの感情をぶつけてきた四元。彼女が嘘をついているとは思えなかった。四元から情報が漏れたのではない。だとすると……。

僕は目をつぶったまま、思考を巡らせていく。僕と岩田が作戦について詰めているところを盗聴したのだろうか。しかし、その話は自宅マンションではなく、盗聴器などないはずの外の喫茶店で交わした。もしかしたら、犯人はあの喫茶店にいたのだろうか？

いや……、ちがうな。ひとしきり記憶を探った僕は、すぐに否定する。あのとき、僕たちの周りに他の客はいなかった。いくら聞き耳を立てていても、作戦の内容は聞こえなかったはずだ。

いったい犯人はどうやって僕の裏をかき続けているんだ。僕の行動をずっと監視でもしているのか？　けれど犯人は、学生会館のそばで待機している岩田の行動まで把握《はあく》していた。僕と岩田、同時に監視するなんて、一人でできるわけ……。

そこまで考えた僕は目を見開くと、上半身を跳ね上げる。

「一人じゃ……ない？」

『賽の目』。姉さんが所属していたサークル、ダイスを崇拝するという異様な集団。そこに属している誰か一人が犯人なのかもしれないとは疑っていた。けれど、もしその『集団』こそが犯人だったら。

岩田は言っていた。小田桐が『賽の目』を作り上げたと。そして、『賽の目』のメンバーはまるで洗脳されたかのように狂信的になっていると。

小田桐は姉さんと付き合っていた。きっと小田桐は姉さんを洗脳して自分のものにしたうえで、『賽の目』のメンバーに引き入れたんだ。けれど、『裁きの刻』を前にして、聡明な姉さんは我に返り、小田桐から離れようとした。それを防ぐために、小田桐は『賽の目』のメンバーを使って姉さんを殺害した。姉さんを自分のもとから逃がさないように。頭の中で有機的に仮説が組み上がっていく。

『賽の目』のメンバーは二、三十人はいるらしい。そいつらが協力すれば、僕や岩田の行動をずっと監視することも可能だろう。僕たちの行動はすべて筒抜けだった。だからこそ、僕は裏をかかれ続けた。

そうだ、そうに違いない。想像が確信へと変わっていく。

僕は立ち上がると、懐に手を入れて、拳銃の存在を確認した。

この拳銃を撃つべき相手は小田桐だ。あと二十四時間以内にあの男を見つけ出し、その体に鉛弾を撃ち込まないと。けれど、そのためにはどうすれば……。

口元に手を当てて俯いていた僕は、はっと顔を上げると、財布から一枚の紙を取り出す。そこには『啓陵大学文学部哲学科　教授　小田桐誠明《まさあき》』とあり、その下に電話番号、メールアドレス、そして自宅の住所が記されていた。

一昨日、小田桐と顔を合わせたときに受け取った名刺。『裁きの刻』を前にして、小田桐が悠長《ゆうちょう》に自宅にいるとは思えない。けれど、なにか手がかりが見つかるかもしれない。

「待ってろよ、小田桐……」

僕は唇を舐めると、低く押し殺した声でつぶやいた。


「ここか……」

額に浮かんだ汗を拭う。目の前には巨大な日本様式の門扉《もんぴ》が立ちはだかっていた。門のわきに取り付けられた表札には、『小田桐』と記されている。

病院をあとにし、徒歩で住宅地の外れにあるここまでやってきた。外出禁止令の出ている時間帯ではなかったが、途中、警官や自衛隊員の姿が目立った。僕は緊張しつつ顔を伏せて、彼らとすれ違った。もしかしたら、岩田殺害の容疑で指名手配されているかもしれないと不安を感じていたが、彼らは暴動に対応することに集中していて、一人で歩く僕には目もくれなかった。

さて、行くか。呼吸を整えると、とりあえず門扉を押してみる。当然、鍵がかかっていると思ったが、予想に反して観音開きの扉は軋みを上げながら開いていった。日本庭園が広がり、その奥に平屋造りの大きな屋敷が姿を現す。

敷地内に入った僕は、懐に手を入れ、拳銃のグリップを握る。ここに来る途中、何度も振り返って尾行されていないことを確認した。だが、相手はどれだけいるか分からない。もしかしたら、複数で僕に気づかれないように監視し続けているのかもしれない。だとしたら、僕がこの屋敷に向かっていることは筒抜けだろう。

『裁きの刻』まであと一日を切っている。これまで犯人は、間接的に僕を苦しめてきたが、そろそろ決着をつけようとするはずだ。門扉に鍵がかかっていなかったことからみても、待ち伏せされている可能性は高い。

弾倉に残っている弾はわずか三発。もし、『賽の目』のメンバーに襲われたら、二発以内でなんとか突破して、残った弾を小田桐に撃ち込まなくては。

はたして、そんなことが可能なのだろうか。

湧き上がった不安を必死に振り払いながら、僕は屋敷へと続く庭園を進んでいく。多くの木が植えられ、錦鯉《にしきごい》が泳ぐ池まであるこの庭は、かなり死角が多い。どこかに『賽の目』のメンバーが潜んでいるかもしれない。

懐から拳銃を抜き、両手で構えながら進んでいく。池にかかっている小さな橋を渡り屋敷へと近づいた僕は、玄関の引き戸に手をかける。

やはりここにも鍵がかかっていなかった。

靴のまま玄関から上がり、まっすぐ延びる廊下を拳銃を構えたまま進んでいく。耳を澄ますが何も聞こえてこない。人の気配はしなかった。

もしかしたら小田桐はすでにここにいないのだろうか？『裁きの刻』を明日に控え、もうこの家に戻ってくるつもりがなかったから、鍵もかけずに出ていったのだろうか。

すり足で移動していくと、僕は一番手前の襖《ふすま》を勢いよく引いた。銃を構えていた手がだらりと下がる。自分がいまなにを見ているのか、理解できなかった。

そこは広い居間だった。三十畳ほどの畳敷きの和室が広がり、その奥に縁側がある。その空間に、二十人以上の若い男たちが、折り重なるように倒れていた。

「なんだよ……、これ……」

息を乱しながら、倒れている男たちを観察していく。彼らの顔は土気色《つちけいろ》で、すでにこと切れているのは明らかだった。

この男たちは誰なんだ？　なんでこんなところで死んでいるんだ？　いったいなにが起こっているんだ？

混乱の底なし沼に沈み込んでいく。手から零れた拳銃が、床でごとりと音を立てる。そのとき、一人の男が足に包帯を巻いていることに気づいた。眼鏡をかけたその男。脳内で記憶がはじける。公園で雪乃を攫おうとして、足を撃たれた男だった。

僕は目を皿にして、倒れている男たちの顔を一人一人観察していく。何人か、見たことのある顔があった。眼鏡の男と一緒に、公園で襲ってきた男たち。さらには、口元に大きな黒子のある男も倒れている。きっと、マンションの新聞受けに、椅子に縛られた姉さんの写真を投函《とうかん》した男だ。

この男たちが死んでいるということは……。ゆっくりと状況が脳に浸透してきたとき、かすかな足音が鼓膜を揺らした。僕は慌てて足元に落とした拳銃を拾い、銃口を廊下の奥に向ける。

「こんにちは、漆原亮君」

紋付袴《もんつきはかま》を身に纏った小田桐は微笑みながら僕を見た。硝子玉のような虚ろな目で。

「君が来るのを待っていたよ」

「そんなに警戒しなくていい。私はちょっと話がしたいだけだよ。ここじゃあなんだから、場所を変えよう」

小田桐は踵を返すと、廊下の奥へと向かって歩き出す。

「動くな！」

僕が声を嗄《か》らして叫ぶと、小田桐は首だけ回して振り向いた。

「撃ちたいなら、撃ちなさい。私の話を聞かなくてもいいならね」

引き金にかけた指は動かなかった。まだ撃てない。この男を殺すのは、すべてを聞き出してからだ。僕は小田桐に近づくと、その背中に銃口を押し当てた。

「変な動きをしたら殺す。分かったか」

「ああ、分かったよ。それじゃあ行こうか」

なんの気負いもなく言うと、小田桐はすぐわきにある扉を開けて中に入る。そこは十畳ほどの広さの応接室だった。革張りのソファーセットが高級感を醸し出している。しかし、僕の目を引いたのは、壁際に置かれたアンティーク調の椅子だった。

「あの椅子は……」

「ああ、そうだ。死ぬ前に、圭子君が縛られていた椅子だよ」

全身の血が沸騰した気がした。気づくと僕は、拳銃のグリップで小田桐の頬を殴りつけていた。絨毯に倒れた小田桐は口元を拭う。手の甲にべっとりと血が付いた。

「少しは怒りを発散できたかな？　それじゃあ気を取り直して話をしようか」

頭を振りながら立ち上がった小田桐は、一人掛けのソファーに腰掛けると、「どうぞ」と対面のソファーを勧めてくる。僕が拳銃を構えたまま動かないのを見て、小田桐は肩をすくめた。

「本当はお茶でも出すところだが、そんな雰囲気ではないね。さて、私になにか訊きたいことがあるんじゃないかな」

殺気だった僕が引き金に指をかけているというのに、小田桐は唇に笑みを湛えたままだった。

口の中が乾燥していく。

「居間で死んでいた男たちは、『賽の目』のメンバーだな？」

「ああ、そうだよ」小田桐は、あくまで軽い口調で答える。

「数時間前にみんな自分で毒を飲んだんだ。化学を専攻しているメンバーがいたんで、青酸《せいさん》カリウムを用意してもらった」

やっぱりそうだったのか。僕は口元に力を込めた。

ダイスを崇拝するグループの中には、『裁きの刻』の前に集団自殺を起こすようなものもある。先日、岩田が言っていたことを思い出す。

「メンバーが死んでいるのに、なんであんたは、のうのうと生きているんだ？」

「使命を果たすためだよ」

「使命？」

「いまこうして君と話すことさ」

小田桐は心から楽しそうに言う。その姿に唇が歪んでしまう。

「メンバーを使って、ずっと僕や岩田さんを監視していたんだな。だからこそ、昨日の夜中に岩田さんを襲って殺すこともできた。それに、雪乃や正人も監視の対象だった。そして、二人が浮気したのを僕に教えたうえ、そのあと雪乃を攫おうとしたんだろ！」

興奮してまくし立てると、小田桐は鷹揚《おうよう》に頷いた。

「概《おおむ》ねその通りだよ。まあ、本当なら君の恋人も攫って殺すはずだったんだが、その拳銃のせいで失敗してしまってね」

「なんでそんなことを⁉　いったいお前の目的はなんなんだ！」

小田桐の顔から潮が引くように笑みが消えていった。僕を見据えるその目に燃えるのは、激しい怒りだった。

「君を苦しめることに決まっているじゃないか。『裁きの刻』までの間、可能な限り君を追い詰め、苦痛を与える。それが私たちの目的だよ」

「僕を……？　いったい僕がなにをしたっていうんだ⁉」

小田桐の剣幕に気圧された僕は、一歩後ずさる。

「君は私たちから、彼女を奪ったんだよ。漆原圭子君をね」

「姉さんを？　なんのことだよ……？」

「私は圭子君と特別な関係になったと思っていた。彼女を敬愛し、すべてを捧げていたんだ。けれど言っただろ、彼女の目には、最後まで私が映ることはなかったってね。圭子君の心にはね、ずっとたった一人の弟のことしかなかったんだよ」

小田桐は俯きながら目元を押さえた。

「『裁きの刻』が近づいて、姉さんはお前と別れようとした。だからあんたは嫉妬で姉さんを殺したうえ、僕に八つ当たりをしたんだな？」

そんな下らない理由で姉さんは命を落としたのか。怒りが視界を紅く染めていく。顔を上げた小田桐はなにも答えずに、シニカルな笑みを唇に湛えた。

「答えろ！　お前が姉さんを殺したのか！」

引き金に指をかけながら、僕は叫ぶ。小田桐はゆっくりと口を開いた。

「ああ、そうだよ。私たちが圭子君を殺した」

体の中でなにかが弾けた気がした。

ようやく犯人を見つけた。姉さんを殺した憎むべき犯人を。怒り、歓喜《かんき》、虚しさ、そして哀しみ。胸の中で様々な感情が渦巻き、体が破裂しそうだった。

「あんなことしたくなかった。けれど、しかたがなかったんだよ。私たちには他に選択肢はなかったんだ」

「うるさい！　もう喋るな！」僕は引き金を絞っていく。

「ああ、そうだね。もう喋る必要なんてない。私の『使命』は終わったんだから」

穏やかにつぶやいた小田桐は、なにかを口に放り込んだ。喉仏が大きく動く。次の瞬間、彼の背中が反り返った。

なにが起こったのか理解した僕は、小田桐に駆け寄ると和服の襟を摑んだ。

「吐き出せ！　飲んだ毒を吐き出すんだ！」

「これで、圭子君のところに行ける……」小田桐は弱々しく笑った。

「ふざけるな！　お前らはダイスを崇拝しているんだろ！　なんで『裁きの刻』の前に自殺なんてするんだよ⁉　自分の目でダイスを見て、ダイスによって消えるのが望みなんじゃなかったのか⁉」

「私たちは……罪を犯したんだ。圭子君の命を奪うという、……償いきれない罪を。そんな私たちに、神聖な……ダイスに触れる資格なんてない。ダイスに命を……奪ってもらうなんてこと、できるわけがない。『裁きの刻』を……待たずに命を絶つ。それが、私たちに……できる……唯一の贖罪《しょくざい》……」

途切れ途切れに小田桐は言葉を絞り出す。

「罪を償いたいなら、勝手に死ぬな！　僕に殺されろ！」

「心配しなくても……大丈夫……。まだ……終わりじゃない……」

小田桐の頭ががくりと垂れる。僕が襟を離すと、その体は糸が切れた操り人形のように、力なくソファーから崩れ落ちた。

『命』という形のないものを失った小田桐の体の前で、僕は案山子《かかし》のように立ち尽くした。

4

数十人の機動隊が、若者の集団と衝突している。大きな通りに出て、その光景を目撃した僕は、もと来た路地へと引き返す。

小田桐の家をあとにした僕は、裏通りをふらふらと彷徨っていた。目的地があるわけではなかった。どこに行けば安全なのか分からないまま、魂が抜けてしまったかのように足を動かしているうちに、繁華街へと迷い込んでしまった。

あまりにも呆気なく、姉さんを殺した男は消え去ってしまった。もう自分の手で復讐をすることはできない。もう、僕がこの世界にいる意味がなくなった。

ダイスを崇拝し、そして集団自殺するような集団。その狂気が、姉さんを奪っていった。

空を見上げる。明日、ダイスが世界を消し去って欲しいとすら思ってしまう。もう疲れた。もうなにもしたくない。昨日から少し仮眠をとっただけで動き続けている。頭蓋骨《ずがいこつ》に石でも詰まっているかのように頭が重かった。

体を休めたい。けど、どこで？　すでに僕を告発するメールは串崎に送信されたはずだ。あの刑事は、必死に僕の立ち寄りそうな場所を調べているだろう。

大きな通りには、決まって機動隊や自衛隊員が立っている。もはやこの世界に、身を落ち着かせることができる場所はないのかもしれない。そんな思いが、体中に纏わりつく疲労感をさらに強くしていた。

なぜか、病院の屋上で「……さようなら」とつぶやいた四元の、硝子細工《ざいく》のような表情が脳裏をかすめる。狭い路地で足を止めると、両膝に手をつく。遠くから怒号が聞こえてくる。いたるところで暴動が起こっているらしい。

どこか一息つける場所……。必死に考えていた僕ははっと顔を上げる。

ここからさほど離れていないあの場所なら、身を隠すにはぴったりだ。それに四元の情報を得られるかもしれない。

そうだ、あそこに行こう。僕は重い足を引きずって歩きはじめた。

階段を降り、非常灯しか灯っていない暗い廊下を進んでいく。大通りを避けながら十五分ほど歩いて、僕は繁華街の片隅にある雑居ビルの地下へと来ていた。

廊下の突き当たりにある、革張りの豪奢な扉に手をかける。しかし、力を込めてもピクリとも動かなかった。鍵がかかっている？

拳を握り込んで扉を叩く。柔らかい本革に衝撃が吸収され、低くこもった音が響いた。乱暴なノックを続けるが、返事はなかった。

ここにはもういないのかもしれない。諦めかけたとき、扉がゆっくりと開いていった。しかし、喉から上がりかけた歓喜は、口の中で消え去ってしまう。隙間から突き出された拳銃を見て。

「……誰だよ」

不機嫌を凝り固めたような声とともに、サングラスをかけた男が姿を現した。

「あ、あの……、僕です。ここで銃を、拳銃を買った者です」

鼻先に銃口を突きつけられた僕は、慌てて両手を挙げる。

「……ああ。お前か」男は顔をしかめると、拳銃を下ろす。「なんの用だ？」

「ちょっと訊きたいことがあって……。あの、入れてもらえませんか？」

「サツに追われて逃げ込んできたのか？」

「いえ、そういうわけでは……」

「お前がサツに引っ張られた話は聞いてる。そのあと、美咲が助け出した話もな。トラブルはお断りだ。さっさと帰りな」

「ちょっと待ってください。お願いです。少しでいいんで匿ってください！」

「ほらな、やっぱり追われているんだろ。お前さ、仇を討てたら拳銃を捨てておとなしく捕まるみたいなこと言っといて、いざとなったら逃げ回るのかよ」

「仇は……まだ討てていないんです……」

僕は拳を握りしめる。まだ討てていない。そして、もう討つことはできない。

「興味ねえな」

男は扉を閉めようとする。僕は反射的に閉まりかけた隙間に足を差し込んだ。

「お前、いい加減にしろよ」

「四元のことで話があるんです！　あいつがちょっとおかしいんです」

ほとんどやけになりながら声を張った。

「美咲が？」

男の眉毛がぴくりと動く。あと一押し。この男が興味あるものは四元と……。

「金を払います！」

「ああ？」

「二、三時間匿ってくれれば、百万円払います。悪い取引じゃないでしょ。その間に四元のことについて相談させてください。それだけで百万円ですよ」

昨日家を出るとき内ポケットに、なにかのときに使えるかもしれないと、百万円の札束を一つだけ入れていた。いまこそその『なにかのとき』だ。

サングラス越しに睨みつけていた男は、唇の片端をくいっと持ち上げた。

「お前の勝ちだ。入んな」

大きく息をついてバーに入った僕は、ソファーに近づくと、顔から倒れ込んだ。十数時間ぶりに、張り詰めていた神経がいくらか緩む。

「なにがあったか知らねえけど、よっぽど疲れているみたいだな」

男は苦笑しながら、出入り口の扉に錠を下ろす。

「今日は鍵をかけているんですね」

「客が来る予定はないからな。それどころか、俺が最近かなり儲けているっていう噂が広がっているから、ぶっ殺して金を奪おうとしてくる奴がいるかもしれねえ」

「それで、いきなり銃を取り出したりしたんですか」

僕はまだ男が持っているリボルバーに視線を向ける。僕が買った銃より二回りは大きく、かなり威力がありそうだ。

「銃？　ああ、これのことか。これは偽物、モデルガンだよ」

男は手にしていた拳銃を無造作にバーカウンターの上に放ると、代わりに琥珀色の液体の入ったグラスを手に取る。うまそうにグラスの中身を喉の奥に放り込むと、もう一個グラスを取り出し、その中にウイスキーを注いでいった。

「ほれ、とりあえずお前も付き合えよ。疲れた体にはこれが一番効くぞ」

グラスを僕が横たわるソファーの前のテーブルに置く。またこれを飲まされるのか。前回、呼吸困難に陥りかけた記憶が蘇り、渋い顔になる。

「高い酒なのに、なんて顔してるんだよ。いいか、俺は酒も飲めねえ奴は……」

「『取引相手として認めねえ』でしょ、分かっていますよ」

僕はソファーから上半身を起こすと、なかばやけくそ気味にグラスを手に取り、一息で飲み干した。

喉元に焼けるような刺激が走る。むせそうになるのを、必死に耐えた。

やがて、鳩尾がふわっと温かくなる。冷えて疲れ果てた体に、わずかながら活力が戻った気がした。僕は「ほぅ」とアルコール臭い息を吐く。

「おお、なかなか様《さま》になってきたじゃねえかよ」

「それよりもちょっと四元の件で訊きたいことが……」

「ちょっと待て。ちょうど世紀のショーを見ていたところなんだ。まずはそれを肴《さかな》に一杯やってからにしようぜ」

「なんのことです？」

僕が首を捻ると、男はカウンターの上に置かれていたリモコンを手に取り、店の奥にある小さなテレビの電源を入れる。画面に映し出された光景を見て、僕は目を疑った。国会議事堂が燃えていた。悠然とそびえ立っていたあの灰色の建造物が、紅い炎に呑み込まれていた。

「国会議事堂だけじゃねえぞ。首相官邸も、各省庁も燃えているらしい。永田町、霞が関は火の海だってよ。デモ隊が完全に暴徒化して、バリケードを突破したんだ。さすがの警察や自衛隊でも、パニックになった百万人もの人間を抑え込むのは不可能だったみたいだな」

男は手の中のグラスを回す。氷がカランと音を立てた。

見ると画面の上部には『LIVE』の表示の他に、『デモ隊暴徒化　死傷者多数』の文字が躍っていた。キャスターが悲鳴じみた声でがなり立てている。

「じゃあ……、総理大臣とかの政治家は？」

「さあ、前もって脱出していたか、それともデモ隊に血祭りに上げられたか。どっちにしろ、この国は無政府状態に突入したってことだ。まさか、生きているうちにこんな光景が見られるとは思っていなかったぜ。まったく、面白いな」

忍び笑いを漏らす男に、僕は「面白い？」と聞き返す。

「ああ、面白いぜ。ダイスによって仮面が剝がれて、みんな本性をさらけ出しているからな。人間なんて偉そうにしているけど、一皮剝けば野生の獣と同じなのさ。普段、お上品に偉ぶっている奴らが、みっともなく取り乱している様は、最高に笑えるだろ。本当に追い詰められたときこそ、そいつの本当の姿が現れるんだよ」

「本当の姿……」

僕がその言葉をくり返すと、男はリモコンでテレビの電源を落とした。

「それじゃあ、あらためて美咲の話ってやつを聞こうか。あいつがどうした？」

「いえ、なんというか、四元の様子がおかしい気がして……」

曖昧極まりない説明に、男は眉間にしわを寄せる。

「おかしいって、具体的にはどういうことだよ？　もともとあいつは、高校生にしては変わっているんだ」

「いえ、たしかにそうなんですけど。いつにも増して、なんというか……ボーッとしているというか、わけの分からないことを口走っているというか」

「ああ、そのことか」男はつまらなそうに肩をすくめた。

「心当たりがあるんですか？」

「俺がやったクスリのせいだよ」

「クスリぃ？　それって、もしかしてこの前僕に売ろうとした、麻薬《まやく》とか……」

「ああ、そうだ」

言葉が継げなくなる。自分の娘かもしれない高校生に麻薬を渡したっていうのか。

「おいおい、そんな顔するなよ。俺が勧めたわけじゃないんだ。あいつ、最近とんでもなく落ち込んでいてな。それで、あいつの方から『嫌なことを忘れられるクスリが欲しい』って言ってきたんだ」

四元の方から？　あの四元が違法薬物に逃げるなんて。

「だからって、普通は渡さないでしょ。薬物中毒にするつもりなんですか！」

「馬鹿なこと言うなよ。ちゃんと依存性の少ないやつを、少しずつ渡してる。中毒になったりしないように、ちゃんとコントロールしてるに決まってるだろ」

いくらコントロールしようが、クスリはクスリだ。僕には男の行動が理解できなかった。男はバツが悪そうに頭を掻く。

「いや、お前の言いたいことは分かる。たしかに普通に考えれば、俺がやったことは最悪かもしれない。けれどもな、美咲には色々な事情があるんだよ。あいつは本当にこの数ヶ月、というか生まれてからずっと、大変だったんだ」

四元の母親に会ったことを思い出す。頰に乾燥した手の感触が蘇ってくる。

「それって、母親の件ですか？」

「ああ？　なんだって？」

唐突に男の口調が脅しつけるようなものへと変化した。一瞬その迫力に怯みかけるが、僕は腹に力を込めて言葉を返す。

「だから、四元の母親ですよ。さっきあなたが言っていた『色々な事情』って、母親のことじゃないですか」

サングラス越しでも、男が刺すような視線を送ってきているのが分かる。しかし、僕は目を逸らすことはしなかった。先に視線を外したのは男の方だった。グラスに残っていたウイスキーを口に放り込むと、ため息まじりに話しはじめる。

「お前、美咲の母親のこと、どこまで知ってるんだよ？」

「癌でもうすぐ危ないことは知っています」

「はっ、よく知ってるな。どこで聞いたんだか。美咲からじゃないはずだ。あいつは自分から母親のことは絶対に口にしないからな」

「どこからでもいいでしょ。それより、母親が亡くなりそうだっていうことが問題なんですか？　僕も五年前に母を亡くしていますよ。そりゃあつらかったですけど、だからってクスリなんて……」

「美咲にとってな、母親は自分自身なんだよ」

男は僕の言葉を遮ると、吐き捨てるように言う。

「……どういう意味ですか？」

「美咲の母親、四元江美は若いうちから水商売の世界で生きてきた女だった。すげえ美人だったからすぐにパトロンがついて、店を持たせてもらったり、かなり羽振りのいい生活をしていたんだよ。ただ、精神的に不安定なところがあってな。よく手首切って、病院に運ばれたりしてたもんだ」

僕は相槌を打ちながら、黙って話を聞く。

「そして、美咲が生まれたんだ。その頃、江美は俺も含めて何人もの男と寝ていたから、結局誰の子供かは分からなかった。ただな、その子供に対する江美の溺愛《できあい》ぶりっていったら、正直こっちが引くぐらいだった」

「親は子供を溺愛するものでしょ」

「そういうレベルじゃないんだよ。もうなんて言うか、ほとんど自分の一部って感じだったな。美咲が小学生になるまで、あの親子はほんの数秒も離れたことないんじゃないか。だからって、江美がちゃんと母親らしく面倒みていたなんてわけでもない。妊娠中も、普通に酒もタバコもやっていたし、子供が生まれても男遊びだってやめなかった。信じられるか？　愛人の男の家に、幼稚園児の娘を連れていくんだぞ。しかも、やっている最中も、同じ部屋にいさせようとするんだ。まったく、美咲がある程度まともに育ったのは奇跡みたいなもんだよ」

想像を絶するおぞましい話に、思わず顔が引きつる。

「美咲が小学生ぐらいになって反抗期になったときは、そりゃあもう大変だった。自分の思い通りに美咲が動かないとパニックになって、美咲を折檻《せっかん》しては、手首を切ったりするんだからな。逆に美咲がちょっとでも怪我しようものなら、悲鳴を上げて自分が怪我したみたいに痛がる。そうやって美咲は育ってきたんだよ。つまり、江美にとって美咲は自分の一部で、美咲にとって母親は世界そのものなんだ」

世界そのもの……。僕にとっての姉さんと同じ。

四元がなぜ、姉さんが死んだときにどう感じたかを知りたがっていたのか、分かった気がした。四元ももうすぐ母親を失い、『世界が終わる』から。

「その母親が癌になったんですね」

僕は静かに訊ねる。男は重々しく頷いた。

「ああ、そうだ。一年ちょっと前だったかな。見つかったときにはもう転移してて、手術できない状態だった。そのときの江美の荒れ様《よう》ったら、ちょっと見てられなかったよ。もうずっと泣き喚《わめ》いて、美咲に当たり散らしてさ。美咲もこれまで自分のすべてだった母親がいなくなるっていうんで動揺しちまってよ。分かるだろ、俺があいつにクスリをやっちまう理由が」

男の話を聞きながら、僕は背筋に走る正体不明の寒気に身を震わせた。頭の中でこの数日間、四元とかわした会話が再生される。

「私はまだ生きていない」「生きて『裁きの刻』を迎える」「けじめをつけたい」「私も『空っぽ』」「自分の手で……」

不吉な予感で、全身に鳥肌が立つ。まさか四元は……。

「おい、なんだよ。なにかあったのか？」

男が訊ねてくる。僕は跳ねるようにソファーから立ち上がった。

「四元に渡したっていうクスリはどんなものなんですか⁉」

「どんなって……、気持ちよくなれて、嫌なことを忘れちまうクスリだよ」

「それって液体ですか？」

「え？　ああ、液体だ。美咲が液体のクスリがいいって言ってきたからな。おいおい、そんな深刻な顔するなよな。液体って言っても、べつに血管に注射するやばいタイプじゃねえよ。口から飲むんだ。そうすればふわっとした気分になれるんだよ。元々は医療用の麻薬だから、そんなに副作用は強くない。安全なしろものさ」

安全？　まだ気づいていないのか。僕は男を睨みつける。

「いままで四元に渡したそのクスリを全部、一回で注射したらどうなります?」

「はぁ? そりゃお前、口から飲むのと血管に打つんじゃ、効き目に天と地の差がある。そりゃ、お陀仏《だぶつ》だ。あっという間に、夢見心地で本当の天国に行け……」

そこまで言ったところで、男は言葉を切り、大きく口を開く。ようやく気づいたらしい。四元がなにをするつもりなのか。

僕は床を蹴って駆け出した。重い扉を引くと、その隙間に体を滑り込ませる。

「お、おい。ちょっと待てよ……」

男の震える声を無視した僕は、暗い廊下を駆けていった。

5

全身から汗が止めどなく吹き出す。上昇するエレベーターの中で、僕は壁に両手をつきひたすら荒い呼吸をくり返していた。額から流れ落ちた汗があごを伝い、しずくとなって落下していく。

バーを飛び出した僕は数十分走り続けて、ようやく病院へと到着した。

エレベーターが七階に到着する。ジャケットの袖で額の汗を拭ってエレベーターを降り、足早に廊下を進んでいく。四元の母親の病室の前までやってきた僕は、ノックをすると引き戸をゆっくりと開いた。

病室には誰もいなかった。四元も、そして四元の母親も。

僕はまばたきをくり返し、マットレスだけが載っているベッドを眺める。

間違いなくこの部屋だった。ということは……。

立ち尽くしていると、背後から「あれ？」という声が聞こえてくる。振り返ると、数時間前に話した葉山という婦人科医が立っていた。

「四元さんの甥御さんだよね。こんなところでなにを？」

「なにをって、えっと……叔母はどうしたんですか？」

「……聞いていないのかな？」葉山の顔が険しくなる。

「聞いていないって……」

「四元江美さんは一時間ほど前にお亡くなりになったんだ。ご遺体は地下の霊安室に安置されているよ」

葉山は軽く目を伏せ「ご愁傷様です」とつぶやいた。

四元の母親が死んだ？　体温が一気に下がった気がした。

「あ、あの。よつも……、いや、美咲は、美咲はどこにいるんですか？」

「私たちも探しているんだよ。亡くなってから、ご遺体を地下に運ぶまで、ずっと付き添っていたのに、急にいなくなってしまって」

「……僕が探してきます」

一礼して廊下を走ると、エレベーターのわきにある階段をのぼり、屋上へと続く鉄製の扉を開ける。冷たい空気が吹き込んできた。そこには入院着を着た男が三人ほどいたが、四元の姿はなかった。

四元はどこへ行ったんだ？　もう一度屋上を見回した僕の視界に、小高い丘が入ってきた。

彼女が『私の場所』と言った展望台があるあの丘。

あそこだ！　四元はあそこに向かったに違いない！

僕は振り返ると、いま来た階段を駆け下りはじめた。


ところどころにひび割れのある石段を、背中を丸めながらのぼっていく。ここをのぼるのは四度目だが、昨夜から走り回っている足には負担が大きすぎた。足の感覚がなくなってきている。

ようやく石段の切れ目が見えてきた。体に残った力を振り絞り、足を動かしていく。視界が開け、展望台へと到着する。

「四元！」

叫びながらいつも四元が座っているブランコを見た。しかし、そこにブレザー姿の同級生はいなかった。のどから「ああ……」と絶望の呻きが漏れる。ここだと思った。ここ以外に四元がいる場所はないと思った。けれど間違っていた。

もしかしたら四元は自宅に戻ったのかもしれない。僕は彼女の住所を知らない。もはや探しようがなかった。僕は重い足を引きずりながら、コンクリート製の巨大な亀のオブジェへと近づく。空洞になった内部を覗き込むが、そこにも四元の姿はない。この十数時間で蓄積された疲労が、一気に襲いかかってくる。

もう限界だ。……もうどうでもいい。僕はオブジェに入ると、そこに横たわる。床のコンクリートは固く冷たかったが、そんなことは気にならなかった。

体を小さくして目を閉じる。すべてを忘れてしまいたかった。このまま『裁きの刻』まで眠ってしまいたかった。意識が急速に闇の中に落ちていく。

思考が途切れる寸前、姉さんの笑顔が瞼の裏に浮かんだ。

音が聞こえる。どこか遠くから。ぎぃぎぃという、不快な音。

ゆっくりと瞼を上げる。薄暗い空間。ここは？　頭にかかっていた霞《かすみ》がゆっくりと晴れてくる。次の瞬間、僕はばね仕掛けの人形のように跳ね起きた。

いまは、何時だ？　目を凝らして腕時計を見る。外から入ってくるかすかな光が時計盤を照らす。針は五時十八分を指していた。

午後なのか？　それともまさか一晩中寝ていて、『裁きの刻』まであと五時間ほどしかなくなっているのか？

這うようにしてオブジェの外へと出る。展望台は夕日に赤く染まっていた。安堵の息が漏れる。どうやら眠っていたのは数時間だったらしい。

再び、金属同士が擦れ合うような音が聞こえてくる。そちらを見た僕の口から、「……あっ」と声が漏れた。

「やっと起きた」

四元は、僕が探していた少女はブランコに腰掛け、ポテトチップスを囓《かじ》りながらつまらなそうにつぶやいた。

「四元！」

「どうしたの？　そんな大きな声出して」

「どうしたのって……、いつからここに？」

「三時間ぐらい前かな」

「三時間って、僕がいることには気づいていたのかよ」

「当たり前でしょ。オブジェの中からいびきが聞こえてくるんだもん。せっかくの気分が台無し。漆原君なんかに、ここを教えるんじゃなかった」

「気づいていたなら、なんで起こさなかったんだよ？」

「気持ちよさそうに眠っていたし、私も……一人で考えたかったから」

四元は僕から視線を外し、遠くを、夕日に紅く染まりはじめた街並みを見下ろす。彼女の目元が濡れていることに、僕はようやく気づいた。

「ここに来る前、何をしていたんだよ？」

「これを買っていたの。もう『裁きの刻』までここで過ごすつもりだから」

四元はブランコのわきに置かれたビニール袋を指さす。そこにはペットボトルやスナック菓子などが詰め込まれていた。

「開いているお店探すのが大変だった。コンビニまで閉まっているんだもん」

四元はポテトチップスをもう一枚、口の中に押し込む。ブランコへと近づくと、彼女は充血した目で僕を見上げてきた。

「お母さん、……亡くなったんだよな」

「やっぱり、病院行ってからこっちに来たんだ」

四元はふっと笑みを浮かべた。深い哀しみを含んだ笑みを。

「そう、ママは死んじゃった。私の唯一の家族がいなくなっちゃったの」

「四元、お前が……」僕は一拍間をおいて息を整える。「お前が、殺したのか？」

四元は無言で正面の街を眺めるだけだった。

「お前はやけに姉さんが死んだあとの気持ちとか、仇を討ったあとの気持ちを知りたがっていたよな。それは、自分が母親を殺したあとどうなるか、どんな気持ちになるか知りたかったからなんだろ？」

やはり四元は答えなかった。僕はただ待つ。四元の答えを。

時間がゆるゆると流れる。紅い太陽が、ゆっくり地平線へと近づいていく。

たっぷり十分は経ったあと、四元はスカートのポケットに手を入れた。そこから取り出された物を見て、体に緊張が走る。

それは注射器だった。手の中に収まるぐらいの小さい注射器。

「……できなかった」

喉の奥から声を絞り出すように、四元はつぶやいた。

「私が楽にしてあげるつもりだった。癌なんかじゃなくて、私の手でママを終わらせないといけなかった。一週間以上前からずっとやるつもりだった。ママが眠っているとき、何度も点滴にこの注射器を接続したの。……けど、できなかった」

四元は薄い唇を噛んで俯いた。

「今日こそやるつもりだった。もう、時間がなかったから。明日が『裁きの刻』だし、ママの容態がよくなかった。そう思って病院に行ったのに、漆原君がいて……」

四元は唇を噛みながら僕を睨む。あのとき、四元は母親を殺す覚悟を決めていた。けれど僕の登場がその覚悟に水を差してしまった。

「そうやって迷っているうちに、ママ、急変して。もう、どうしていいか……」

四元は再び力なく俯いた。華奢な肩が細かく震え、その瞳から涙が零れはじめる。僕はためらいがちに四元に近づいた。四元は突然立ち上がると、僕に抱きつき、ジャケットに顔を埋めてきた。深い慟哭が生地に吸い込まれていく。

かける言葉など、見つかるはずもなかった。僕はおずおずと伸ばした手を、四元の体に回す。

嗚咽がいっそう強くなる。

四元を抱きしめながら、僕は遠くに視線を送る。夕日が地平線に融けていった。

6

しっとりと夜の帳《とばり》が下りてくる。街を紅く色づかせていた太陽は、すでに地平線の下へと姿を消していた。胸元から聞こえていた嗚咽も、いつの間にか消えている。僕は腕時計を見る。時刻は午後六時半になろうとしていた。一時間以上もこうやって四元を抱きしめ続けていたらしい。

四元がゆっくりと胸元から顔を離す。僕がおずおずと差し出したハンカチを受け取ると、彼女は濡れた頰を拭き、思いきり洟《はな》をかんだ。

「……ごめんね」

「いや……気にするなよ」

そばに立つ街灯は壊れているが、眼下に広がる街の明かり、そして天空高く浮かぶ月のおかげで、暗いながらも四元の顔を見ることはできた。

「……静かだね」四元が囁くように言う。「静かだね。昨日までとは大違い」

言われてはじめて気づいた。たしかに静かだ。昨夜は街のいたるところで暴動が起こり、騒がしかったが、今夜はそんな音は聞こえてこない。いや、それどころか、街からはあらゆる音が聞こえてこなかった。まるで、誰もそこに住んでいないかのように。街から離れているといっても、あまりにも静かすぎる。

「みんな、家族と過ごしているのかな」僕と四元は並んでブランコの席に腰掛けた。

「そうだね」四元は頷く。「きっとみんな、ようやく気づいたんだよ。騒ごうが、喚こうが何も変わらないことに。だから、無駄なことをやめて家に帰った」

「家でなにをしているんだろうな」

胸に痛みが走る。もし姉さんが生きていたら、僕はこの時間を姉さんと過ごしていたのだろうか？　街の明かりが滲んだ。

「きっと、祈っているんだよ」四元は足で勢いをつけ、前後に揺れはじめた。

「祈るって、ダイスが落ちてこないように？」

「そう。将来このことを笑いながら語れるようにって」

四元はさらに大きくブランコを漕ぐ。チェーンが大きな軋みを上げる。

「僕には無縁の話だな。宗教とか信じていないしさ」

「宗教は関係ない。人は自分の力ではどうしようもない事態になってはじめて、自分がちっぽけな存在だって気づく。そして祈るの。自分たちより大きな存在に」

ふと、スキンヘッドの牧師のことを思い出す。彼もいま、祈っているのだろうか？

祈るなど馬鹿馬鹿しいと思っていたが、いまは祈る対象があることが羨ましく感じた。

「みんなが家族で祈っているとしたら、僕たちはどうすればいいんだろうな」

「……家族がいないって、つらいよね」

「ああ……つらいな」

公園にチェーンが軋む音だけが響く。

四元は唐突にブランコを揺らすのをやめ、僕を見た。

「でも、私たちはとりあえず、『ひとりぼっち』じゃないね」

僕は苦笑する。たしかに『ひとりぼっち』ではない。家族のいない、家族を失った二人が、お互いの傷を舐め合うようにここにいる。

「それじゃあ、二人でお祈りでもするか？」

おどけて言う僕に、四元は微笑みかける。憑きものが落ちたかのようなごく自然な笑み。

「お祈りもいいけど、せっかく二人でいるんだから、お喋りでもしない？　私ね、実は憧れていたんだ。朝まで友達と語り明かすこと。一生縁のないことだと思っていたけど、最後の夜かもしれない日に夢が叶うなんてね」

「話すって、なんについて？」

「そうね……」四元は人差し指をあご先に当てる。「とりあえず、ありがとう。漆原君には感謝してる」

「感謝？　なにに？」

「今日、病院に来てくれたこと」

「なに言ってるんだよ。めちゃくちゃキレていたじゃないか」

「そりゃそう。私が一番隠したかったプライベートに、ずかずか入り込んでくるんだから。けれど、そのおかげで……ママを殺さずに済んだ」

「……お母さん、自分の手で死なせてあげたかったんじゃないのか」

僕は『殺す』という単語を避けて訊ねる。四元は弱々しく頷いた。

「うん、ママを殺したかった。殺さないといけないと思っていた。ねえ、漆原君。どうせママのこと、誰かから詳しく聞いているんでしょ」

今度は僕が頷く番だった。四元は「やっぱり」と鼻を鳴らす。

「私ね、ずっとママの『お人形』だったの。好きなときに可愛がることができる、お気に入りのお人形。だから、ママに口答えすることも、自分で勝手になにかすることも許されていなかった。そしていつも、私はママのそばにいた。だから、はじめて小学校に行ってママと離れたときなんか、パニックになっちゃった」

四元は軽い口調で言う。しかし、それは決して軽い話ではなかった。そんな歪な環境で育てられ、よくぞ壊れてしまわなかったものだ。

「ママは色々問題のあった人だったけど、それでも私はママが好きだった。そんな育てられ方をしたから、私にとってママは『世界そのもの』だったし、なんだかんだ言っても私を愛してくれていると思っていたから。……去年まで」

四元は「思っていた」と過去形で言った。

「去年って、それはお母さんが……」

「そう、癌が治らないって分かってから、ママはよく私を殴るようになったんだ」

星がまたたく空を見上げる四元の横顔を、僕は黙って見つめる。

「最初はつらいんだからしょうがないと思っていた。けれど、そのうちママは言い出したの、『私が死んだら、ちゃんと美咲も死ぬのよ』って。そこではっきり目が覚めた。私はお気に入りのおもちゃに過ぎないんだって。ダイスが衝突するかもってことが話題になったときは、ママはすごくはしゃいで、『これで一緒に死ねるわよ。よかったわね』って私に言うのよ。笑っちゃうでしょ」

四元の上げた乾いた笑い声が、痛々しく展望台に響く。

「つらかったな。……それでお母さんを殺そうと？」

「ママが生きている限り、私は『生きて』はいないことに気づいたから。だから少しの時間でもいいから、ママから解放されたかった。本当の意味で『生きて』みたかった。だから殺すことに決めたの。それに、私が責任持ってママの人生にピリオドを打たないといけないって気もしていた」

「けれど、僕のせいで失敗した」

「そう、失敗した。ママは『裁きの刻』を待たないで、病気で死んじゃった。でも、そうなってみて分かったの。たしかにママが死んで、胸が『空っぽ』になって、たくさん泣いたけど、……これでよかったんだって」

四元はブレザーに包まれた胸元に、そっと手を当てる。

「この『空っぽ』は悪くない。この隙間を、新しい経験で埋めていけるはず」

「隙間を、埋めていける……」僕は四元のセリフをおうむがえしにする。

「そう。『空っぽ』なら、そこを新しく埋めればいい。そうしたら、きっと『空っぽ』じゃなくなる。こうやって、はじめて同級生と夜に話をする経験も、きっとその一つになる。そう思わない？　まあ、『裁きの刻』は明日だから、十分に埋める時間はないかもしれないけどね」

僕は答えられなかった。姉さんを失ったことで胸に空いた深く暗い穴。その穴に底があるのかさえ分からない。いくら時間が経ち、新しい経験を積み重ねていっても、この空洞が塞がるとは思えなかった。

「漆原君は、まだお姉さんの仇を討つつもりなの？　まだ復讐したいの？」

唐突な質問に一瞬虚《きょ》をつかれる。

「ああ、したいな。……僕の手で犯人を殺したい」

けれど、それはもうできない。

「もしママを殺していたら、私は『空っぽ』になるんじゃなくて、『腐って』いたと思う。ママのすべてを背負って、残りの人生すべてを生きていかないといけなくなったと思う。それって、前よりもっと『生きていない』状態よね」

「……僕はたぶん、姉さんのすべてを背負って生きたいんだよ」

「そうだね。私のママと漆原君のお姉さんじゃ、全然違うもんね。けど犯人を殺したら、お姉さんだけじゃなく、その犯人も一生漆原君につきまとうことになる」

「……犯人捜しをやめろって言うのかよ？」

「犯人捜しはいいと思う。でも、殺したらだめ。もっとつらくなるだけだから」

四元は僕を見つめてくる。思わず視線を外してしまった。犯人を殺してもつらくなるだけ。そうなのかもしれない。

母親を殺そうとしていた四元の言葉には重みがあった。ただ、だとしても……。

「そうだとしても、僕は殺したかったんだ。四元の言うようにつらくなるだけかもしれないけど、それでよかったんだ。僕は……罰を受けたかったんだよ。姉さんを守れなかった罰を……」

「なんで過去形で言っているの？　なにかあったの？」

「全部終わったんだ。……もう、僕には姉さんの仇を討つことはできない」

僕は唇を固く嚙む。血が滲むほどに。そんな僕に、四元は憐憫を湛えた眼差しを送ってきた。

「なにがあったか話して。昨日、病院で私と別れてから、漆原君がなにをして、なにを見てきたのか」

「……なんでそんなこと、知りたいんだよ？」

「いいじゃない、私もママのことを話したんだからさ。『裁きの刻』まであと半日しかないんだし、お互い全部ぶちまけちゃおうよ」

四元はおどけるようにはにかんだ。これまでの四元が見せたことのない表情。僕は数秒間躊躇したあとに口を開いた。

「今日、四元に叩かれたあと、病院の屋上で……」

話しはじめると、舌が止まらなくなる。

ああ、そうか。僕はすべてを聞いて欲しかったのか。誰かに自分の苦労を知って欲しかったんだ。そのことに気づきながら、僕は昨日からの出来事を話し続けた。

数十分かけてすべてを語り終え、大きく息をつく。

「だから、姉さんを殺した奴らは自殺したんだよ。……もう、僕にできることはなにもないのさ」

話を黙って聞いていた四元は、両腕を組んでこうべを垂れる。

「おい、なにか言ってくれよ。感想ぐらいあってもいいだろ」

僕が水を向けると、四元は首をかしげるように僕を見てきた。

「ねえ、本当にその教授って、漆原君のお姉さんの恋人だったのかな?」

「なに言っているんだよ。自分でそう言っていたんだぞ」

「けれど、いま聞いた話だと、その教授が言っていたのって、お姉さんが特別な存在だったってことだよね。それって、教授が横恋慕《よこれんぼ》していただけじゃないの? そもそもさ、漆原君のお姉さんに恋人なんていたの?」

「なに言っているんだよ。姉さんの周りの人が、みんな姉さんは誰かと付き合っていたって言っているんだぞ」

「けれど、誰もその相手が誰なのか、はっきり言ってはいなかったんでしょ。なのに、なんでそこまで断定的な噂になっているのか、私には分からないんだけど」

言われてみれば、その通りかもしれない。小田桐は姉さんと付き合っていたんだ……。

「でも……、間違いないんだよ。」

「なんでそう言い切れるの？」

僕は躊躇する。姉さんが持っていたEDの薬について話すことには抵抗があった。

「なんでそう言い切れるの？」

黙っている僕に、四元はずいっと顔を近づけて同じ質問をしてくる。

「ああ、分かった。話すよ。話せばいいんだろ。だから迫ってくるな」

僕は四元の額を押し返すと、渋々口を開いた。

「なるほど、EDのお薬を……ね」

話を聞き終わった四元は難しい顔でつぶやく。

「ああ、そうだよ。付き合っている男がいなかったら、そんな薬を持っている必要ないだろ。姉さんには恋人がいたんだよ」

「うーん、なんかさ、それっておかしくない？」

四元は桜色の唇に人差し指を当てた。

「そういう薬って、普通男の人が自分で管理するものなんじゃないの？」

「そんなこと知らないよ。少なくとも、付き合っている相手がいなければ、そんな薬を持っている必要はないだろ」

頭を掻く僕のそばで、四元は難しい顔で考えはじめた。いったいなにを考えることがあるというんだろうか。僕が苛立っていると、四元が「あっ！」と声を上げた。

「ねえ、その小田桐っていう教授さ、心筋梗塞で死にかけて、スピリチュアルな思想に目覚めたって言っていたよね！」

勢い込んで訊ねてくる四元に、軽くのけぞりながら頷く。

「あ、ああ、そうだけど。それがどうかしたのか？」

「じゃあ、やっぱりその教授、お姉さんの恋人じゃないよ」

「どういうことだよ？」

「私、あんな環境で育っているからさ、そういう薬のこと結構詳しいんだ。EDの薬って、たしか心臓に持病がある人は飲めなかったはずだよ。特に、心筋梗塞とか狭心症とかやったことがあって、ニトロとか飲んでいる人は絶対にダメだったはず」

「ニトロ……」

僕は呆然とつぶやく。岩田が言っていた。小田桐は心筋梗塞の後遺症で、いまもニトロを飲み続けていると。それなら……。

「それなら、どういうことに……？」

「少なくとも、小田桐っていう教授は、お姉さんの恋人ではなかったということ。やっぱり、お姉さんにはそもそも恋人なんていなかったのかも」

「でも、姉さんがその薬を持っていたのは間違いないんだぞ。なんというか……、そういうことをする相手はいたはずだろ」

混乱で息を乱しながら言うと、四元は眉間に深いしわを寄せて黙り込んだ。その表情が不安をあおる。

「な、なんだよ。そんな怖い顔をして」

「一つだけ、漆原君に隠していたことがあるんだ」

一度言葉を切ったあと、四元は大きく息をついて続けた。

「私ね、何度か漆原君のお姉さんを見たことがあるの……。病院で」

「病院？　それって、立川南部総合医療センターのことか？」

「そう。何度か外来を受診している漆原君のお姉さんを見たんだ。クラスの男子がお姉さんの写真をみんなで見ていたことがあって、顔は知っていたからさ。ごめんね、黙っていて。けれど、もしお姉さんが漆原君に隠そうとしていたなら、私から話すのは良くないと思って」

「ちょ、ちょっと待ってくれ」僕は四元に向かって掌を突き出す。「なんで姉さんが病院なんかに行っているんだよ。姉さんはずっと元気で……」

そこまで言ったとき、姉さんの親友である小百合から聞いたセリフが耳に蘇る。

「あんなに好きだったラクロスを急にやめて」

「大学に入ってからは全然運動しなくなって」

「まるで病人みたいに白くなって」

僕は口元に手を当てて、必死に記憶を浚《さら》う。たしかに、大学入学を機に、姉さんは急に運動をしなくなった。姉さん本人は「ちょっとイメチェン」と笑っていたが、運動をしなくなったのではなく、できなくなっていたとしたら……。

「姉さんは病院にかかっていたっていうのか？　なんの病気で⁉」

「そこまでは分からない。けれど、お姉さんを見かけたのは、いつも呼吸器《こきゅうき》内科の外来だった」

「呼吸器内科……」

病院に縁がなく、そこがどのような病気を扱う科なのか分からない僕に、四元は「はい」とスマートフォンを渡してくる。

「自分のスマートフォンの電源入れられないんなら、これを使いなよ」

僕は「た、助かる」とスマートフォンを受け取ると、『シルデナフィル』『呼吸器内科』『病気』とキーワードを入力して、検索をかける。ダイス接近の混乱でネット回線の速度が低下しているのか、結果はなかなか表示されなかった。じりじりと時間が過ぎていく。肌寒いというのに、なぜか額に脂《あぶら》っこい汗が滲んだ。

数十秒経って、ようやく結果が表示される。その検索結果すべてに、一つの単語が並んでいた。

『肺高血圧症《はいこうけつあつしょう》』

おそらく病気の名前なのだろう。検索結果をざっと見ると、シルデナフィルという薬は、E

Dの薬というだけではなく、その病気の治療薬でもあるようだった。

僕は震える指で画面に触れ、『肺高血圧症について』と記されているページに触れる。すぐにその疾患《しっかん》についての詳しい説明が表示される。かなり専門的な内容なので、半分も理解できなかったが、目に飛び込んでくる単語がその病気の概要《がいよう》を伝えてくれた。

『難病』『原因不明』『極めて珍しい疾患』『予後不良《よごふりょう》』

心臓の鼓動が加速していく。

これが姉さんの罹《かか》っていた病気なのか？　息を乱す僕の目が、説明文の最後に記された一行をとらえる。

『症例によっては診断から数年で命を落とすことがある』

手からスマートフォンが滑り落ちる。四元は無言のままスマートフォンを拾うと、自らもそこに表示された情報に目を通していく。

「漆原君のお姉さん、この病気だったのかな？」

囁くような四元の言葉に、僕は関節が錆びついたかのように、ぎこちなく頷いた。

「お姉さんの病状、進んでいたの？」

僕は姉さんとの思い出を振り返る。いま思えばこの一年、姉さんはよく咳をしては「風邪ひいちゃった」と誤魔化していた。僕と外出したときも歩くのが遅くなっていたし、階段をのぼるのを嫌がってエレベーターなどを使おうとしていた。そもそも、外出することが減っていた。

姉さんは病気だった……。死に至る病に体を侵されていた……。

いま思えば、気づくチャンスはいくらでもあったのだ。それなのに僕は「ラクロスやめたから、体力落ちちゃったな」と微笑む姉さんの言葉を鵜呑《うの》みにして、心配することもなかった。その間に、きっと姉さんの病状は急速に進んでいた。

「……ああ、かなり悪くなっていたんだと思う」僕は喉の奥から声を絞り出す。「残された時間が少なかったお姉さんは、ダイスに運命を感じて、それによって自分の人生が終わると信じ込んでしまった。だから、『裁きの刻』を唯一の家族である漆原君と過ごしたいと思った。きっと、二人なら怖くないと思ったから」

「けど、雪乃と付き合っていた僕は、そんな姉さんの想いにこたえられなかった」

両拳を握りしめながら、僕はセリフを引き継ぐ。姉さんの気持ちを想像すると、後悔と罪悪感で胸が締め付けられた。

「だから姉さんは、怪しいサークルにのめり込んで、小田桐に目を付けられたんだ。そして、姉さんに横恋慕した小田桐に殺された。……全部僕のせいだ」

「うーん、それってちょっとおかしくない？」

僕が頭を抱えると、四元がつぶやいた。僕は「え？」と顔を上げる。

「だって小田桐にはアリバイがあったんでしょ？」

「きっと、なにかトリックを使ったんだよ。そうじゃなきゃ、自分の代わりに『賽の目』のメンバーに姉さんを殺させたか」

「そうかなぁ。だってさ、その小田桐っていう教授、ダイスが落ちてくるって信じ込んで、最終的には自殺までしたんでしょ。そんな人がわざわざアリバイ作りなんて面倒なことすると思う？　死ぬつもりならアリバイなんて関係ないじゃない。それに、メンバーに殺させたっていうのは、もっとおかしいと思うんだよね。もし漆原君が言うように、小田桐がお姉さんに横恋慕して殺そうとしたなら、少なくとも他人に任せたりしない。たぶん、自分の手でやろうとするんじゃないかな」

「それはそうかも……。じゃあ、どういうことになるんだよ？」

「ねえ、その小田桐っていう人、本当に『賽の目』ってサークルの代表者なの？」

「は？　なに言っているんだよ。さっき言っただろ、『賽の目』は十ヶ月前に、心筋梗塞で臨死体験をした小田桐が創ったサークルだって」

「けれど、話によると最初の方は全然、メンバーが集まらなかったんでしょ。それってさ、小田桐にはカリスマ性がなくて、空回《からまわ》りしていたってことじゃない」

「けれど、最終的に『賽の目』はかなり大きな組織に……」

四元がなにを言いたいのか分からなかった。

「そう、かなり大きな組織になって、メンバーは全員、最終的に自殺するまでのめり込んでいた。それって、人を集められなくて四苦八苦していたような人間には不可能だと思うの」

「まさか、小田桐が『賽の目』の代表じゃないっていうのか⁉」

僕が目を剝くと、四元はあごを引いた。

「そう考えた方が自然じゃない？　数ヶ月前、小田桐は何者かに『賽の目』を乗っ取られた。

その新しい代表者は自身のカリスマ性で小田桐を陥落《かんらく》し、そのうえで『賽の目』を大きく、そしてカルト化させていった」

「じゃあ、姉さんが『賽の目』に入ったのも……」

「その新しい代表者の影響と考えればしっくりくる。小田桐をはじめとする『賽の目』のメンバーが、漆原君のお姉さんを『特別な人』とみなしていたのは、その新しい代表者にとって、お姉さんが『特別』だったからじゃないかな？」

「そいつは、もともと姉さんの知り合いだったってことか……」

「そう、その人は漆原君に拒絶されて傷ついていたお姉さんの心の隙間に入り込んで、自分が支配する『賽の目』に引き入れた。そして、他のメンバーみたいにお姉さんを洗脳して、『裁きの刻』まで自分のそばにいさせようとした。けれど、完全には洗脳されきらなかったお姉さんは最終的に、残された時間をその人じゃなくて、最愛の弟である漆原君と過ごすと決めた。それが赦せなかった代表者は……」

「……姉さんを殺した」

僕がかすれ声で言うと、四元は「そうだと思う」と首を縦に振った。

たしかにそう考えれば、毒を飲む直前、小田桐が言い残した「まだ終わりじゃない」という言葉の意味が繋がる。まだ姉さんを殺した犯人は生きている。そして、僕と最後の決着をつけようとしている。

誰だ？　いったい誰が姉さんを殺したんだ？

慎重だった姉さんを怪しいサークルに引き入れられるほど近しかったということは、これまで僕が会ってきた人々の中にいる可能性が高い。

ふと、車の中で殺害されていた岩田の姿が脳裏に浮かぶ。僕は開いた窓から、彼女が死んでいることを確認した。冷静に考えれば、あれは不自然だ。彼女はかなり注意深い刑事だった。いつ殺人犯が現れるか分からない状況で、サイドウィンドウを開けていたとは思えない。なら、なんで窓は割られず開いていたのか。考えられる答えは一つしかない。車外から声をかけられた岩田自身が開けたんだ。まさか相手が殺人犯とは思わず。

姉さんの周りにいて、あの岩田にまったく警戒されずに近づくことができる、そんな人物がいるのだろうか？

「そういえばさ……」思い出したかのように四元がつぶやく。「お姉さんに恋人がいるって、漆原君が誤解した理由は分かったけど、周りの人までそう信じ込んでいたのって、結局なんでなんだろ？」

僕は口に片手を当てる。たしかにそうだ。小百合や魚住は、姉さんに恋人がいると、ほぼ確信していた。姉さんからそう聞いていたわけでも、恋人と歩いているところを目撃したわけでもないのに、どうして……。

そこまで考えたとき、頭の中で火花が散った気がした。

「ああっ！」悲鳴じみた声が喉から迸《ほとばし》る。

あいつだ！　もしあいつが『賽の目』の代表者、そして姉さんを殺した犯人だとしたらすべてに説明がつく。

「気づいたの？　誰が真犯人なのか」

四元の問いに僕は、おずおずと頷いた。たぶん、いや間違いなく、あいつがすべての首謀者《しゅぼうしゃ》だ。あいつが小田桐をはじめとする多くの人々を操り人形のように使って、一連の事件を起こしたんだ。でも……。

「でも、あいつがどこにいるのか分からない……。僕の想像が正しくても、『裁きの刻』までに、あいつに復讐するのは無理だ」

僕がこうべを垂れると、四元は「そんなことないと思うよ」と軽く言った。

「だってさ、犯人って漆原君のこと恨んでいるんでしょ。それに、きっとダイスが落ちてくると確信している。それなら、『裁きの刻』の前に、漆原君と最後の決着をつけようとするはず」

「それって、あっちから……」

「そう、きっとあっちからコンタクト取ってくるよ。というか、もう連絡が入っているかも」

僕は慌ててポケットからスマートフォンを取り出すと、電源を入れる。十数時間ぶりに命を取り戻したスマートフォンは、すぐに一通のメールを受信した。一時間ほど前に送信された、タイトルのないメール。その送信者を見た瞬間、全身の血液が逆流したような気がした。

そこには『姉さん』と記されていた。

未だに発見されていない、姉さんのスマートフォンからのメール。つまりは犯人からの連絡。

僕はせわしなく液晶画面を操作していく。

『明日午前九時　圭子が死んだ場所で』

メールにはただ一行、そう記されていた。

第六章　十月二十日『裁きの刻』

1

隣で体育座りをしている四元は、左右に揺れながら答える。長い前髪の奥の目はほとんど閉じていた。

「眠いのか？」

「ん、……全然」

懐中電灯の薄い明かりの中、僕は腕時計に視線を落とす。時刻はいつの間にか午前零時を回っていた。いよいよ今日、『裁きの刻』が、ダイスがやってくる。

数時間前、日が落ちて寒さが厳しくなってから、僕と四元はコンクリート製の亀のオブジェにこもり、スナック菓子を齧りながら夜風を避けていた。

懐中電灯で中を照らし、寒さは懐中カイロでしのいでいる。

メトロノームのように左右に揺れ出した四元を眺めて、僕は苦笑する。数時間前、犯人の正体に見当がつき、そして『裁きの刻』の直前に会う約束をしたことで、自分でも信じられないほど心が穏やかになっていた。

あとは『あいつ』の体に銃弾を撃ち込むだけだ。それで、すべて終わる。僕はそっと懐に手を入れ、拳銃の銃身に触れる。ひんやりとした鉄の感触が心に平安を与えてくれる。

「やっぱり、それを使う気なの？」

隣から声が上がる。いつの間にか四元の目がしっかりと開いていた。

「さっきから何回も言っているだろ。なにがあっても僕はやるって。じゃないと、なんのために苦労してきたか分からないだろ」

「私もさっきから何回も言ってる。犯人を殺してもなんにもならないって」

「そんなことない。少なくとも、僕の気は晴れる」

「そんなの一瞬。そのあと、もっと苦しむことになる」

「ダイスが衝突するなら、その苦しみを感じる前に世界が終わるさ。仇を討てた満足感を感じたまま死ねるなら、悪くないだろ」

「ダイスが落ちてこなかったら？　そうしたらあなたは、殺人犯になって一生後悔し続けながら生きることになるのよ」

「『裁きの刻』のあとのことなんて、考えたくない。あるかどうかも分からないんだからな。それに犯人を殺そうと殺すまいと、後悔は一生続くんだよ」

姉さんの遺体を見たあのときから、後悔にさいなまれてきた。僕がなにか違う行動をとっていたら、姉さんは殺されずに済んだんじゃないか。そんな想いが僕を蝕み続けてきた。たとえ時間が経ったとしても、このつらさが薄らぐとはとても思えなかった。けれど、『あいつ』を殺せば、もしかしたら……。

四元はなにも言わなかった。

「もうこの話題はやめようぜ。さっきまでみたいに、他の話をしよう」

この数時間、人類が存在する最後の夜になるかもしれない時間を、このオブジェの中で四元と色々な話をして過ごした。姉さんの話、四元の母親の話、クラスメートの話、学校の教師の話、お互いの中学時代の話。なぜか話は尽きなかった。

体の芯まで疲労と寒さが染み入っていたが、なかなか悪い時間じゃなかった。『空っぽ』になった者同士が、お互いの孤独をなぐさめ合っているだけなんだろう。それでも一人でいるよりは心が落ち着いた。

「それじゃあ、気になっていたこと、一つ訊いてもいいかな」四元は正座をする。

「何でも訊いてくれよ。人生、最後の夜かもしれないんだから」

「漆原君ってさ、お姉さんとどこまでいっていたの？」

「え？　どこまでって？」

「だから、お姉さんとセックスしたりしたの？」

「な⁉」僕は目を剝く。「なに言ってるんだよ！　するわけ無いだろ！」

「あ、なんだ、最後まではいっていなかったんだ。てっきりもうそういう関係になっていると思ってた」

「相手は姉さんなんだぞ！」

「けれど、クラスではそういう噂あったよ。それに、最後まではいっていなくても、その直前ぐらいまではいっていたんじゃない？」

四元は高校生とは思えない妖艶《ようえん》な笑みを浮かべる。喉の奥から「うっ」と呻きが漏れた。

「ほら、やっぱりね。それで、どこまでいっていたの？」

「……キスした」

僕は唇を尖らす。四元のどこか勝ち誇ったような表情が癪《しゃく》に障った。

「それって、漆原君からしたの？　それともお姉さんから？」

「……姉さんからだよ」

三週間ほど前、自宅で食事をとったあとリビングのソファーに腰掛け、ダイス関連のテレビニュースを見ていると、姉さんが隣に座ってきた。硬い表情で俯くその様子に不安をおぼえた僕が声をかけようとすると、姉さんはいきなり僕の後頭部に両手を回し、口づけをしてきた。なにが起きたか分からず、硬直したまま数秒間唇を重ねたあと、姉さんは「ごめんね、気にしないで」とはにかみながら立ち上がり、自分の部屋へと戻っていった。姉さんの目がかすかに潤んでいたことに気づきつつも、僕は柔らかく温かい感触が残る唇に指を添えながら、ほっそりとした背中を見送ることしかできなかった。

なんで姉さんがあんなことをしたのか混乱した。けれど、いまなら分かる気がする。きっと

『裁きの刻』が近づき、さらに『賽の目』を抜けようとしていた姉さんは不安定になっていたのだろう。だからこそ、突発的にあんな行動に出た。そして、犯人はその瞬間を盗撮していた。

もしかしたら、犯人に姉さんの殺害を決意させたのは、あのキスだったのかもしれない。あれを見た犯人は、姉さんが決して自分のものにならないことに気づき、覚悟を決めたのだ。

姉さん……。思い出が溢れ出し、体が、心が張り裂けそうだった。

「頼むから、この話はやめにしてくれ」

僕が懇願すると、四元はつまらなそうに口を尖らせる。

「なんでも訊いていいって言ったじゃない。じゃあ、どんな話題にすればいい？」

「それじゃあ……、ダイスが衝突しなかったら、四元はまずなにをしたい？」

「まずはママのお葬式と、遺産の整理かな。私はまだ未成年だから、後見人《こうけんにん》をつけなくちゃいけないけど、それが誰になるかが問題ね」

「そういう『やらなくちゃいけない』ことじゃなくて、やりたいことはないのかよ？」

「そうね……」四元は腕を組んで数十秒考え込んだあと、ぼそりとつぶやいた。「とりあえず、学校に行きたいかな」

「学校に？」

「なに？　その不思議そうな顔は」

「四元、学校好きだったのか？」

「好きなわけないじゃない。あれだけ露骨に村八分にされているんだから」

「じゃあ、なんで？」

「だって、とりあえず友達できたんだから、なにか変わるかもしれない」

僕が「友達？」と首をかしげると、四元がじとっとした目で僕を見てくる。

「なに、私たちまだ『友達』じゃないの？　それじゃあ、どうやったら友達って認めてもらえるわけ？　私、これまで友達いなかったから分からないんだけど」

「いや、もちろんもう友達だよ。当然だろ」

僕が慌てて言うと、四元は表情を緩めながら、「友達かぁ」と小声でつぶやいた。これまでのどこか浮世離れした雰囲気とはちがう、無邪気な笑顔。

「友達がいる学生生活ってどんな感じなんだろう？　あれ？　けど犯人を殺したら、漆原君逮捕されちゃうから、やっぱり私、ひとりぼっちなのかな。それじゃあ、つまんないか……」

四元の声がフェードアウトしていく。肩に軽い衝撃を感じる。見ると、四元が目を閉じ僕の肩に頭を乗せていた。小さい寝息が聞こえてくる。

「やっぱり眠かったんじゃないか」

僕も心身ともに疲弊《ひへい》しているが、四元も負けず劣らず消耗《しょうもう》しているのだろう。半日前に、自分の『すべて』だった母親を失ったのだから。

僕もそろそろ限界だった。

ゆっくりと瞼を下ろしていくと、意識はすぐに闇の中に落下していった。

2

軽い電子音が脳を刺激する。薄目を開けると、ドーム状の天井が見えた。

ああ、いつの間にか寝ていたのか。僕は目をこすると、腕時計のアラーム音を消す。時計の針は七時を指していた。

午前七時。あと二時間で、僕は姉さんを殺した犯人と対峙する。

ふと、僕は隣で寝ていたはずの四元の姿が見えないことに気づき、亀のオブジェから這い出す。予想通り、四元はブランコに座って揺れていた。

「おはよう」

「おはよう、漆原君。よく眠れた？」

声をかけた僕を、四元は普段通りのどこか眠そうな目で眺めてきた。

「ああ、よく寝たよ。床が固かったから、節々が痛いけどな」

「大きないびきかいてたよ。うるさくて目が覚めちゃった」

「マジ？　そりゃ悪かった」僕は首をすくめながら、隣のブランコに腰掛ける。

「べつに気にしなくていいよ。同級生の涎《よだれ》垂らした寝顔見るなんてはじめてだったから、少し面白かったし。あと、色々なことを考えられたしね」

「色々なことって……、お母さんのこととか？」

「それも合わせて色々」

四元は唇の両端を上げる。これまでの彼女には見られなかった表情。四元はたしかにいま、母親を失ったことによってはじめて『生きて』いるのかもしれない。

僕も犯人を殺せば、いまの四元のような表情ができるのだろうか。それとも、この手を汚すことで、二度と心から笑うことができなくなるのだろうか。

「……いい朝だな」

僕はブランコを漕ぎはじめた。チェーンが立てるぎしぎしという音を聞きながら、足で反動をつけ、振れ幅を大きくしていく。眼下に広がる街並みが勢いよく前後に揺れはじめる。本気でブランコを漕ぐなんて何年ぶりだろう。顔に当たる冷たい空気が心地よかった。

唐突な僕の行動を前髪の奥から訝しげに見ていた四元は、唇の片端を上げると、僕と同じようにブランコを加速し出した。

僕と四元は競い合うように、大きくブランコを揺らし続ける。なんの意味もない行為。けれど、それが爽快だった。自然と笑い声が漏れてしまう。

数分間、全力で漕いだあと、僕と四元はブランコを止めた。寒い朝だというのに、額に汗が滲んでいた。

「なんでこんなことしてるんだろ。漆原君のせいで私までおかしくなっちゃった」

僕と同じように、額に浮かんだ汗を拭いながら、四元は苦笑する。

「僕のせいにするなよな」僕は眼下に広がる街並みを眺めた。「ここからだと、いつもと変わらない街に見えるな。三時間後に世界が終わるかもしれないなんて、信じられないよ」

「そうね、街を見たらそうかもしれない。けれど」

四元は立てた人差し指を、前方の青く晴れ上がった空に向ける。そこには昼間だというのに、星が一つまたたいていた。

「もしかしてあれって……」

「そう、あれがダイス。私たちの運命を握る神のサイコロ」

目を凝らす僕に、四元は静かに言う。もう肉眼で見えるほどにダイスが近づいている。僕はダイスから隣のブランコに座る四元に視線を移す。

「四元は……『裁きの刻』までここにいるのか？」

「ええ、最初からそう決めていたから。ママから解放されて『生きる』ことができたら、この展望台で『裁きの刻』を迎えようって」

ダイスを見る四元の目が細くなる。

「……一人でか？」

「しかたないでしょ。家族はもういないし、せっかくできた友達も誰かを殺しに行っちゃうっていうんだから」

当てこすられ、表情が歪む。

「ああ、そんな顔しなくてもいいよ。私は『裁きの刻』をこんな気持ちで迎えられるだけで満足だから。ただ、最後にもう一度だけ忠告しておくね。漆原君が犯人を殺しても、きっと私みたいに平穏な気持ちで『裁きの刻』を迎えることはできない。でも、私がどれだけ説得しても、漆原君は犯人に会いに行くつもりなんでしょ」

ついさっきまで上機嫌だった四元の口調が、次第にいつもの平板なものへと変わっていく。それに伴って、浮かんでいた笑みも消えていった。

「ああ、行くよ」

迷いはなかった。四元は大きなため息をつくと、拗《す》ねたように言う。

「私の言っていたことの意味は、きっとあとで分かるよ」

きっと、僕の物分かりの悪さに苛つきはじめたんだろう。その態度が初めて会ったときのような、素っ気ないものになってきた。

あとで分かる、つまりは犯人を殺したあとで。たしかにその通りかもしれない。それでも、僕には姉さんの仇を討つという以外、残された選択肢はなかった。

さて、そろそろ行こうか。

大きく息を吸う。すでに冬の気配を漂わせる朝の、冷たい空気が肺の隅々にいきわたった。

「行くの？」

大きく伸びをする僕に、下方から声がかけられる。

「うん、行ってくる」

「……そう」

四元は、横目でちらりと僕を見るが、すぐにその視線を天空、近づいてきているダイスへと移す。

「なんというか……、色々ありがとうな」

感謝を伝えると、四元は遠い目でダイスを眺めたまま、物憂げに口を開いた。

「べつに気にしなくていいよ。私が好きでやったことだから。暇潰しにはなったしね。『裁きの刻』までのさ」

「それでも助かったよ」

僕は手を差し伸べる。しかし、四元は一瞬横目で僕の手を見ただけで、その手を取ろうとしなかった。

「なに、その手？」

「いや、多分これでお別れだからさ」

「ダイスが落ちてくるってこと？」

「落ちてくるかどうかは分からないけど、少なくともその前に僕はあいつを殺す。地球が終わらなかったら僕は逮捕されて刑務所……いや、少年院ってとこに入れられるのかな。なんにしろ、四元とはもう会えないよ」

「そう……」

てっきりまだ僕の復讐を止めようとすると思ったが、四元はかすかに頷いただけだった。

「じゃあ行ってくるよ」

どことなくバツの悪い思いをしながら手を引っ込めると、足を踏み出す。あいつのもとへと向かうために。姉さんを殺した『あいつ』のもとへ。

「これ、あげる」

唐突に四元が手を差し出してくる。そこには、紅いお守りが握られていた。

「お守り？」

「そう、これから犯人に会うんでしょ。無事でいられるように、これ持っていって」

「えっと、……それじゃあ遠慮なく」

断るのもなんとなく悪い気がして、僕はお守りを受け取る。ずしりとした重みが伝わってくる。しかし、四元がこんなに信心深いとは思っていなかった。

「結構御利益のあるお守りだから、ちゃんと身につけておいてよ。ちなみにお守りの裏技として、ピンチのときに中を覗き込むと幸運がやってくるらしいよ」

「そうなんだ。はじめて聞いたよ。とりあえずありがとう。……それじゃあ」

僕は曖昧に頷くとためらいがちに踵を返し、四元から離れていく。

「漆原君……またね」

背中から、四元の抑揚のない、それでいて涼やかな声が追いかけてきた。

3

線路沿いの住宅街を、息を弾ませながら進む。あと少し、あと少しで着く。気持ちが前のめりになり、足の運びが速くなる。

展望台で四元と別れてから大通りを避けて約一時間半、僕はようやく犯人との待ち合わせ場所の近くまで来ていた。

線路の向こう側に、低い柵に囲まれた敷地が見えてきた。立川市立植物公園。数百メートル四方の敷地に、様々な植物が植えられている大きな公園。普段は昼間無料で開放され、多くの人々が散歩などに訪れる憩《いこ》いの場だった。

姉さんはあの公園を散歩することが好きだった。特に植物に興味のない僕も、時々姉さんに誘われて連れていかれたものだ。

どこで線路を渡ればいいのだろうか？　僕は周囲を見渡す。住宅街だというのに、ほとんど人気はなかった。ゴーストタウンを歩いているかのようだ。みんな家にこもって、家族とともに時間を過ごしているのだろう。

そういえば、さっきから線路沿いを歩いているが、一度も電車が通っていない。外出禁止令を受けて、電車も止まっているらしい。それなら、線路を横切ってしまおうか？　そんなことを考えながら歩いていると、線路の下をくぐるトンネルを見つけた。額の汗を拭いながら腕時計を見る。八時四十五分。犯人との約束の時間まであと十五分、そして『裁きの刻』までは約一時間半。

世界が終わるかもしれない時間まであと一時間半。気持ちは落ち着いていた。一時間半もあれば十分にやるべきことを成し遂げられる。

歩く速度を落とし、息を整えはじめる。あれだけ裏をかいてきた犯人に、正面から顔を合わせられるとは思っていなかった。ここまで公園に近づいたら、いつ襲われてもおかしくはない。慎重にトンネルへと入っていく。車がなんとかすれ違える程度の幅のトンネル。オレンジ色のライトが弱々しく内部を照らしている。明るい日の光に慣れた目には、薄暗く感じた。

トンネル内を半分ほど進んだところで、奥に人影が立っていることに気づく。目を凝らすが、暗いためその顔ははっきり見えなかった。

一瞬、犯人かと思い、僕は手を懐に入れかける。しかし、そのシルエットは明らかに『あいつ』とは違った。付近の住民が、人生最後になるかもしれない散歩でもしているのだろうか。僕は目を合わせないよう、顔を伏せながら進んでいく。なぜか、人影はトンネルの入り口辺りから動かなかった。スーツ姿の中年男のようだ。

顔を伏せたまま男のわきをすり抜けようとした瞬間、男の手が僕の首筋に伸びた。

天地が逆さまになる。なにが起きたのか分からないうちに、激しい衝撃が背中に走った。肺から強制的に押し出された空気が、唾液とともに口から吹き出す。

呻きながらトンネルの天井を見上げる僕の視界に、男の顔が入り込んできた。

「やあ、漆原亮君。会いたかったよ」

男が、立川署の刑事である串崎が低くこもった声で言うのを聞いて、ようやく僕は投げ飛ばされたことに気づく。

「ここにいれば君に会えると思っていたんだ。君はお姉さんが殺された場所で『裁きの刻』を迎えようとするはずだからな」

鬼気迫《ききせま》る口調で串崎はつぶやき続ける。

ここで捕まったら、これまでのすべての努力が水の泡になってしまう。覆い被さるように、手を伸ばしてきた串崎の腹を、僕は無我夢中で蹴る。蹴りの一発が鳩尾に食い込んだ。小さな呻き声を上げて、串崎が後ずさる。

背中の痛みに耐えながら立ち上がり、必死に足を動かす。数十メートル先に植物公園の正門が見えてくる。その瞬間、僕の体は勢いよくトンネルの壁に叩きつけられた。こめかみを強く打ち、意識が飛びかける。

「無駄だよ。私は柔道四段だ。君みたいな子供じゃ、相手にならない」

僕を壁に押しつけ、背後から腕を捻り上げながら、串崎は抑揚なく言う。

「……僕じゃないんです」

コンクリートの冷たく固い感触を頬で感じながら、僕は必死に言う。

「魚住を殺したのも、岩田を殺したのも自分じゃないとでも言うのか？」

「そうです！　僕は誰も殺してなんかいません！」

背後から手が伸び、僕のあごを摑むと、強引に後ろを向かせた。首がごきりと鳴る。串崎の血走った目と視線が合った。

「そんなこと関係ない。死んだ岩田が、メールで君が犯人だと告発していたんだ。私の仕事は君を連行することだ」

「本当に僕じゃないんです！」

「だからそんなこと、私の知ったことじゃないんだ！」

　怒声を聞いて、無実を訴えても無駄だと悟る。串崎の目的は僕を逮捕して、『裁きの刻』を娘と過ごすことなのだ。

「このまま逮捕して、署まで……」

　串崎がそこまで言ったとき、僕はあごに添えられている手に思いきり嚙みついた。手加減などしなかった。犬歯が肉に食い込み、口の中に生臭い鉄の味が広がる。串崎が悲鳴じみた声を上げた。腕を捻り上げる力が弱まったのを見て、僕は思いきり背後にいる串崎に向かって体当たりをした。拘束《こうそく》が解ける。

　数歩離れて振り返り、手を押さえる串崎に向き直る。走って逃げても、この男は絶対に追ってくる。それでは公園で犯人に復讐することなどできない。なら……。

　僕は懐から黒光りする拳銃を取り出した。串崎の目が大きく見開かれる。

「動くな！　これは本物だ！」

「……それくらい、見たら分かる」

「なら、いますぐここから消えてください。じゃないと、……撃ちます」

　僕は撃鉄をゆっくりと起こす。串崎を撃ちたくはなかった。それに、弾倉に残っている弾はあと三発しかない。確実に『あいつ』を殺すために、もうこれ以上弾を減らしたくはなかった。

「……撃てるのか、君に？」

「あなたを撃ちたくはありません。『裁きの刻』が終わったら、おとなしく出頭《しゅっとう》します。だから、ほっといてください」

「ふざけるな！」怒声が全身に叩きつけられる。「君を逮捕して自白させるまで、この事件の犯人が分かるまで、私は捜査を続けないといけないんだよ。それまで、娘に会えないんだ」

荒い息をつきながら、串崎はじりじりと近づいてくる。

「私はどんなことをしても君を署に連行して、犯人だと自白させて……」

「僕が犯人です！」

ぶつぶつとつぶやき続ける串崎に向かい、僕は叫んだ。

「いま……、なんて言った？」串崎は呆然と僕を見る。

「僕が犯人だって言ったんです。魚住も岩田もそして姉さんも、僕が殺しました」

串崎はあごを引くと、真意を探るかのように睨め上げてくる。

「これで事件の真相は分かったでしょ。けれど、犯人の僕は拳銃を持っている。それなら、この場は退くべきじゃないですか？　退いて、署に帰って指名手配でもなんでもすればいい。僕みたいなガキ、すぐ捕まりますよ。それで事件は解決だ」

僕は唇を舐めると、言葉を続ける。

「署に帰る前に、汚れた背広を交換しに一回家に戻った方がいいと思いますよ」

串崎の顔に明らかな動揺が走った。

「警察官はたくさんいますけど、娘さんの家族はあなただけなんでしょ。『裁きの刻』にあなたは父親であることよりも、警察官であることを選ぶんですか」

逡巡《しゅんじゅん》の表情を浮かべる串崎を、僕は銃を構えたまま見守った。もしこれでも串崎が退かないようなら、……撃つしかない。

俯いていた串崎が顔を上げる。僕は銃口を彼の足に向け、引き金に指をかけた。次の瞬間、串崎は勢いよく身を翻した。革靴が地面を蹴る音がトンネルに響く。

串崎が去っていくのを確認して安堵の息を吐いた僕は、拳銃を懐にしまって走り出す。とうとう植物公園の正門へとたどり着いた。待ち合わせ場所は公園の中心部。ここから三百メートルほどだ。

左右に様々な種類の樹木が植えられている遊歩道を、息を整えながら進んでいく。数分で目的地の広場に着いた。芝生が敷き詰められた空間。その中心には、直径五メートルほどの花壇があり、コスモスが色とりどりの美しい花をつけていた。

花壇の前まで来ると、僕は大きく息を吐く。コスモスが花壇の中心部だけ倒れていた。十二日前、そこには姉さんが倒れていた。両手を胸の前で祈るように組んだ裸の姉さんが。そして、その胸にはナイフが深々と刺さっていた。

僕は目を閉じる。いまもあの光景をリアルに思い出すことができる。

あの日、心に決めた復讐。それをとうとう果たすことができる。

瞼を上げる。背後から芝生を踏みしめる音が聞こえてくる。振り返ると、待ち人がそこに立っていた。僕はゆっくりと口を開く。

「お久しぶりです、香澄さん。……あんたが姉さんを殺したんだな」

東雲香澄は、魚住健二の恋人で、姉さんの先輩だった女は、哀しげに微笑んだ。

4

「私だって気づいていたんだ。驚かせられると思っていたのに、残念。なんで分かったの？」

十メートルほど離れた位置に立つ香澄が肩をすくめる。

「きっかけは、岩田さんが殺されていた車の窓が開いていたことですよ」

僕は警戒しつつ話しはじめる。

「ああ、あの女性刑事さんね。けど、どうして窓が開いていたら私が怪しいの？」

「岩田さんは警戒心の強い人だった。しかも、深夜に一人で殺人犯が来ないか見張っている状況で、油断なんかするわけがない。それなのに、岩田さんはサイドウィンドウを開けて殺されている。つまり、岩田さんは犯人に対してまったく警戒していなかったってことだ」

香澄は笑みを浮かべたまま、黙って話を聞いている。

「岩田さんは特に男に警戒心を強く持っていた。そのことから、もしかしたら犯人は女性じゃないかと思った。けれど、いくら女性でも、深夜にいきなり姿を現したら警戒されるはずだ。けれど、単なる女性じゃなかったら、岩田さんは警戒せずに窓を開けたかもしれない」

「殺害された被害者の恋人」

忍び笑いとともに、香澄がつぶやいた。

「そう、『裁きの刻』の直前に恋人を殺された女性。岩田さんはあなたに深く同情していた。そんなあなたが車の外に現れたら、警戒する間もなく反射的に窓を開いて話を聞こうとするかもしれない。そう思ったんです」

「すごいね、弟君」香澄は楽しげに言う。「その通り。あの夜、『賽の目』のメンバーに監視させていたあの刑事さんの車に近づいたら、驚いた顔で窓を開けてくれた。そこで一気に喉を切り裂いたの。なにが起きたか分からないって顔していたわよ」

「……魚住さんを殺したのもあなたですよね」

「そう。ちょっと部室に忘れ物をしたって言って、ついてきてもらって、後ろから襲った。一瞬だったから、私にやられたって気づかなかったんじゃないかな」

「なんで……、なんで、そんなことができるんだよ。自分の恋人に」

言葉を絞り出すと、香澄は不思議そうな表情を浮かべた。

「なんでって、それが一番、魚住君を有効利用できるからに決まっているでしょ」

「有効……利用……」使い捨ての道具のような物言いに、僕は言葉を失う。

「そう、有効利用。どうせ、ダイスが来たら死ぬんだから、三日ぐらい人生が短くなっても構わないじゃない。魚住君を殺したおかげで、私は『被害者の哀れな恋人』っていう立場を得て、なにかと動きやすくなった。圭子と小田桐がホテルから出てきたなんていうデマを、あの刑事に吹き込むことができるぐらいね」

「魚住さんを……愛してはいなかったんですか？」

「愛？」香澄の目に、妖しい光が灯る。「私が愛していたのは圭子だけ、あなたのお姉さんだけよ」

「姉さんを愛して……」

「そう、後輩として天文学同好会に入ってきた圭子を見た瞬間、私はあの子に魅了されたの。決して折れない芯の強さと、触れれば壊れるような儚さ。矛盾する二つの魅力を彼女は持っていた。圭子はまさに奇蹟《きせき》だったの。だから、どうにかしてあの子を手に入れたかった。私だけのものにしたかった。だから、圭子に言い寄ってくる男に、脅迫状を送ったりもした」

それはきっと、残された時間が短いことを悟りながらも、姉さんが必死に生きようとしていたからだ。しかし、それがこの怪物を引き寄せてしまった。

熱に浮かされたような口調で喋る香澄を前にして、僕は唇を噛む。

「私は何度も圭子に自分の想いを伝えた。けれど、あの子はいつも微笑みながらも、私を受け入れてはくれなかった。だから、私は魚住と付き合うことにしたの」

「だから？」意味が分からず、僕は眉根を寄せる。

「魚住はあの頃、熱心に圭子にアプローチをかけてはフラれていたの。そんな男が私と付き合うようになったら、少しは圭子が嫉妬して、もしかしたら私を恨んでくれるようになるんじゃないかと思ったの」

「姉さんに恨まれたいと思ったってことかよ？」

気持ちがまったく理解できず、鳩尾辺りがむかついてくる。

「当たり前でしょ。私は圭子の特別な存在になりたかった。けれど、圭子は気にもしていなかったけどね」

香澄の顔に自虐的な笑みが浮かぶ。

「あんたはそのあと、魚住さんや同好会のメンバーに、姉さんに恋人がいるって吹き込んだんだろ。そうして姉さんに近づく男を減らしたうえで、小田桐から『賽の目』を乗っ取って、『裁きの刻』が近づいて憔悴《しょうすい》している姉さんを誘い込んだ」

怒りを押し殺しながら指摘すると、香澄は小馬鹿にするように鼻を鳴らした。

「そう。あなたが同級生の尻軽女に夢中になって、圭子をないがしろにしたせいで、あの子を私のものにすることができた。私はようやく圭子を手に入れた」

ダイスが浮かぶ空を仰いだ香澄は目を細める。その姿を見て、鳩尾のむかつきが強くなっていく。

「なら、なんで姉さんを殺したんだ！」

僕は懐から拳銃を抜くと、銃口を香澄に向けた。香澄は怯えるそぶりも見せず、虚ろな目で僕を見据える。

「分かっているでしょ。……あなたのせいよ」

半開きの口から零れた声は、耳を塞ぎたくなるほど痛々しい響きを孕んでいた。

「直前になって圭子が、やっぱり『裁きの刻』までの時間を弟と過ごしたいって言い出した。

私を捨ててあなたを取ろうとしたの。必死に止めたわよ。あなたなんかより、私の方がずっと圭子を愛していたから。けど、圭子の決意は変わらなかった。だから、私はしかたなく……」

「しかたなく、姉さんを殺したっていうのか！」

奥歯が軋んだ。引き金にかけた人差し指に力がこもる。

「そうよ！　それ以外に、圭子を引き留める方法はなかった。だから、私の……、この私の手で、圭子の胸にナイフを……」

香澄の声が途切れる。その瞳から涙が溢れ、アイシャドーが崩れていく。

「そして、『賽の目』のメンバーを使って、僕に復讐をしようとした」

「全部あなたが悪いの。私はただ、『裁きの刻』まで、圭子のそばにいたかっただけ」

香澄は笑い声を上げた。泣きじゃくっているような笑い声を。

もうこれ以上は耐えられなかった。僕は銃口を香澄に向けたまま、ゆっくりと歩を進めていく。「確実に殺るなら近距離、数メートル以内から全弾ぶち込め」。拳銃を売ってくれた男の言葉が耳に蘇る。

ああ、そうするよ。

香澄との距離は数メートルにまで縮まる。僕は息を細く吐きながら、もはや泣いているのか笑っているのか分からない奇声を上げている香澄を睨みつける。相手はすでに三人も殺している。どんな武器を持っているか分からない。

警戒しつつさらに近づくと、唐突に香澄が跪《ひざまず》き、両手を広げた。

「撃ってよ」

「なにを……？」思わず足が止まる。

「私を殺すんでしょ。早く撃ってよ。圭子のいない世界なんて……価値がない」

姉さんのいない世界なんて価値がない。僕が十二日間、口にし続けている言葉。

「あんたが姉さんを殺したんだろ。あんたが、この世界に意味をなくさせたんだ！」

「私は圭子を自分だけのものにするために殺した。けれど、本当なら私も一緒に死ぬべきだった。私から圭子を奪ったあなたに復讐しようと生きてきたけど、なんの意味もなかった。あなたが苦しむところを見ても、全然満足できなかった」

香澄の口調は、まるで台本を棒読みしているかのように抑揚がなかった。目は僕の方を向いているが、その焦点は遥か遠くにある。

「もう、疲れたの……。もう、こんな世界に生きていてもしょうがない……。こんな意味のない世界、すぐにダイスが焼き尽くしてくれる。私はその前に圭子のところに行く。圭子が逝ったこの場所で」

跪いたまま、香澄は両手を広げると空を見上げた。僕もつられて一瞬、上方に視線を向ける。

雲一つなく晴れわたった秋空。その中心に白い点が浮かんでいた。

ダイス。人類の未来を決める神のサイコロ。その輝きは、展望台を出たときより遥かに強くなっていた。

祈りを捧げるかのように天を仰ぐ香澄に、僕は一歩一歩近づいていく。手を伸ばせば触れそうな距離になると、僕は彼女の顔面に銃口を突きつけた。

グリップを持つ右手が震え出し、慌てて左手を添えた。酸素が薄くなったかのように息苦しい。全身から冷たい汗が噴き出してくる。

撃て！　早く引き金を引け！　なんのためにここまで来たんだ。

「殺しちゃだめ」

自分を鼓舞していると、頭の片隅で四元の声が響いた。その声は頭蓋内に反響し、次第に大きくなっていく。目を閉じる。瞼の裏に、ついさっき別れ際に見た、四元の哀しげな笑顔が映し出された。

僕は瞼を落としたまま、激しく頭を振る。一瞬、四元の笑顔に姉さんの優しげな笑みが重なった。

「うわあああー！」

絶叫しながら、僕は引き金を三回連続して引いた。


銃声が轟《とどろ》くことも、予想した反動もなかった。ただ、撃鉄が銃身を打つガチャッという音だけが三回、寒々しく辺りに響いた。僕は叫び続けながら、続けざまに引き金を引く。しかし、やはり金属音が空気を揺らすだけだった。

恍惚《こうこつ》の表情で空を仰いでいた香澄は、細目を開ける。僕はせわしなく拳銃の弾倉を開いた。

そこに、弾は込められていなかった。

三発残っていたはずなのにどうして……？　僕は「あっ！」と声を上げる。

四元だ。僕が熟睡している間に弾を抜き取ったんだ。その弾はきっと……。

僕はポケットからお守りを取り出すと、乱暴にそれを開く。二時間前、四元が「ピンチのときに中を覗き込むと幸運がやってくるらしい」と渡してきたお守り。中には小さく折りたたまれた紙が入っていた。

その紙をつまむと、指先にずしりとした重みが伝わってくる。やはり、この中に銃弾がある。弾を取り出そうとした僕は、表面に記された『漆原君へ』の文字を見て手の動きを止める。

四元はなにかメッセージをしたためた紙で銃弾を包み、僕に読ませようとしたのだろう。おそらくは、昨日から何度も繰り返し聞かされた、「復讐には意味がない」という内容。

この期《ご》に及んで、迷っている余裕なんてないんだ。あとは、目の前にいる女を撃ち殺せば、すべてが終わるのだから。

歯を食いしばり、紙の包みを開ける。予想通り、中から三発の銃弾が現れた。僕はそれを、拳銃の弾倉へと装塡《そうてん》していく。

弾を詰め終わった僕は、再び銃口を上げる。その間、香澄は逃げることも、襲いかかってくることもなく、ただ跪き続けていた。

再び撃鉄を起こし、引き金に指をかける。人差し指を絞りさえすれば、復讐は終わる。ようやく姉さんの仇を討つことができる。しかし、なぜか指に力が入らなかった。血が滲むほどに唇を噛んでも、引き金を絞り切れない。

四元の手紙、その内容がどうしても気になってしまった。

僕は銃口を香澄の顔面に向けたまま、片手で手紙を持ち、顔の前へと持ってくる。そこには、特徴のある文字が並んでいた。

僕は香澄から注意を逸らすことなく、横目でその文章を追っていった。

『この文章を読んでいるということは、漆原君は犯人と会って、殺そうとしているんだよね。けれど、やっぱりダメ。復讐は意味がないとか、そういうことじゃなくて、漆原君の目の前にいるその人は違うから。

本当の犯人じゃないから。』

心臓が大きく鼓動する。香澄が犯人じゃない⁉　いったいなにを……？

僕は両手で紙を摑み、続きを読んでいく。

『夜、眠っている漆原君の隣でずっと考えていた。なにかずっと違和感があったから。そうして気づいたの。漆原君が犯人だと思った人も、ただの操り人形。すべての事件の首謀者は他の人だって。』

「首謀者が他の人……？」

半開きの僕の口から、かすれ声が漏れる。その瞬間、香澄の口から「ひっ！」という、悲鳴じみた声が漏れた。過剰に反応した香澄を前に、僕は唖然とする。

なんなんだ、いまの反応は？　本当に首謀者が他にいるのか？　だとしたら、それは誰なんだ？

眩暈をおぼえながら、僕は手紙の最後の部分を目で追っていく。

『だから、ムダなことはやめて。

復讐はもうできないから。

その人は、あなたには絶対に殺せない人だから。

漆原君が穏やかに「裁きの刻」を迎えられるように祈っているね。

あなたの友達　四元美咲より』

「なんで、そいつの名前を書いていないんだよ！」

僕は四元の手紙を丸めて投げ捨てる。

姉さんを殺した犯人を見つけたと思ったのに……。復讐できると思ったのに……。

絶望が血に乗って全身を侵していく。拳銃のグリップを握りしめる僕を、香澄は怯えた表情で見上げていた。

いったい、誰が四元の言う首謀者なんだ？　『裁きの刻』まであと一時間前後、そいつを見つけて、殺す時間があるだろうか？

ある！　僕は顔を上げる。きっとそいつは、『裁きの刻』までに僕に接触しようとするはずだ。香澄を撃ち殺して、弾切れを起こした僕を襲おうと、近くに隠れているのかもしれない。

素早く周囲に視線を送る。しかし、見通しのよい場所にもかかわらず、僕たち以外に人影は見当たらなかった。ここにはいないのか？　なら、どこに？　必死に心を落ち着かせながら、頭を絞る。

なんで四元は、首謀者を『絶対に殺せない』と書いたんだ？　もしかしたら、その人物はすでに死んでいるんじゃないだろうか？　だとしたら、やはり昨日自殺した小田桐こそが首謀者だったのか？　違う。それじゃあ色々と理屈に合わない。

誰か条件に当てはまる奴はいないか？　『賽の目』を乗っ取り、メンバーを洗脳できるほどの魅力を持ち、僕の手には届かないところにいて、そして僕に異常なほど執着《しゅうちゃく》している人物。

誰かそんな……。

そのとき、雷に打たれたかのような衝撃が全身を走った。脳の回路がショートして焼き切れてしまったような気がした。

拳銃が手から滑り落ち、芝生の上に落ちる。

脳裏に、ある人の姿がぼんやりと浮かんでいた。

「嘘だ……、そんなわけない……」

蚊の鳴くような声でつぶやく。しかし、否定しようとすればするほど、頭の中に浮かぶ人物の姿は、はっきりとしてくる。胸が温かくなるような、柔らかく、優しい微笑みを浮かべたその人の姿が。

この恐ろしい事件の首謀者たる、すべての条件を満たす唯一の存在。

それは僕が誰よりも愛した女性。

「姉さん……？　姉さんが……首謀者……？」

震える唇の隙間からその言葉が漏れた瞬間、香澄の表情に、さっきよりも遥かに強い動揺が浮かんだ。

「本当に……姉さんが……」

「な、なに言ってるの！　圭子は関係ない！　圭子が……首謀者だなんて……」

前のめりになりながら、香澄は口をぱくぱくと動かす。酸欠《さんけつ》の金魚のようなその姿を見て僕は確信する。確信してしまう。

頭に浮かんだことが事実だということを。

たしかに姉さんは多くの人を魅了していた。特に、自らに残された時間が少ないことを知った大学入学後には。

魚住、小田桐、『賽の目』のメンバー、そして香澄。全員が、姉さんの儚くも美しい魅力に陥落していた。

姉さんは弱っていたところを香澄に誘われ、『賽の目』に入ったんじゃない。姉さんこそ、『賽の目』を乗っ取った、新しい代表者だったのだ。

小田桐に代わり『賽の目』を率いた姉さんは、信奉者を増やしていった。自分の意のままに動く信奉者を。香澄はその一人に過ぎなかった。

「姉さんは……自分からここで死ぬことを選んだ……？」

そうだとしたらなんで？　病気で死が近かったから？　けれど、姉さんはダイスが落ちてくると信じていた。わざわざ自分から死ぬ意味なんてないはずだ。

それとも『裁きの刻』まで待つことに耐えられなかった？

いや、姉さんはそんなに弱い人じゃない。それに、四元も言っていたじゃないか。残された時間が少ない人にとって、『裁きの刻』は救いにもなると。実際、四元の母親は、娘と最期の刻を迎えることを人生の目標にしていた。唯一の家族とともに『裁きの刻』を……。

その瞬間、閃光《せんこう》が意識を真っ白に塗り潰した。

足元の地面が崩れ、宙空に投げ出されたかのような感覚に襲われる。自分が立っているのか倒れているのかさえはっきりとはしなかった。

「姉さんは、……姉さんは、『裁きの刻』までの時間、雪乃から僕を取り戻したくて、自分を殺させた……」

僕がつぶやいた瞬間、香澄は「ああっ……」と力なく崩れ落ちた。まるで土下座をするかのように。

「本当に……そうなのかよ？　雪乃から僕を取り返すために、姉さんは自分で……」

僕はふらふらとした足取りで、全身を震わせる香澄に近づく。「圭子、ごめん。圭子……」

という蚊の鳴くような声が鼓膜を揺らした。

目の前まで近づくと、香澄はバネ仕掛けの人形のように跳ね起き、僕のジャケットの襟を摑んできた。

「そうよ！　圭子は自分で死んだのよ。あなたのせいでね！」

鼻が触れるほど顔を近づけた香澄は、歯茎《はぐき》が剝き出しになるほど唇を歪める。

「あなたが圭子と、『裁きの刻』を一緒に過ごすのを拒否したから！」

拒否したわけじゃない！　喉元までせり上がったその言葉を僕は飲み下した。

あのとき、僕は躊躇してしまった。姉さんにとって、それは『拒絶』に等しかったんだろう。

「あれで、圭子は完全に壊れちゃったのよ。『裁きの刻』まで、世界が終わるまでもう時間がないのに、あなたに捨てられて。だから圭子は計画を立てた。『賽の目』を乗っ取って、自分の命令を聞く人たちを集めはじめた。私も含めて……」

嗚咽を漏らしはじめた香澄のセリフの続きを、僕は呆然と口にしていく。

「そして、自分の殺人事件を仕立て上げた。そうすれば、僕が雪乃のことなんて忘れて、『裁きの刻』までの時間を、仇を討つために、姉さんのために使うと思ったから……。死ぬ前に留守電に助けを求める声を残したのも、椅子に縛られている写真を僕に送りつけたのも、僕を必死に復讐に駆り立てるため……」

そして思惑《おもわく》通り、僕はこの十二日間のすべてを復讐に、姉さんに捧げた。

「圭子は私に言ったの。自分が殺されれば、弟は世界が終わる瞬間まで、自分のことを想い続けてくれるって。それしか、『裁きの刻』までに弟を取り戻す方法はないって。そして、私に協力をして欲しいって頼んできた。……殺して欲しいって」

香澄は激しくむせ込んだ。

「なんで協力したんですか！　なんで止めてくれなかったんですか！」

「止めたかった！　でも、そうしないと他の『賽の目』のメンバーにやらせるって言い出したから、しかたがなかった。だから、せめて私の手で……。それに、圭子は協力すれば、私を愛してくれるって言ったのよ。それが嬉しくて、私はなんでもやった。後々、利用できるだろうからって、圭子の指示で魚住と付き合いさえした。私はすべてを捧げたの。でも……、圭子は最後まであなたしか見てなかった……。だから、あなたが憎くて、『裁きの刻』までにできるだけ苦しめたかった」

僕は数歩後ずさりして、泣き笑いのような表情を浮かべる香澄から距離をとると、空を見上げた。神のサイコロが浮かぶ、抜けるように青い空を。

香澄が姉さんを操っていたと思っていた。けれど現実は逆だった。

香澄の方が操られていたのだ。恋心と憎しみという糸につながれて踊り続ける、哀れな操り人形。そして、姉さんが舞台から退場したあとも一人踊り続けている。

「姉さん……」僕はダイスを眺めながら語り掛ける。

美しくて、朗らかで、誰にでも優しかった姉さん。けれど、僕は姉さんの表面しか見ていなかった。完璧な仮面の裏で姉さんは悩み、妬《ねた》み、泣き、そして静かに壊れていた。こんな事件を起こしてしまうほどに。僕はそのことに気づくことさえできなかった。

そして、姉さんも僕の本質に気づいていなかった。

もし姉さんが生きていれば、僕は『裁きの刻』、きっと姉さんと過ごすことを選んでいたはずだ。いまはそう確信できた。

僕にとって、本当に大切な人は姉さんだけだったのだから。

ちょっとしたボタンの掛け違い。それがこんな結果になってしまった。僕と姉さんは近すぎて、お互いの本質に気づけなかった。

それがこの悲劇のような、そして喜劇のような事件の本質。

「……ごめん」

僕は空に向かい、姉さんに向かい、謝罪の言葉を投げかける。その瞬間、体がふわっと浮き上がったような気がした。全身を縛っていた鎖が解け去った。

解放感と喪失感が同時に胸を満たしていく。青い空を見上げる視界がぼやけた。

ジャケットの袖で目を拭う。ダイスは数分前よりも明らかに大きくなっていた。『裁きの刻』が近づいている。

腕時計を見る。時刻は午前九時三十七分、『裁きの刻』まであと三十分強。その時間を、僕はどう過ごせばいいのだろうか。

魂が抜けたかのように芝生の上に座り込んでいる香澄を見下ろす。もはや、胸の中をいくら探しても、彼女に対する怒りは欠片も見つからなかった。ただ哀れみと、家族のトラブルに巻き込んでしまった罪悪感だけがあった。

僕はこのまま孤独に『裁きの刻』を迎えるのだろうか。唐突に、強い恐怖が全身の細胞を侵し始めた。

一人で、ただ一人きりで、最期の刻を迎えないといけないかもしれない。そのことが無性に怖くなった。体が震え出す。上下の歯がぶつかり、カチカチと音を立てる。寒さに耐えるかのように両肩を抱くと、僕は目を閉じた。

「……またね」

囁き声が聞こえた気がした。震えが止まる。

四元美咲。クラスの禁忌。前髪の長い、とらえどころのないクラスメート。協力者。母親のお人形。事件の真相を見抜き、僕を呪縛から解いてくれた恩人。

そして、僕の友達。

四元はいま、あの展望台で孤独に『裁きの刻』を待っている。僕は身を翻す。

「待ちなさい！」

背後からの怒声に振り返ると、虚ろだった香澄の目に怒りが燃えていた。

「どこに行くつもり！　その前に私を殺しなさいよ！」

「もう……、僕には香澄さんを殺す必要なんてないんです」

「そんなこと関係ない。私は圭子のために、あなたに殺されないといけないの！」

「あなたを殺したら、僕が姉さんのために罪を犯したことになるからですか？」

「そうよ！　そうなれば、あなたはずっと圭子を忘れられなくなる。たとえダイスが降ってこなくても、一生」

姉さんはそんなことまで考えていたのか。

どんなことがあろうと、僕が姉さんのことを忘れるはずなんてないのに。

「……すみません」

「なんで謝るのよ！　そんなことより、私を殺してよ。私は圭子を殺しちゃったのよ。まだ私の手には、圭子を刺した感触が残っている。圭子の血の温かさをおぼえている。だから、お願い。ここで殺してよ。もう、耐えられない……」

「本当に、すみません」

謝罪の言葉をくり返すと香澄は、「ふざけるなぁ！」と手を上げた。そこにはいつの間にか、拳銃が握られていた。僕がさっき落とした拳銃が。

「私を殺しなさいよ！　さもなきゃ、あんたを殺してやる！　さあ、どうするの」

銃口を向けたまま、香澄は選択を迫る。殺すか、殺されるか。

迷いはなかった。

「すみません。僕はあなたを殺せません」

三度目の謝罪の言葉を口にしながら、香澄に向かい深々と頭を下げた。顔を紅潮させた香澄が、引き金にかけた指を絞っていく。

僕は目を閉じた。皮肉っぽく、そして子供っぽく笑う四元の姿が瞼の裏に映る。

爆音が響きわたった。しかし、衝撃は襲ってこなかった。

おずおずと目を開くと、香澄が身を小さくしてうずくまっていた。右手をかばうように置かれた左手から、血液が滴っている。

いったいなにが？　僕の疑問は、彼女のそばに落ちているものを見て解けていく。そこには、ばらばらに壊れた拳銃が落ちていた。

「何十発か撃ったらぶっ壊れるぐらいの耐久性しかない」。拳銃を買うときに、サングラスの男に言われた言葉を思い出す。けれど、こんな都合のいいタイミングで暴発《ぼうはつ》するなんて……。

いや、偶然なんかじゃない。僕は気づく。

きっと拳銃に細工がされていたんだろう。四元の手によって。

あいつ、弾を抜くだけじゃ飽きたらず、銃身になにか詰めやがったな。呆れながら、香澄を観察する。

どうやら怪我をしているのは拳銃を持っていた右手だけのようだ。出血量もたいしたことはない。命に関わるような傷ではないだろう。しかし、体以上にその精神に大きな傷を負っているのは間違いなかった。のろのろと僕を見上げた目は、完全に焦点を失っている。

これで完全に事件は終わった。この悲劇的で、そして喜劇的な事件は。

僕は香澄から視線を引き剝がした。

「さよなら……姉さん」

決別の言葉をつぶやくと同時に僕は、勢いよく駆け出した。

大切な友達のもとへと。

——エピローグ

骨が軋む。肺が裂けそうなほど痛い。あらゆる細胞が酸欠で悲鳴を上げている。植物公園を出てから十数分、僕は片側二車線の国道を全力で走っていた。『裁きの刻』まではおそらくあと二十分程度しかない。ペース配分など考えている余裕はなかった。

顔を上げると、展望台のある丘、四元が僕を待っている丘が遥か彼方に見えた。そして、丘の向こう側の空には、白く輝く天体が浮かんでいた。

ダイス。その大きさはすでに月の半分ほどになっている。『裁きの刻』までのカウントダウンは着実に進んでいた。

あの丘まで、きっと五キロはある。このまま全力で走り続けても間に合わない。それでも僕は歯を食いしばり、ひたすらに足を動かし続けた。

前方に伸びる道がなぜか白く見えてきた。腰から下の感覚が薄くなってくる。酸欠で脳が限界に達しているのだろうか。もはや自分が走っているのか、止まっているのかさえ分からなかった。

視野が狭《せば》まってくる。細い管を覗いているかのような視界の中に、人影が立っていた。その人影がどんどん近づいてくる。次の瞬間、僕はなにかに衝突する。

「なにをしているんだ！」

野太い声が響く。視線を上げると、迷彩服を着た不精髭の男が、僕を見下ろしていた。どうやら、この男に向かって倒れ込んだらしい。

慌てて身を引き、視力が戻ってきた目を周囲に向ける。

「ああ……」絶望の呻き声が漏れる。

迷彩服を着込んだ数人の男たちが僕を眺めていた。そして彼らの後ろには装甲車が道を塞ぐように停まっていた。

国道を封鎖する自衛隊に突っ込んでしまった。もう時間がないというのに。

「なんでこんなところにいるんだ！　早く家に帰れ！　もうすぐダイスが来る」

僕を抱きとめた自衛隊員が叫ぶ。若い男だった。たぶん二十代なかばぐらいだろう。いかつい顔には疲労が色濃く滲んでいる。

「ダイスは降ってくるんですか⁉」

僕は叫び返しながら空を見上げた。天空に浮かぶ白い天体は、すでに月に匹敵《ひってき》するほどに巨大になっていた。

「分からない！　正式な発表はない。通過するにしても、ぎりぎりになるらしい。いいからすぐに家に帰って、家族と一緒に過ごすんだ」

「家族はいません！」荒い息の隙間をぬって僕は叫ぶ。「家族は死にました！」

男は目を見張る。

「……お前、そんなに急いでどこに行こうとしてるんだよ？」

「あそこです。『裁きの刻』までに、あの丘に行かないといけないんです」

僕は遠くに見える丘を指さす。

「あの丘に？　遠すぎる。間に合わないぞ」

「それでも行かないといけないんです！　あそこで僕を待っている奴がいるんです！　だから通してください！」

固い表情で黙り込んだ男は、僕のジャケットの奥襟を掴んだ。

だめか……。全身から力が抜けていく。男は引きずるように、僕を装甲車で作ったバリケードの方向へと連れていく。その手を振り払う力は残っていなかった。

こんなところで拘束されたまま、『裁きの刻』を迎えなければいけないのか。

絶望していると、男は唐突に僕の襟を放し、わきに置かれていた無骨《ぶこつ》なバイクに跨った。

「乗れ」

「……え？」

「あの丘に行きたいんだろ。連れていってやる。いいからさっさと乗れ！」

「は、はい！」

なにが起きているのか把握できないまま、僕は男の後ろの座席に尻を乗せた。

「飛ばすぞ。しっかりしがみついてろよ」

男がそう言った瞬間、エンジンが唸りを上げ、強烈な風が正面からぶつかってきた。僕は慌てて、男の胴体に回した手に力を込めた。

「彼女か？」前方から声が聞こえてくる。

「え？　なんですか」

「だから彼女かって訊いているんだよ。あの丘で待っているっていうのは、お前の恋人なのか？」

「いえ、恋人じゃありません。僕のクラスメート……友達……親友です！」

必死に男にしがみつきながら答える。

「女か？」

「はい」

「そうか。羨ましいな」聞こえてくる男の声に、哀しみが混じる。「俺な、新婚なんだよ。けれど、俺は『裁きの刻』に、あいつのそばにいられない」

なんと答えていいか分からず、僕は黙り込む。

「まあ、しかたがないな。そういう仕事なんだから。あいつも理解してくれている。ただな、その俺がここまでしてやっているんだ。お前はちゃんとその子の手を握っていてやるんだぞ」

「手を？」

「そうだ。手を握ってそばにいてやれ。それが男の仕事だ。おぼえておけよ」

「はい！」僕は力強く答えた。

次第に丘が近づいてくる。前方に展望台へと続く石段の入り口が見えてきた。

「そこです。次の信号の辺りで停めてください」

「まったく。俺はタクシーかよ」

男は苦笑すると、横滑りするようにバイクを停めた。僕はバイクから飛び降り、ガードレールを飛び越える。石段を駆け上がる寸前、僕は振り返った。

「お世話になりました！」

「いいからさっさと行け。俺のアドバイス、忘れるなよ」

男はニヒルな笑みを浮かべ、崩れた敬礼《けいれい》をしてくる。僕は頷くと、石段を駆け上がりはじめた。

四元が待つ展望台に向かって。


長い石段をひたすらにのぼりながら、一瞬だけ腕時計に視線を落とす。十時五分。『裁きの刻』まであと数分。

早く、早く四元のところへ。そう思った瞬間に視界が大きく開けた。いつの間にか石段をのぼりきっていた。僕は二、三歩たたらを踏むと展望台を見回す。奥にぽつんと置かれたブランコ、その定位置に、見慣れたブレザーの後ろ姿が見えた。

間に合った。安堵でへたり込みそうになりながらも、重い足を引きずってブランコに近づいていく。

「あら、漆原君じゃない」僕に気づいた四元は、片手を挙げた。

僕は苦笑しつつ、「よう」と言って隣のブランコに腰掛ける。

「その様子じゃ、お姉さんの件は片付いたみたいね。なにか、憑きものが落ちたみたいな顔してる」

「ああ、おかげさまで。しかし、やってくれたよな。弾を抜いたり、拳銃に細工したり。もし僕が撃って、大怪我したらどうするつもりだったんだよ」

「そうなっても指が飛ぶくらいで、命に関わるような傷にはならないはず。念のため銃身に小石をぎっしり詰めておいた」

「指が飛ぶのって、結構な大事《おおごと》だと思うけどな」

手を押さえて呻いていた香澄を思い出し、僕は顔をしかめる。

「殺すべきじゃない人を殺すよりはいいじゃない。それに、漆原君は怪我しなかったでしょ」

四元はしれっと言う。

「ああ、四元が教えてくれたからな。本当はなにがあったか」

「お姉さんのこと、忘れられたの？」

「……いや、忘れられないよ。姉さんは、僕にとっては優しい姉さんのままだ」

「うん、それでいいんだと思う。私もママのことは忘れない。忘れないけど、もう囚われない」

四元は勢いよくブランコから立ち上がり、展望台の端の柵に手をかける。僕も四元の隣に並んだ。僕らは視線を上げる。ダイスは空の数パーセントの面積を占めるほど巨大になっていた。

腕時計を見る。十時十分。あと三分で人類の、この地球の運命が決まる。

ふと、僕は四元の肩がかすかに震えていることに気づいた。

僕はゆっくりと隣に立つ四元の手を握った。一瞬、訝しげに僕を見た四元の顔に、笑みが広がっていく。

「もうすぐ人生の最期かもしれないってときになって、はじめて青春できるなんて、ちょっと複雑な気持ち。でも……悪くないかも」

僕たちは微笑み合うと、ダイスに向き直る。ダイスはさらにその大きさを増していた。

「ねえ、ちょっと告白していい」四元が囁いた。

「告白？」

「そう、告白。誰にも言わないでよ。私ね、ついさっきまですごく怖かったの。だから、漆原君が来てくれたとき、実はすごく嬉しかった。まだ少し怖いけれど、漆原君と一緒なら大丈夫な気がする」

「ああ、僕も怖いよ。けれど、『裁きの刻』に四元といられてよかった」

僕は眼前に広がる住宅地を見下ろす。あそこにある家の一つ一つで、家族が寄り添っている。そのうちいったいどれだけの人々が、これほど安らいだ気持ちで『裁きの刻』を待てているのだろう。

ダイスが突如として真っ赤に輝き出した。

とうとう大気圏《たいきけん》に突入してきたのだろう。

空が深紅に燃え上がる。それは恐ろしくも美しい光景だった。

このままダイスは衝突するのか。それとも大気を剝ぎ取りながら宇宙の彼方へ飛び去っていくのだろうか。

僕と四元は一度視線を合わせ頷き合うと、寄り添って紅蓮《ぐれん》の炎に覆われる空を見上げた。

ダイスが回る、くるくると。人類の運命を占いながら。

神のサイコロの目が決まる。

僕は四元の手を力強く握った。

この作品は、二〇一八年十一月に広島限定版カバーバージョンを先行発売し、翌十二月に全国発売された『神のダイスを見上げて』（光文社刊）を文庫化したものです。

光文社文庫

神《かみ》のダイスを見上《みあ》げて

著　者　知《ち》念《ねん》実《み》希《き》人《と》

2021年7月20日　初版1刷発行

発行者　鈴　木　広　和
印　刷　新　藤　慶　昌　堂
製　本　ナショナル製本

発行所　株式会社　光　文　社
〒112-8011　東京都文京区音羽1-16-6
電話（03）5395-8149　編　集　部
8116　書籍販売部
8125　業　務　部

ISBN978-4-334-79214-5　Printed in Japan

組版　萩原印刷